真相
是你的谎言

LYING IN WAIT

[爱尔兰] 利兹·纽金特 (Liz Nugent) ————著   赵莹————译

湖南文艺出版社 HUNAN LITERATURE AND ART PUBLISHING HOUSE   博集天卷 CS-BOOKY

Lying in Wait by Liz Nugent

Copyright © Liz Nugent, 2016

Originally published in Ireland in 2016 by Penguin Ireland

Simplified Chinese translation copyright © 2019 by China South Booky Culture Media co., Ltd.

著作权合同登记号：图字 18–2018–325

图书在版编目（CIP）数据

　真相是你的谎言 /（爱尔兰）利兹·纽金特
（Liz Nugent）著；赵莹译 . -- 长沙：湖南文艺出版社，
2019.12

　书名原文：Lying in Wait
　ISBN 978-7-5404-9409-4

　Ⅰ.①真… Ⅱ.①利…②赵… Ⅲ.①长篇小说－爱尔兰－现代　Ⅳ.①I562.45

中国版本图书馆 CIP 数据核字（2019）第 181818 号

上架建议：畅销·外国文学

ZHENXIANG SHI NI DE HUANGYAN
真相是你的谎言

著　　者：〔爱尔兰〕利兹·纽金特（Liz Nugent）
译　　者：赵　莹
出 版 人：曾赛丰
责任编辑：薛　健　刘诗哲
监　　制：蔡明菲　邢越超
策划编辑：刘宁远
特约编辑：汪　璐　温雅卿
版权支持：辛　艳
营销支持：傅婷婷　文刀刀　周　茜
版式设计：李　洁
封面设计：利　锐
出　　版：湖南文艺出版社
　　　　　（长沙市雨花区东二环一段 508 号　邮编：410014）
网　　址：www.hnwy.net
印　　刷：北京盛通印刷股份有限公司
经　　销：新华书店
开　　本：880mm×1270mm　1/32
字　　数：229 千字
印　　张：10.5
版　　次：2019 年 12 月第 1 版
印　　次：2019 年 12 月第 1 次印刷
书　　号：ISBN 978-7-5404-9409-4
定　　价：45.00 元

若有质量问题，请致电质量监督电话：010-59096394
团购电话：010-59320018

谨以此书，与我全部的爱，献给理查德。

阴冷的大地在低处安眠，
阴冷的天空在高处发光。
夜的气息，像死亡，在沉落的月亮下
发出的音响令人寒战，
从冰窟到雪原，
到处流浪。

——珀西·比希·雪莱

目 录
Contents

Part One
第一部分：一九八〇年

1. 莉迪亚

　　我丈夫不是有意要杀死安妮·道尔的，都是那个谎话连篇的荡妇自找的。在最初的震惊过去后，我努力让他不再去提起她。除了核对彼此的不在场证明，或是讨论如何掩盖相关证据，我不允许那个名字再次出现。他因为这个心烦不已，我想我们还是翻过这一页当作什么事都没发生比较好。虽然我们不再谈论这个话题，但我脑中忍不住反复地回想当晚发生的事，每一遍我都希望当时的某个环节或某个细节能够有所不同，可事实就是事实，无法推倒重来。

　　那天是一九八〇年十一月十四日。一切都已事先安排好。我说的安排不是指她的死，而是指通过这次见面来确认她是不是诚心的，如果不是，就把我们的钱拿回来。我沿着海滩走了足有二十分钟，以确保附近没人，其实我的担心有些多余。在那样一个寒风刺骨的夜晚，海滩上空无一人。当我确定四周并无旁人之后，才心满意足地回到长椅上坐下来慢慢等待。一阵猛烈的寒风随着海浪呼啸而来，我把身上的羊绒外套裹得紧紧的，又把衣领也竖了起来。安德鲁准时到了，他遵照我的指令，把车停在了离我不远的地方。我在二十码开外静静地观察着。我之前已经交代他要直接跟她对质。我想要亲眼见见她，看看她究竟是不是合适的人选。按照计划，他们应该下车后从我旁边走过。可他们没有。十分钟的等待过去后，我站起身朝车子走去，想知道是什么事情让他们耽搁了这么久。当我渐渐靠近时，我听到了高声说话的声音。接着，我看到他们扭打在了一起。副驾驶座的车门猛地弹开来，她想要下车，但他一把把她拉了回去。我看见他的双手掐住了她的脖子。我在一旁看着她奋力挣扎，一时竟有些出神，心想着自己会不会是出现了幻觉，接着我猛地从自己的疑惑中清醒过来，赶紧拔腿朝车子跑去。

"住手！安德鲁！你在干什么？"我的声音连自己听了都觉得刺耳，她的眼睛惊恐地看向我，接着，眼珠子朝后脑勺翻了过去。

他立刻放开了她，她往后倒了下去，嗓子里还发出声音。她已经奄奄一息但还没死透，于是我一把抓起她脚下的钩锁，朝着她的头骨狠狠地砸了下去，只一下。血到处都是，她略微抽搐了几下，就再也不动了。

我也不知道自己为什么那么做。是本能吗？

透过她脸上浓艳的妆容和染得接近深蓝色的头发，我看出她比她二十二岁的年龄要更年轻些。一条锯齿状的白色疤痕从她畸形的上唇一直延伸到鼻中隔。不知安德鲁为什么没跟我提起过这一点。打斗中，她外套的一只袖子被脱了下来，我看到她的肘弯处有一些血痂。她脸上带着嘲讽的表情，连死亡都没抹去那副自鸣得意的笑容。我倒觉得我是为她做了件好事，就像是帮一只受伤的小鸟从痛苦中解脱一样。可她根本不配我这样设身处地为她着想。

安德鲁一向脾气火暴，总为了一些芝麻绿豆大的小事大发脾气，事后呢，又会立刻懊悔不已，并迅速恢复平静。然而，这一次，他变得歇斯底里，不停地哭喊、尖叫着，想把死人给叫醒。

"哦，我的老天！哦，我的耶稣基督啊！"他不停地重复着，就好像上帝之子能解决一切似的，"我们都干了些什么？"

"我们？"我很吃惊，"是你杀了她！"

"她取笑我！你之前说得没错。她说我就是太好骗，还说她要去找报社。她要勒索我。我一下子就急了。但是是你……是你给了她最后那一下啊，不然她兴许没什么事的……"

"你少跟我……不准这么说，你这笨蛋，你这蠢货！"

他一副可怜巴巴、痛苦不堪的样子，我都有些同情他了。我告诉他赶紧打起精神来。我们得赶在劳伦斯之前回到家。我命令他帮我把尸体装进后备厢。他一边哭一边执行着我的命令。真够气死人的，他的高尔夫球杆装在后备厢里——去年一年都没用过——几乎把空间都占完了，好在这尸体跟我料想的一样又瘦又小而且还没有僵硬，所以我们成功地把她塞了进去。

"我们要怎么处理她？"

"我不知道。我们得冷静下来，明天再想办法。现在我们该回家了。你对她都了解多少？她有家人吗？有没有谁会找她？"

"我不知道……她……我想她好像提到过一个妹妹？"

"目前来说，还没有人知道她死了，没有人知道她失踪了。我们要让这种状态继续保持下去。"

半夜十二点一刻，我们回到了阿瓦隆，透过劳伦斯卧室窗边的影子，我看见他的床头灯还亮着。我真的很希望能在他到家的时候迎接他，听他聊聊那天晚上过得怎么样。我让安德鲁给我俩各倒杯白兰地，我先去看看我们的儿子。他四肢摊开躺在床上，我揉了揉他的头发，又亲吻了他的额头，他一动不动。"晚安，劳伦斯。"我轻声说道，但他已经沉沉地睡了过去。我关掉他的床头灯，关上卧室的门，然后在下楼之前去浴室柜里拿了一片安定。我需要冷静。

安德鲁浑身像筛糠一样颤抖着："天哪，莉迪亚，我们有大麻烦了。或许我们该打电话给警察。"

我添满了他的酒杯，把瓶子里剩下的酒都倒进了自己的杯子里。他仍然惊魂未定。

"打给警察，然后彻底毁掉劳伦斯的人生吗？明天又是新的一天。等明天我们再来处理这些，但无论发生什么事，我们一定要想着劳伦斯。一点都不能让他知道。"

"劳伦斯？这跟他有什么关系？那安妮呢？哦，天哪，我们杀了她，我们谋杀了她。我们会进监狱的。"

我可不会进监狱。不然谁来照顾劳伦斯？我抚摸着他的手臂安抚他道："我们明天再来想办法。没人看到我们，也没人能把我们跟那个女孩联系起来。对于她那些勾当她应该羞于对任何人启齿才对。我们得想想要把她的尸体放在哪里。"

"你确定没人看到我们？"

"海滩上连个人影都没有。为了确认这一点我把整个海滩都走了一圈。亲爱的，去睡觉吧。明天就没事了。"

他看着我，好像我疯了似的。

我死死瞪着他，说道："勒死她的人可不是我。"

眼泪顺着他的脸颊不断往下流，他说："可要不是你砸了她的……"

"不然怎样？不然她还能死得稍微慢些？还是说会形成永久性的脑损伤？"

"我们可以说我们发现她的时候她就已经是那样了！"

"那你现在是想开车回去把她扔在那里，然后从电话亭打电话叫救护车，再去解释你凌晨一点在海滩上干什么吗？"

他看着自己的杯底。

"那我们该怎么办？"

"睡觉。"

上楼的时候，我听到洗衣机转动的声音。我很疑惑劳伦斯怎么会想起在周五的晚上洗衣服，这太不像他了。不过这倒提醒了我，我和安德鲁的衣服也真得洗洗才行。我们都把衣服脱了下来，然后我把这堆衣服放到一旁准备第二天早上再洗。我冲掉了我们鞋上的沙子，又把我们走过的地板清扫了一遍。我把簸箕里的沙子倒在了后花园，就在厨房窗外那片茂密的草坪上。我仔细看了看地面，我一直很想在那里弄一个花坛。

等我钻到床上，我伸出双臂抱住了一直在哆嗦的安德鲁，他转过身面对着我，我们做了爱，两个人拼命抓住、抱紧彼此，就像是刚刚经历了一场可怕的灾难。

　　直到一年前，安德鲁一直都是个非常好的丈夫。二十一年来，我们的婚姻一直很坚固。爸爸对他赞许有加。临终前爸爸曾说，能把我交给一个可靠的人，他深感宽慰。安德鲁从前在海兰戈德布拉特律师事务所工作，是爸爸的徒弟。爸爸把他揽入麾下，让他成了得意门生。在我大概二十五岁的时候，有一天，爸爸给家里打来电话，告诉我有一位特殊的客人会来家里吃饭，让我准备点好菜，再去做个头发。"别涂口红。"他说。爸爸对化妆一直有意见。"我看不惯那种浓妆艳抹的荡妇！"对美国的电影明星他会这样说。爸爸的观点有些极端。"你是我的漂亮女儿。清水芙蓉，何须雕饰呢。"

　　我对这位客人很好奇，想知道我为何要为他盛装打扮。当然，我早该猜到爸爸是想给我安排相亲。他的担心没有必要。安德鲁很快就喜欢上了我，还费尽周折想赢得我的心，他说他愿意为我做任何事。"我无法把目光从你身上移开。"他说。的确如此，我走到哪里他的目光就追随到哪里。他一直称我是对他最好的嘉奖，是他的珍宝。我也很爱他。父亲向来知道什么是对我最好的。

　　我们的恋爱期短暂而甜蜜。安德鲁出身于一个良好的家庭。他已故的父亲曾是一名儿科顾问，虽然我发现他母亲有些不同意见，但她也没有反对我们交往。毕竟，等安德鲁娶了我，他也能得到阿瓦隆，这是一栋拥有五间卧室的乔治王朝时期风格的独立式住宅，位于南都柏林郡卡宾提利一片一英亩见方的土地上。安德鲁想在结婚后买一栋我们自己的房子，但爸爸果断反对："你就搬来这里住，这里就是莉迪亚的家。白送给你的东西就不要挑三拣四了。"

于是安德鲁搬来了我们家，爸爸把主卧腾出来，搬到了走廊另一头的大卧室里。安德鲁跟我发了一通牢骚："可是亲爱的，你不觉得这很别扭吗？我可是跟我老板住在一起啊！"我也承认，爸爸的确经常对安德鲁呼来喝去，但安德鲁很快就习惯了。我想他也知道自己有多幸运。

我不愿意组织派对，也不想跟其他夫妇交往，安德鲁对此并不介意。他说他很高兴能独占我。他善良又慷慨，还非常体贴。他通常都会避免正面冲突，所以我们很少发生争执。遇到情绪比较激动的时候，他会踢打或者扔东西，但我想这也是人之常情。而且他事后都会非常懊悔。

安德鲁努力地工作，一步步地往上爬，直到有一天，他在高尔夫球场上投入的那些时间和精力终于有了回报，三年前，他被任命为刑事法庭的一名法官。他在社会上很受景仰，他说话人们都会认真聆听，报纸上也会引述他的言论。无论在法律还是司法方面，他都被公认为理性声音的代表。

但是去年，他从前的老朋友、会计以及高尔夫球友帕迪·凯里，卷了我们的钱跑到了国外。我本以为，至少安德鲁能把我们的财务事宜打理好，毕竟，赚钱养家、料理好家里的经济事务是身为一个丈夫的责任。他却相信帕迪·凯里，把一切都交给他去管理，而帕迪把我们都耍了。除了一堆债务和责任我们什么都没有了，安德鲁丰厚的薪水也仅够勉强维持我们的日常开支。

我是不是真的嫁得不好？我的角色，应该是做一个上得厅堂、下得厨房的主妇，一个好伴侣、好厨师，一个好情人和一位好母亲。母亲啊。

安德鲁提议要卖一些地给开发商来筹集资本。这让我十分惶恐。像我们这种身份地位的人没人会做这种事。我的一生都是在阿瓦隆度过的。我父亲从他的父亲那里继承了这栋房子，这是我出生的地方，也是我姐姐去世的地方。我不会妥协，不会同意卖掉阿瓦隆的一草一木一砖一瓦。同样，对于我们要付给那个女孩的钱，我也绝不会让步。

然而，我们不得不让劳伦斯离开那贵得要死的卡迈克尔公学，改送他去圣马丁。我的心都碎了。我知道他在那里很不开心，也知道他因为阶级和口音受到了欺凌，可我们确实没有那么多钱了。安德鲁很快卖掉了一些家里的银器来偿还我们的债务，现在我们只能勉强维持生计。他不能冒被宣布破产的风险，否则他会被迫辞去法官职务。我们的生活原本就从不过度铺张，如今仅有的一些已经习以为常的奢侈享受也慢慢消失了。他放弃了高尔夫球俱乐部的会籍，但坚持要保留我在斯维茨和布朗·托马斯的店铺账户。他从来不愿意让我失望。

可现在这情形呢？车库里汽车后备厢里有个死掉的女孩。我很抱歉她死了，但老实说，在当时的情况下，要说我不想或者不会亲手勒死她，也不是真心话。我们只是想拿回自己的钱。我总是忍不住想起那女孩手臂内侧的伤疤。我曾经在 BBC 看过一部关于海洛因成瘾者的纪录片，也在报纸上读到过关于海洛因泛滥的报道。很显然，她把我们的钱都注射进了自己的血管里，完全没把我们需要的和想要的放在心上。

我身边的安德鲁睡着了，时不时地呜咽抽泣几声，我心里有了计划。

第二天是星期六，早上劳伦斯很晚才起床。我警告安德鲁要尽量少说话，他欣然同意了。他眼神空洞，自从那晚之后，他说话时声音里始终带着一丝颤抖。他和劳伦斯之间的关系一直问题重重，所以他俩也不太愿意交谈。我打算白天把劳伦斯从家里支开，让他去城里跑跑腿之类的，在这期间让安德鲁把那女孩埋在我们家的花园里。安德鲁很惊讶我竟然会想把她埋在这里，但我告诉他，这样一来她就永远不会被发现了。我们自家的房产控制权在我们手中，没有我们的允许没人能进来。我们宽大的后花园是无法从旁俯视的。我知道把她埋在哪个位置最为合适。在我小时候，厨房窗外那棵法国梧桐下面曾经有一个观赏池塘，但在我姐姐死后，爸爸就把它给填平了。池塘从前的石边，已经在泥土下面躺了近四十年，正好就像一座坟墓。

等安德鲁埋掉尸体之后，他可以把车子清扫干净，用吸尘器彻底吸一吸，不留下任何一丝纤维或是指纹。我坚持要把所有的预防措施做到位。因为工作的关系，安德鲁知道什么样的事情可以成为罪证。没人看到我们在沙滩上发生的事，不过凡事总有个万一，小心驶得万年船。

当劳伦斯来到早餐桌前时，他走路明显有些跛脚。我试着表现得欢快一些："你今天怎么样啊，亲爱的？"安德鲁把他的《爱尔兰时报》举在面前，从他发白的指关节，我能看出他在使劲攥着报纸来克制自己双手的颤抖。

"我的脚踝很疼。昨晚上楼的时候绊了一跤。"

我赶紧查看了一下他的脚踝，肿得非常厉害，可能还有些扭伤。我打发他进城的计划泡汤了。但我还是可以把我儿子牵制住，也就是所谓的限制活动范围。我给他的脚踝打上绷带，要他一整天都待在沙发上。这样一来，我就能看着他，阻止他去屋后面我们准备掩埋尸体的地方。劳伦斯并不是个活泼好动的男孩，所以躺在沙发上看一整天电视，对他而言丝毫不是什么难事，何况还有食物给他端到嘴边。

夜幕逐渐降临，一切都已处理妥当后，安德鲁点燃了一堆篝火。我不知道他在烧什么，但我已经反复跟他强调过要把所有的证据都毁灭干净："就把这想成你在法庭上的一个案子吧，什么样的事情会导致谎言被戳穿呢？一定要做到干净彻底！"他的确做到了干净彻底，这一点我得给他一些肯定。

然而，劳伦斯是个聪明的孩子。他的直觉很敏锐，就像我一样，他注意到了他父亲阴暗的情绪。安德鲁为了要看电视新闻发了一通脾气，我想，他是在害怕，怕看到关于那个女孩的新闻。但她没有出现。他说他感冒了，于是早早就上了床。过了一会儿我来到楼上，他正往一只行李箱里扔东西。

"你在干什么？"

"我受不了了。我要离开这里。"

"去哪儿？你打算去哪儿？我们现在什么也无法改变。已经太迟了。"

他破天荒第一次对我发了火，愤怒地冲我大喊：

"都是你的错！要不是因为你我根本不会认识她。我就不应该这么做。这从一开始就是个疯狂的主意，可你就是不肯罢休，你简直着了魔了！你给我施加了太多的压力。我不是那种男人，那种可以……"他的声音弱了下去，因为事实证明，他的确就是那种会勒死一个小姑娘的男人，只不过他到现在才明白过来而已。而且，我的计划本来完美无缺，却被他给毁掉了。

"我早就跟你说要挑个健康的女孩。你没看见她手上那些印迹吗？她是个吸食海洛因的瘾君子。你不记得那部纪录片了吗？你一定注意到她的手臂了吧。"

他一下子崩溃了，泣不成声，整个人瘫倒在床上，我揽过他的头让其靠在我颈弯来捂住他的哭声。绝对不能让劳伦斯听见。在他肩膀的抽动逐渐平缓下来后，我把行李箱里的东西都倒了出来，再把箱子放回到衣柜顶上。

"把你的东西收起来。我们哪里也不去。我们得照常过日子。这是我们的家，我们是一家人。劳伦斯，你，还有我。"

2. 卡伦

　　我最后一次见到安妮是在她位于汉伯里街的单间出租屋里，那天是一九八〇年十一月十三日，星期四。我记得，那天她家里跟平常一样一尘不染。不管她的生活有多么混乱，自从在圣约瑟夫待过之后，安妮始终近乎疯狂地保持着整洁。毯子整齐地叠放在床尾，窗户大敞着，冰冷的空气得以进入房间。

　　"你就不能把窗户关上吗，安妮？"

　　"等我把烟抽完。"

　　她躺在床上，嘴里抽着一根短短的没有滤嘴的香烟，我去泡了一壶茶。杯子整齐地倒扣着排列在架子上，把手一致朝着前方。我从茶叶罐里舀了两勺茶叶倒进烫好的茶壶里，再倒进开水。她看了看表。

　　"两分钟。你得让它静置两分钟。"

　　"我知道怎么泡茶。"

　　"没人知道怎样正确地泡茶。"

　　安妮就是这一点总让我抓狂。她太固执。这就是她处事的方式，或者说是错误的方式。

　　"冻死人了。"她把她的长毛衣裹得紧紧的，衣袖在她的双手下方荡来荡去。两分钟到了之后，等到她点了头，我才获准去倒茶。我递给她一杯茶，她把烟灰缸里的烟灰倒进了一只塑料袋，小心地叠起来之后才放进了垃圾桶。

"你确定袋子封好了？"我挖苦她说。

"封好了。"她认真地答道。她伸出手关上了窗户，然后拿出一罐空气清新剂把屋里喷了一遍，那味道呛死人了。

"妈怎么样了？"她问道。

"她很担心你。爸也是。"

"嗯，是。"她撇着嘴说道。

"星期天你没待多久就走了。你总是急匆匆地赶着去别处。他们的确很担心你。"

"当然了。"

我姐姐和我一向非常不同。我觉得自己是个好孩子，但也许只是相对于安妮而言。在学校我学得很快，一切对我来说都更容易些。如果我们一起去商店，店员总是会彻底忽略她，只为我服务。人们总会想帮助我，为我做一些事。安妮总是说这是因为我长得漂亮，但她说这些从来不是出于妒忌。从某种程度上说，我们长得很像。小时候，因为我们的一头火焰般的红发，人们总爱喊我们"胡萝卜头"，但我们有一点明显的不同。安妮一生下来就患有唇裂。在她还是婴儿的时候曾做过一次拙劣的手术，她的上唇前端被拉长绷直了，一道伤疤从她的鼻子一直延伸到嘴巴。我的嘴角有些上翘，所以看上去笑意盈盈。我想就是因为这个大家才说我漂亮吧。其实我并不漂亮。当我看着镜子，只会看到那个胡萝卜头卡伦。

在我们很小的时候，安妮就时常消失不见。当我们在房前跟邻居玩耍时，妈会走出来问："安妮去哪儿了？"然后我们都会被派出去找她。有时她会在大人允许的玩耍区域之外的某条大街上，有一次，她还上了一辆进城的公共汽车，住在 42 号的凯利夫人发现了她，把她带了回来。我想，安妮只是好奇心太强。任何事她都想知道个究竟。那个时候，爸和她还很亲密。她时常爬到爸肩上，然后爸会背着她满屋子转，她开心得哈哈大笑，但我个子小些，不敢爬到那么高。不过，到了她十几岁的时候，爸和安妮变得水火不容。

我姐姐早就声名在外了。妈说安妮出生的时候是脚先从子宫里踹出来的，自那以后她就再也没有安分过。她总是因为各种问题惹上麻烦，比如目无尊长、偷窃、毁坏公物、逃学，还殴打其他女孩。不可否认她很聪明，但她没有把这种聪明用在学习上。她学认字很慢，书写就更困难了。我比她小三岁，到我七岁的时候，我的读写能力已经超过她了。我费时费力来帮助她，可她说书上的字她经常看不懂。即便是我写下一个句子让她照抄下来，她都能抄得乱七八糟。到她十四岁离开家的时候，她已经转学两次了。她书写差不多没有问题，但那时候她最大的爱好是抽烟喝酒。妈试着跟她谈过，动之以情晓之以理，当发现来软的没什么用，爸就来了硬的。爸打了她，把她关在房间里，可我知道这样做他心里也非常痛苦。"天哪，安妮，看看你把我逼成什么样了！"说完，他就会沉默不语，一连好几天一言不发。可是即便如此也没有丝毫作用，到最后，在那个年代一个家庭能够发生的最糟糕的事终于还是来了。直到她离开四个月之后，我们才得知此事。

天仿佛都要塌下来了。她才十六岁啊。孩子的父亲是个跟她差不多大的男孩，不出意料，他拒绝承担任何责任，还说那孩子到底是谁的根本说不准。之后他和他的家人很快就搬走了。爸给教区牧师打了电话，牧师和一个警卫把安妮装进一辆黑色轿车里带去了圣约瑟夫。后来的近两年时间里我再也没见过她。

等她回来时，整个人都变了。她的痉挛症和洁癖就是从那时候开始的。以前她从不会这样。她的样子也让我们大吃一惊。她的头被剃光了，一头火焰般的红发不见了。她整个人骨瘦如柴。她回来的第一晚，在我们同住的房间里，我问她被关在一所母婴之家是什么感觉，她说那里简直就是人间地狱，她不愿再想起在那儿的日子。她跟我说了婴儿出生那天的情况。那是八月的第一天，她给孩子起名叫玛妮。"她简直太完美了，"她说，"就连嘴巴都长得非常完美。"当我问起孩子去哪儿了，她转过头对着墙壁哭了起来。回来后的头两个月，她经常在床底下藏食物。哪怕一丁点响动都会使她一惊一乍的。不管是安妮还是我的父母都从没提起过那个孩子。我们尽量保持一切如常，安妮也努力地安顿下来。爸在他工作的面包房给她找了个打扫卫生的工作。她的头发慢慢长了出来，她却把头发给染黑了，是那种刺眼的蓝黑色。这是她的反抗宣言。

几个月过去后，到了八月一日，我在蒲公英市场给安妮买了一份礼物，是一条身份手链。我在手链上刻上了"玛妮"这个名字。为了买这个礼物我存了一阵子钱，不过手链不是真的银质的，所以很快就失去了光泽。不过，那条手链她自从戴上之后就再也没有摘下来过。有一天爸提到了这条手链。

"你手上戴的是什么？"

她伸出手腕横到他面前，可他认不出手链上的字。

"你想知道我可以告诉你，上面写的是'玛妮'，"她说，"是你外孙女的名字。"

渐渐地，安妮又变回了从前那个她。由于工作质量低下，她被爸的老板炒了鱿鱼。之后，她和爸之间的关系降到了冰点，接着她就从家里搬了出去。坦白说，在她搬出去的时候我心里是很高兴的。

虽然她骨子里一直很叛逆，但在我教她学习的时候，安妮都会认真完成我给她布置的作业，也会尽量不闯祸。

"卡伦，你不光有头脑，还有美貌，"她说，"你得把这两样东西好好用起来。"

我想，我的确是足够聪明的，而且我喜欢上学，我拼尽全力来洗刷她给我留下的污名。我的老师们很认可我的努力。有一天，唐纳利老师给我的英语考试成绩打上一个 B 之后说道："你和你姐姐啊，简直一个天上一个地下。"我本打算十五岁退学去莱蒙斯工厂上班，唐纳利老师找爸妈谈了谈，告诉他们我可以继续念书考取高中毕业证书。我们家里还从没有人拿到过高中毕业证书。我父母听了都非常激动，安妮也欣喜若狂。"你能把我的坏名声给抹掉！"她说。

我并不是个天才，为了不辜负爸妈的期望我很努力地学习。后来，当我取得不错的成绩时，他们开始讨论送我上大学的事了。我知道供我读书已经给父母造成了很大负担，我本该出去工作养家的，我可以半工半读，但我决定不了要学什么专业。英语和艺术是我最擅长的学科，但如果我大学学了英语，就必须取得一个三年制的文科学位和一个一年制的HDip[①]学位才当得了老师，而如果我选择艺术专业，那我必须得去一所艺术院校，而妈说当艺术家是没饭吃的。总而言之，大学不适合我这种阶层的人。

妈觉得我应该去学习文秘课程。市面上还有些打字员的工作可以做，虽然这样的职位也少之又少，但这主意听起来倒是好多了，而且AnCO[②]针对在高中毕业考试取得优异成绩的女孩开设了一项为期六周的培训课程。安妮对我很失望："你应该去上大学的，你可以申请助学金。"她并不理解我为什么不愿意上大学。与她不同，我对世界并没有那么多的好奇。她很高兴我留在学校读书，可当她喝醉的时候，她曾嘲笑我说话总用一些她听不懂的文绉绉的词汇。

安妮在各处做一些零散的清洁工作，但大部分时候都住在离家不远的单间出租屋里，靠领救济金过日子。妈时不时会悄悄给她一些钱。星期天她回家的时候，爸会假装很高兴看到她，但我想他是为她感到丢脸的，不过他不肯承认。他不明白安妮为什么会跟我们其他人如此不同。爸，妈，还有我，都努力地工作和生活。我们都沉默寡言也尽量避免麻烦，可安妮总是追着麻烦跑。

学完六周的课程之后，我在一家干洗公司找了份工作，主要打印发票，还做一些记账的工作。虽然说不上对这份工作有多热爱，但我是在

① HDip：高等文凭。
② AnCO：一些学校。

那里认识德西·芬伦的。我打过交道的一些男人很低级，他们会对我的身材评头论足或是说一些下流的话，可德西跟他们不一样。反正就是恭恭敬敬的。有一天，我看见他因为一个年轻小伙子对我说话无礼，而给了他一耳光。德西是货车司机之一。他非常害羞，足足等了六个月之久才鼓起勇气约我出去。我想他是觉得我们之间的年龄差距太大。他已经二十六岁了，足足比我大了九岁。我的工作中最美好的时刻就是他来接货或是送货的时候，我们会疯了一样咯咯傻笑，相互调情。后来我们开始正式约会了。他说他不敢相信自己竟然这么幸运，我竟然答应跟他约会。当店里的人们都清楚地知道德西·芬伦和我是一对之后，之前那些言论都停止了。德西虽然平时寡言少语，但要是你惹到他，他也是狠得起来的。据说他很爱打架，年轻时没少动过拳头。

这份工作很枯燥，我大多数时间都无所事事，不过我挣的钱足够我从家里搬出来住了。我跟安妮说我们可以一起租套公寓，不过她对这个主意并没什么兴趣。我很失望。我跟妈提起了这事，妈告诉了爸。爸说："别跟安妮一起住，她会把你拉低到她那种水准上去。"我曾想过，如果我当时搬去跟安妮同住了，一切会不会有所不同。不知爸是否记得自己当初说过的话，这会不会让他夜不能寐。我不想去提醒他。他已经很痛苦了。我们都很痛苦。

我最后一次见到安妮那天，她有些不安，但似乎又在为什么事而兴奋。她说她要给我买一套像样的绘画套装，她知道我依然热爱素描和绘画。被承诺了这样一份礼物我本应激动不已，可我太了解安妮了。见我没有高兴得跳起来，她有些生气，谁让她总是发誓要给我买东西或是陪我一起做什么，最后却都只是说说而已。

"是很不错的一个套装。我在克拉克美术用品店的橱窗里看到过，成管的颜料装在一个巨大的木盒子里，还配了各种各样的画笔。全都是水彩和墨水，不是油彩。你看，你跟我说过的你那些艺术的玩意我都记着呢，我知道你不喜欢油彩。那个套装漂亮极了。那盒子看上去真的很过时，但是全新的，里面还配了好些东西。我星期六早上去给你买。我真的会去买的，我保证。你星期六过来吧，下午来。"

"你哪里来的钱买那些啊？"

"这你就别操心了，到时候我就有钱了。"

"好吧。"

"我会有的。你不信我吗，卡伦？"

还是顺着她说比较省事，不过我知道这个承诺绝不可能实现。就好像几个星期前那次，她说好了跟我一起去修道院街上的雪利斯餐厅吃饭，我大冷天站在店外等了半个小时，可她根本没有出现，等我打电话问她时，她却说她很忙，等下次再一起去。

抛开这些不谈，我是爱安妮的。她希望能给我最好的，希望我能从她的错误中吸取教训。她警告我要担心男孩子，还说我们周围那些男孩根本配不上我，让我要洁身自好，等待生命中那个特别的人出现。我并不总是听她的话。除了她，没人能让我像那样开怀大笑，在母婴之家度过的日子让她身上那种明艳的光芒变得有些暗淡，可正当那种光芒又渐渐重新闪耀起来时，她却突然消失了。

"你保证，保证星期六过来？三点左右，行吗？我都等不及要看你打开礼物时的表情了。"我答应了她，心里却不敢奢望她能信守承诺，然而，我从没想过那会是我见她的最后一面。

"当然没问题，"我说，"我会带德西过来。"

她的脸上顿时乌云密布。他们两人本来相处得不错，虽然德西觉得她太野。他不喜欢她总喝那么醉，跟爸一样，爸也不喜欢我总跟安妮在一起。当我把安妮怀孕和住进圣约瑟夫的事告诉德西之后，他对安妮的态度更加恶劣了。

"她也是那种荡妇吗？"他说，"孩子的父亲是谁？会不会连她自己都不知道？"

他的反应让我很厌恶。后来我晾了他好几个星期，上班的时候也不肯跟他说话，不过他没有放弃，最后还是凭借一束花和一篇书面道歉信再次打动了我。他说他不该辱骂我姐姐。可是，如果连德西这样一个和善的好人都对安妮是这样的看法，那其他人也一定是同样的想法。自那以后，他跟安妮在一起就始终不自在，安妮并不傻，她也察觉到了。

"你男人怎么了？"有一次在维京酒吧，她说道，"他总是急匆匆地要走。"

"他只是不太喜欢这家酒吧。"我说，这是实话。维京酒吧位于城里一片半荒废的地带，环境非常糟糕。那些十多岁的吸毒者都在那附近活动。德西因为我们要在那里跟安妮见面常发牢骚，可安妮是个死守习惯的人。"那里到处都是酒鬼。"他说道，但我指出，爱尔兰又有几个酒吧里不是酒鬼成群呢。显然，安妮在酒吧很受欢迎，她是最年轻的常客之一。到了深夜，会进入演唱时间，已经疲惫不堪的安妮会大声地唱

Do Ya Think I'm Sexy 或是 I Will Survive①。德西很讨厌这样。他会说：
"她简直是在出洋相。"虽然有时候我也同意他的说法，可安妮唱起来
都在调上，甚至还能记得完整的歌词。我可不打算阻止她自得其乐。

星期六去她的公寓时，我改变主意没有带上德西。发现她不在家，
我一点也不意外。晚上我给她打去电话，有个女孩在走廊里接了电话，
说会帮我留个口信。

星期天在爸妈家，安妮也没有出现。十二点半做完弥撒之后的午餐
聚餐是我们家唯——一直坚持的规矩，安妮大多数时候会来。

"妈，她给你打电话说她不来了吗？"

"她没打，那个死丫头。"爸说道，他把安妮这种不负责任的行为
当作对他个人的羞辱。我连忙打圆场。

"她兴许是感冒了，我星期四去见她的时候她公寓里简直像冰窖一样。"

"她没把煤气炉打开吗？"

"开了，但你也知道，她抽烟的时候都会把窗户打开。"

"她抽烟都是跟你学的。"妈妈对着爸说。

"我跟你说，波琳，她也就只有这一点像我。"

我赶紧转移话题，问爸星期四有没有打算去看赛狗。

第二天是星期一，我跟德西又一次去了她家，但她公寓里依然没人
应声，不过我拦住了一个正要出门的女孩。这栋两层楼的房子里共有三
个单间，卫生间是大家共用的。我问那个女孩有没有见到安妮。"你一

----

① 歌名，直译分别为《你是否觉得我性感》和《我会活下来》。

问我倒是想起来，星期四还是星期五之后就没再见过她了。我以为她不在呢。通常都是她的收音机把我吵醒的。"

那是我第一次感觉有些担心。安妮不会就这样不辞而别。况且，她能去哪儿呢？

"是不是跟什么男人走了？"德西说道，在我狠狠瞪了他一眼之后，他闭上了嘴。

我们通常一个星期联系两到三次，可到了星期三，我还是没有她的消息。我去了妈家，但她也没有安妮的消息。

"她有没有跟你提到过要走？"

"完全没有。太奇怪了。"

当爸从面包房下班回到家时，我还没走。

"她可能去哪儿鬼混了。她会出现的。"

"她以前从没有消失过这么长时间，都快一个星期了。"

"你最后见到她是什么时候？"

"上周四。她让我星期六去她家。她跟我保证会在家的。"我没有把绘画套装的事告诉他，没有必要。

"她可是保证过呢，是吧？"他嘲讽地说。

到了星期五，我们还是联系不上她，我们都知道出事了。爸跟我一起去了她的公寓，妈给她的朋友和一些以前和她一起工作过的女孩打了一圈电话。在安妮的公寓里，另一位租户说她整个星期都不在。我们用走廊里的电话打给房东把他叫了过来，这个长着大鼻子汗流浃背的大块头男人抱怨我们过了晚上六点还打扰他。他拿出一大串钥匙打开了安妮的房间门。房间里的一切都跟平常一样干净整洁，可除了她那件灰色的人字织纹大衣和她生日时妈买给她的无袖羊毛裙子，还有那双紫色及膝靴，我所知道的她的所有衣物都还在衣柜里。我不想乱翻她的东西，但我只需要快速扫一眼就知道她没有出远门。她那只长款旅行包还在梳妆台下面。一只马克杯放在水槽里，杯底有一块霉斑。

"爸，如果她知道自己要离开，绝不会就这样把杯子扔在那儿不管的。如果只是离开几小时倒是有可能，可那杯子在那儿放了得有好多天了。"

房东说道："你们知道吧，她的房租下个星期就到期了。我可不做亏本生意。"

"你能不能闭嘴！"爸说道，见他这样我暗暗高兴，因为他在为安妮说话，我已经很久没有听他这样说过了。房东让我们离开，还说他要是下周没有收到房租，就要把安妮的东西装袋子里扔到门口。

当我们带着刚得知的情况回到家，妈已经心急如焚。一周以来安妮的朋友们谁也没有见过她，而且她已经错过两次在城里的清洁工作了。就这几点还不足以让我们警觉，但我胆小的母亲居然在天黑之后勇敢地去了维京酒吧。那里的常客都认识安妮，可他们也说安妮有一个星期没去过了。

"你觉得她会不会又被人搞大了肚子回了圣约瑟夫？"爸说着，声音中有了一丝担忧。

"爸，她绝不会再回那里，绝不可能。我知道她不会的。"妈也赞成我的说法。"即便她真的怀孕了，她为什么会连衣服或是包都不带就离开呢？"

"我这就打电话报警。"爸说道。那天，是一九八〇年十一月二十一日，星期五。

3. 劳伦斯

他的谎话我听得一清二楚。

"十一月十四日那个周末吗？我想想……稍等……我想一下……啊，对，我跟我太太都在家。你问这个做什么，警官？"

"整个周末都在吗？你们没离开过家里？"

"是的，我星期五下午大约六点下班回到家之后就没再出去了。"

这是在撒谎。

"那么只有您和您太太在家吗？没有别人？"

"我儿子出去了。不过我想他应该在十二点之前回来了。为什么问这些？"

"那个，先生，就是……先生，最近几个月有人看到一辆车去那个失踪的女人家里拜访……就像您的车一样，先生……像那辆老款捷豹。"

那个警察听上去很紧张，说话低声下气的，一句话重复那么多遍"先生"。看样子他是倒霉被抽中，摊上了问询我爸爸的苦差事。或者按照爸爸最近的新头衔，应该称他为菲茨西蒙斯法官。

"可以告诉我你的姓名吗？"父亲问道，虽然我看不见他，但能听出他声音中那种高高在上的气势，然而夹杂其中的一种奇怪的颤音我倒是第一次听到。我身后的厨房门只开了一条缝，我只好竖起耳朵去听接下来发生在门口的对话。

"我叫穆尼，先生。很抱歉我必须问一下，像……"

"那你具体是什么级别，穆尼？"他把那个"穆"字拉得很长。

"我是警探，先生。"

"知道了。这么说，不是警长或者警督了？"

这个语调我太熟悉了。爸爸有时对陌生人会很无礼、很轻蔑，还会无缘无故大发雷霆。他有时候会让我很害怕，我也不知道他是不是故意的，但就是觉得他很吓人。

桌子对面，我的妈妈正一脸狐疑地看着我。

"这是你吃的第五个土豆了吧，劳伦斯？趁你爸爸没看见，赶紧吃吧，快点。"

我并没有计数。

妈妈站起身来，自言自语地嘀咕着，抱怨从门口吹来的穿堂风。她关上我身后的门，打开了收音机，跟着电台正在播放的歌曲不成调地哼唱起来。我没说话，但这下我听不见门口对话的内容了。

我爸爸刚才有意对警察说了谎。坦白说，他的谎言让我很震惊。他刚才被问到了大约两周之前的行踪。那个周五的晚上我记得非常清楚，因为那晚我也在经历自己的奇遇。对于我那晚的去向，我也说了谎。我告诉父母我要跟学校的朋友一起去看电影，但其实我正忙着跟海伦·达西初尝禁果，她家住在福克斯洛克公园，离我家只有十分钟的路程。

我本没打算第一次正式约会就跟海伦发生关系。我并不觉得她漂亮。

她有一头非常美的丝绸一样的金发，但整个身材轮廓在很宽的同时又太瘦。皮包骨头的脖子上顶着一张大得有些不正常的脸。相比之下，我的皮肤可以说是完美无瑕了，也许是皮肤被拉伸开的缘故。

我会去海伦的家，仅仅是因为她邀请我而已。我并不经常收到别人的邀请。

几个星期前，在放学回家的路上，她追上了我。那天也像平常一样下着雨。学校的日子太糟糕了。我去年一月才开始在圣马丁男子学院上学，都是那该死的帕迪·凯里害的。我尽了最大努力不让父母知道我在新学校受到了怎样的欺凌。特别是有那么四五个只长肌肉不长脑子的男孩。第一个月过去后，他们不再经常对我进行人身攻击，可我的书总被偷走，或是被胡乱涂上一些不堪入目的话，我的午餐也会被拿走，然后被换成一些恶心得我都不想说的东西。

海伦的学校是一所收费学校，离市区稍微近些，但她家住在我们学校附近。我曾经偶然从我们班男孩口中听说过她的事。班上那些恶霸对她的蔑视并不比对我少，这让我对她有了一丝亲切感。

还没看见她，我先听到了她的声音。"你叫什么名字？"她问道。我转过身去。她绿色的校服裙子是用一种毛茸茸的织物做成的，有些地方已经磨得快秃了，一侧的镶边也掉了下来。我看见她的衣领挨着脖子的地方也已经磨得很旧了。

"劳伦斯，劳伦斯·菲茨西蒙斯。"

"啊，对了，我听说过你。他们为什么叫你河马？我看你挺正常的啊。"

我一下子对她有了好感，说道："我本来就很正常。他们只是不喜欢我罢了。"

"不过，他们喜不喜欢关我们屁事。你是住在布伦南斯敦路吗？我在那附近见过你。"

我家住在阿瓦隆，就在那条路的尽头，是一座独立式住宅，带有一片精心打理的花园，可我不确定是否应该告诉她这些。她似乎并不在意我有没有回复她的问题。我们友好地一同朝前漫步。经过特里莎咖啡馆时，她提出让我请她喝杯可乐。我犹豫了。

"那好吧，我请你喝好了。"说着，她推开了玻璃门。这时候，不跟上去会有些不礼貌。不幸的是，那些恶霸已经在店里了，就坐在柜台旁边。

"哼，哼！"其中一人朝我们的方向叫道。

"呸，白痴，"海伦说，"别理他们。"

在阿瓦隆，我们很少说脏话，可现在呢，短短五分钟里，我已经听到了"屁"和"呸"，还是从一个女孩口中说出来的。我有时候也会用脏字，但从来不会大声说出来。

海伦沉着地溜达到柜台前，然后端着两杯可乐回来了。

我塞给她两枚十便士的硬币来付可乐钱。

"不用给我。不是因为我付了饮料钱你就得约我出去。"

约她出去？

"我想付钱。这样才公平。"

"那好吧。"她说。我们用细细的吸管喝着可乐，彼此沉默了一阵。接着她说道："你要是不胖的话应该会相当帅呢。"

我很胖，这对我来说不算什么新鲜事了。妈妈说我这是婴儿肥，很快就会消退的，可我已经十七岁了。爸爸说我吃得太多了。体重秤显示我有九十五公斤。我并不是一直这么胖，就是在这过去的一年里，从我转校以来，我的饮食习惯就变得一发不可收拾。我越是焦虑越是痛苦，肚子就越觉得饥饿难耐。我热爱食物，尤其是那些让人发胖的食物。然而，这是第一次有除了我父母之外的人说我胖，却不带一丝鄙夷的神情。

"你的头发很漂亮。"为了回馈她的赞扬，我说道。她看上去很高兴。

"我也喜欢食物，说不定吃得比你还多。"她说道。显然海伦对于我肚里究竟能装多少食物根本没有概念。

"你要是能把体重分个二十公斤左右给我，那我们就都完美了。"

后来的几个星期我和海伦又见过几次面。我们轮流买可乐。接着有一天，海伦说："你想不想明晚来我家？"

"去干什么？"

"来看我啊，开启美好的周末。"她说着，就好像被邀请去女孩子家是件再寻常不过的事一样，"我妈妈做了个非常棒的蛋糕，要是没人吃的话就要被扔掉了。"

我们认识才几个星期而已，但她已经知道我的弱点在哪里了。放学后，一切都安排妥当，她家的地址也写在了我的笔记本内封面上。

那天晚上，我在家里尽量表现得轻松随意。"明天晚上我不在家吃饭，我要跟几个男孩一起去看电影。"我故作漫不经心地说出了这番谎话。说完，我全神贯注地写着字帖。我爸爸振奋起来，他很高兴。

"嗯，这可真是不错，太好了。跟朋友出去玩是吧？你们准备看什么电影呢？新出了一部《星球大战》，是吧？"

我们一家人曾经去看过《星球大战》电影。爸爸和我非常享受，可妈妈一到爆炸的情节就捂住耳朵，一点轻微的打斗撞击声就能把她吓一跳。自从那次之后，她就发誓再也不去电影院了。

"是《金龟车大闹南美洲》。"我没去管我逐渐涨得通红的脖子，自信地说道。

"知道了。"父亲有些泄气和不解地说道，"好吧，反正应该会很不错的，跟朋友出去玩挺好的，对吧？"他意味深长地看着我妈妈，无疑是为我终于交到了朋友感到高兴，但她正忙着给我切芝士蛋糕。我推了推她的手想让她切得大块一点，她叹了口气，摇着头依了我。

"那块给我吧，"爸爸说，"给儿子一块小点的。"什么也瞒不过他。

"十二点之前要回来。"

"十二点？！可我们都还不知道那些人是……"

"别再说了，莉迪亚。"爸爸结束了这个话题。

十二点。这太让我惊奇了。我以前还从来没有过宵禁令。我并不需要宵禁，不过十二点也已经很慷慨了。谢了，爸爸。可这样一来我就得完成跟海伦的约会了。我很确定这是一次真正的约会，即将在不到二十四小时之后到来。我既期待又恐惧。

为第一次约会做准备是件棘手的事。我是在报刊店里的 *Jackie* 杂志封面上看到的。一共有十个步骤。其中有两项我可以猜到：清新的口气和鲜花。

经过一番考虑，我打定了主意，对女孩来说，为约会做准备可能有十个步骤，但对男孩来说就只有这么两项。首先就是清新的口气。离开特里莎咖啡馆之后，我买了一把新牙刷和 Euthymol 牙膏①，虽然这牙膏刷起来像要把我的嘴给刷没了似的。我想着越是痛苦就应该越有效。

接下来是鲜花。当时是十一月。不过，在爸爸的温室里还有那么一些粉色和白色的康乃馨正在盛开着，于是晚上趁父母正在看《九点新闻》的时候，我偷袭了温室。我用锡纸把花包裹起来，然后轻轻装进我的书包里放在了教科书上面。

在那个至关重要的星期五，早餐之后，爸爸给了我两英镑，让我玩得开心点。当时在我们家，钱是个大问题。爸爸的会计，那该死的帕迪·凯里（这是我唯一一次听到爸爸说脏话）一年前卷了我们的钱逃走了。爸爸气得发疯。我们不能把这事告诉任何人。那个会计曾经是一位密友，至少爸爸是这样想的。凯里曾经有一些颇有名望的客户也被他害得很惨，新闻铺天盖地到处都是。目前为止，爸爸的名字还没有出现在公开的报道中。他为此极度紧张。被该死的帕迪·凯里摆了一道让他很没面子，而且他很担心如果被宣布破产，他就不能再担任法官了。一年来家里争吵不断，如何勒紧裤腰带过日子成了日常的主要话题。所以说，在没有开口索要的情况下就从爸爸那里得到两英镑实在很出乎我的意料。我想着也许这样一来我可以去店里买花，不过既然我已经有花了，再去买就有些浪费了。我不太确定这些钱应该怎么花。

到学校最后一堂课的下课铃声响起的时候，我已经满怀期待激动得

---

① Euthymol：英国的一款经典复古牙膏，特点是明亮的粉红色膏体和药味。

快要吐了。我的周五之夜通常都是一成不变的：写作业、吃晚饭，独自在电视上观看《伯南扎的牛仔》和《正义前锋》，接着跟妈妈一起看《九点新闻》和一档谈话节目，吃点零食，然后上床睡觉。光是想到能换点新鲜的活动就足够激动人心了。星期五爸爸通常会跟同事吃吃饭喝点酒。妈妈不喜欢社交活动，整天都待在家里。不过这天早上，爸爸郑重其事地表示，既然我晚上要出去，那他就陪妈妈一起待在家里。过了很久，在警察登门之后，他这一举动的重要性才凸显出来。而对我而言，当时他这样做等于堵死了我的后路，让我无法违背和海伦的约定。否则我得解释一大堆，我可受不了父亲失望的表情。

终于，我来到了海伦家的门口。她家在一片住宅小区里，房屋前面有一片公共绿地。不知道左邻右舍来来往往、低头不见抬头见是一种什么样的感觉。木门无精打采地挂在一条铰链上，白色的油漆已经一片片剥落。我父亲绝不会允许阿瓦隆变成这副年久失修的模样；不管我家的境况如何，只要有东西坏了或者出现破损，一定会立刻得到修理或是替换。面子对他来说很重要。第一印象告诉我，海伦家很邋遢。她家没有我家那种长长的车道，占地也没有那么宽广，只有一片窄小的花园和一块铺了碎石的停车区。但那里并没有车。

当她来开门的时候我很惊讶。我们都刚放学，可海伦竟然有时间换好衣服，卷好头发（她丝一般顺直的头发是她身上我唯一喜欢的一点），还化好了妆。口红是深紫色的，把她的牙齿也染上了色。她那条黑色仿皮质感的牛仔裤在她瘦骨嶙峋的腿上显得不够紧，达不到她想要的那种效果（我猜应该是想模仿《油脂》里的珊迪）。海伦看上去像个真正的成年人。我一下子处在了下风。穿着紧绷绷的校服外套，我痛苦地意识到，自己还是个小男生。

"对……对不起。"我结结巴巴地说。

但海伦见到我很高兴。"快进来！"她的欢迎之情溢于言表。她之前是在担心我不会来吗？

屋里充斥着烟味，毯子上、窗帘上、装饰品上、餐垫上、地毯上、靠枕上，还有墙上，到处都是花朵图案，让人眼花缭乱。我甚至都以为自己是在植物园里。胡乱涂画的字也随处可见，墙上有，镜子上也有。一捆捆纸张和大大小小不同类型的书也摆放得乱七八糟。

"啊，对了，我妈妈是个诗人。"海伦解释道，"她今晚不在家，我的弟弟们也去格蕾丝阿姨家住了，所以这里就我们俩。"

这些信息似乎是不经意间被透露出来的，却颇具深意。无论在这里发生什么，都不会有任何人跳出来阻拦。依据海伦的举止来判断，至少接吻是绝对少不了的了。

"你爸爸在上班吗？"我带着些许期望问道。

"我爸爸？我都好多年没见过他了。"

我在想接吻环节什么时候开始。

"我们可以吃饭了，有比萨，我放进烤箱加热一下就可以。不过有点小。你要吃几个？"她从冰箱里拿出一袋冷冻的比萨。我想要四个。不，五个。

"两个吧，谢谢。"我说。我知道自己的胃口对有些人来说是很好的笑料，况且我还惦记着她妈妈做的蛋糕，不过我也有一点担心，毕竟我连蛋糕的影子都没看见。

"三个吧，"海伦说，"这比萨太小了。"

看着她用牙齿撕开包装袋，我开始对她有了兴趣。

"你喜欢杜松子酒吗？"

"你妈妈允许你喝酒？"

"反正她又不知道。"

海伦给我们都倒了些喝的。我想起我的书包和里面的康乃馨被我忘在了门口。我本打算一到这里就送给她，不过现在看来时机已过。既然我们现在已经喝上杜松子酒，那么接吻环节也正在逼近了，所以送花就没大大必要了。

我仰头大口喝掉了她倒给我的杜松子酒。那味道刺激得我直咧嘴。我这才明白我父母为什么喝酒都是小口地抿着喝。尽管如此，我还是接连又喝下了两杯酒。

我认为晚餐还是相当愉快的，虽然我吃掉了四块比萨，只给海伦留了一块。我记得当时我问起她妈妈做的蛋糕，结果她用花盘子端上来薄薄的一片海绵蛋糕，我只好尽力掩饰自己的失望。接吻环节终于开始了，我非常高兴。我们坐在客厅的沙发上，慢慢地朝对方靠近。她的手抚摸着我的大腿。我也不确定是谁先主动的，只记得牙齿和舌头交缠碰撞的声音，还有吸吮和口水的吱吱声。

坦白说，我很快就被挑逗得兴奋起来。海伦也注意到了，于是提议去她的卧室。我犹豫了。发生性关系并不在我的计划之内。当然，我的内裤是干净的（妈妈对这一点要求很严格），但我很确信做爱就意味着要光着身子，即便在醉醺醺的状态下，我也不愿意把自己的肥肉露给别人看。在学校我也从没让人看见过。我经常伪造妈妈的字条交给体育老师，说我膝盖不好。如果不是承受了如此沉重的负担,我的膝盖也不会不好。

又快速喝下一杯酒之后,我们爬了两段楼梯上了楼。我走路跌跌撞撞的,便想了个好主意打算最后几步楼梯干脆跳上去。这时候我们一直哈哈狂笑着,当我绊了一跤扭伤了左脚之后,更是笑得直不起腰来了。我的脚有些疼,踝关节上还划了一道大口子,不过我并没有大惊小怪。我不知她会怎么跟她妈妈解释楼梯上的血迹,不过她暗示说她妈妈估计都不会注意到。我对海伦的妈妈相当好奇。

接着,我们进入了海伦的房间。"我今早换过床单了。"说着,她开始解开身上那件爷爷款衬衫的扣子。我转过身去想给她留些隐私,但紧接着就意识到这样做很傻,于是又转回来面对着她。她站在我面前,身上一丝不挂,只剩下一条屁股上印有网球拍图案的内裤。我并不知道她会打网球。刚才在楼下,我没敢捏她胸部,我知道她很瘦,也早该对现实有所预料,不过我还是期待着她多少有点胸部。她衣着整齐的时候明明是有胸的啊。可它们去哪儿了呢?我的胸都比她的要大得多,我立刻感觉到自己裤子里的帐篷塌了下去。我开始感觉到闷热恶心。

"来,上来吧!"

她躺在被子下面双臂叠在脑后。

"床上太窄了。"我诚实地说。

"这个嘛,反正你会在上面,没问题的。"她还真专横,"你得把衣服脱掉。"她顿了顿,"你知道,我真的不介意你胖。"

这时候我已经顾不上自己了。我只想赶紧结束。我的校服一点一点地脱在了地板上,我效仿她,也穿着内裤上了床。接着,我们两人发出了一阵阵怪异的咕噜声和尖叫声，我们脱掉内裤，我摸索着寻找正确的通道，浑身大汗淋漓。可以这么说，是在海伦的"掌握"之下，我被引导着找到了正确的方向。开始的三分钟实在是非常美妙，可那之后，我只想忍住不要吐出来。我试着去想法拉·福塞特①，可仍旧无济于事。我不想再谈论更多的性爱细节。我只想说，我并没有享受其中。那是一次混乱又不舒服的经历，对我而言很丢脸，当海伦说够了的时候，我如释重负。我们都不用担心怀孕的问题。

"你之前没做过？"

"没有。"

"我也是。"

我很惊讶。她的坦白让我得到了些许安慰。

从海伦身上分离的时候我们都很尴尬。

"你不会告诉别人吧？"做完之后我们躺在床上，她不安地说。她的担心跟我一样。

我在床尾摸索着寻找我的三角内裤，不小心压到了海伦，她身上的一丁点肉硌到了骨头上。她疼得直咧嘴。

"绝对不会。"我一边有些过于激动地说着，一边爬下床，我的脚踝疼痛难忍。

"你还是走吧。妈妈快回来了。"显然，我们都想在这次约会之后

① 法拉·福塞特，美国著名女演员，是二十世纪七十年代性感美女的代表。——译者注

划下一条界线。

"我的脚踝肿了。"说着，我收紧肚子穿上我的松紧裤。

"你怎么看出来的？"

这话就有点过分了，尤其是从一个可能成为我女朋友的女孩口中说出来。

回家路上，我难受得一塌糊涂。我瘸着腿沿着车道往阿瓦隆走着，手表显示当时是十一点零五分，我知道自己得做好接受问询的准备了。就目前的情形，我之前准备的那些关于《金龟车大闹南美洲》和我的"朋友"的谎话都已经派不上用场了。我还没想好要怎么解释裤子上的呕吐污渍和划破的脚踝。

让我吃惊的是，车库的门大敞着，车道上一辆车也没有，这就表示爸爸最终还是出去了。

我走进正门，房子里静悄悄的，漆黑一片。看样子妈妈已经睡了。我松了口气，走进洗衣房脱下身上的衣服，跟洗衣篮里的一堆衣物一起塞进了洗衣机里，然后到厨房喝了满满一大杯水。我尽量放轻手脚爬上楼梯，蹑手蹑脚地经过父母的卧室门口，钻到了自己的床上。

躺在床上，我在想，有了这次性经验的我，是否应该是现在这种感受。我本以为会感觉自己很强壮有力，充满男子气概。可实际上呢，现在的我却很想哭，心里充满了厌恶和恶心。也许是杜松子酒害的。毕竟除了性爱，连酒我也是第一次碰。

总而言之，这些就是我在一九八〇年十一月十四日那个星期五所做的事，也就是我父亲谋杀安妮·道尔的那天晚上。

4. 莉迪亚

那个女孩死后这十一天是最让人紧张的十一天，我们的心一直悬在半空中。所有的报纸和每一条新闻简讯我们都不放过，就等着她失踪的报道出现，可是十一天过去了，什么也没发生。安德鲁照常去上班，我会健健身，出门去商店买些东西，回到家做饭，照顾儿子，打理房子，偶尔我会把自己关在卧室里，涂上我妈妈的鲜红色口红。我已经好几十年没有用过它了，还以为它已经干透了，谁料口红的颜色依然鲜亮，我抹了一些旁氏面霜好让它更顺滑地涂到我的嘴唇上，我看看镜子，镜中的女人也在凝视着我。

有时候，当我从睡梦中醒来，会怀疑安妮的死会不会从头到尾只是一场可怕的噩梦，可每天晚上安德鲁回到家，他那张日益苍白的脸都会告诉我，这并不是一场梦，我们永远无法从中醒来。透过厨房的窗户，我能看见那座新挖好的坟墓。我让安德鲁买回一些植物，把那块地方遮盖起来，现在已经是寒冷的十一月末，那里却一片色彩缤纷，看上去那么突兀。

不过，我一直在祈祷。

"没有人找她，"我说，"甚至可能都没有人报告她失踪。我的意思是，如果劳伦斯失踪了，我们肯定不到几个小时就会打电话报警的，对吧？"

"那是你，"安德鲁说，"我倒宁愿给他留些喘息的空间。"

"可是……这个女孩，很明显，根本没人在乎她。"

"她被发现失踪只是个时间问题。你如果不这么认为，就是在自欺欺人。"

十一月二十五日，星期二，我们正吃着饭的时候门铃响了。安德鲁去开门，我接过他手里的刀继续切火腿。我听到了对话的开头，意识到来的是个警察。我看出劳伦斯也在竖起耳朵仔细听，于是我关上门，打开了收音机，强迫自己保持冷静。

当安德鲁回到餐桌边时，我见他面如土色。我不敢当着劳伦斯的面问他发生了什么事，于是我跟他聊起了烘衣室里的锅炉需要加装保温层。他敷衍地点了点头，就又拿起《先驱晚报》挡在面前。劳伦斯一直盯着他父亲的双手。这双大手，对一个司法部门的人员来说，有些过于沧桑。安德鲁拍了拍报纸把纸张整理平整，我吓了一跳。他放下手里的报纸，对劳伦斯说道："你跟朋友去看电影那天晚上，你是几点到家的？"

"哦，嗯……反正是在十二点前。你说了我可以在外面玩到……"我发现劳伦斯脸颊通红。

"好，那就好，我没听见你进来。我们睡得太沉了，是吧，莉迪亚？"

我不知该说什么。警察刚才说了什么？难道我们在海滩上还是被人看见了？显然安德鲁是在利用劳伦斯做不在场证明。这一招很聪明，但他做得太明显。

"我还以为……"我说。

"睡得很沉。"安德鲁又重复道。

劳伦斯一脸不解。我朝他眨眨眼，示意他没事的。

他却不觉得没事。

"门口那个警察想干什么？"他问道。

"哦，刚才那个是警察啊？"我尽量让声音保持平静，"出什么事了吗，安德鲁？是跟某个案子有关吗？"

作为特种刑事法庭的一名法官，安德鲁两年前曾经主持过一场针对爱尔兰共和军[①]成员的审判。他也曾经受到过某种非针对性的死亡威胁。曾经有说法打算在我们家的车道上安装一个岗亭供保安人员使用，可安德鲁不同意。他曾说"我拒绝居住在一座堡垒里"，而我也赞成。高级警官会半定期地拜访我们，跟安德鲁讨论他的安保问题，不过通常都是被我丈夫邀请到书房里去谈论具体细节。安德鲁很少跟我们提到他的工作。

他隔了一会儿才回答我说："跟案子没有关系。是有个年轻女子失踪了，警察只是来做例行查访而已。我告诉他那个周末我一直在家，就是两个星期前那个周末。"

我一直看着劳伦斯，只见他脸上闪过一丝困惑。

---

① 爱尔兰共和军（Irish Republican Army），成立于1919年，由旨在建立独立爱尔兰共和国的民族主义军事组织"爱尔兰义勇军"改编而成，长时间通过暴力活动实现政治诉求，被许多国家视为恐怖组织。——译者注

"啊，那太可怕了！她最后出现的地方是哪里？这附近吗？他为什么要来这里进行查访呢？"我假装很担忧的样子，不过我的确很需要答案。他们为什么会找到我们家来？

安德鲁又举起他的报纸，挡住脸说道："他们说最近有人看到一辆车出现在那女孩家附近，那车正好跟我的车一样。"

原来是那辆车。那是一辆深蓝色的捷豹老爷车，是安德鲁的快乐和骄傲，他坚持要亲自负责车子的日常维修，那辆车简直是只油老虎，养它可是花了大价钱。在我们被帕迪·凯里骗光家产之后，他一直打算卖掉它，可就是找不到买主。他怎么就不能谨慎些把车停得离她家远点呢？

"这也太荒唐了吧？他们居然敢质疑你？你得跟某些人好好谈谈了，安德鲁。真是胆大包天。"

"那的确是辆罕见的车，莉迪亚。他们只是在做自己分内的工作。"他的语气有些生硬。

劳伦斯不停地转头一会儿看我一会儿看他。安德鲁站起身离开了房间。

"妈妈……爸爸他是不是……他周五晚上是不是出去了？我回到家的时候他的车没在车道上。"

我很惊讶，劳伦斯竟然对快两个星期前的一个晚上记得如此清楚，但他说得没错。我并不想反驳他。我可怜的儿子已经困惑不已了。"没有，亲爱的，车子在家啊。"不过我也得保护好自己，"星期五那天我有些头痛，很早就上床了，我想，你父亲应该是在你回家之前上的楼。你刚刚不是也听他说了吗，他那天在家，车子也在。"

"可是他上床的时候你是醒着的吗……"

"劳伦斯!"我笑了起来,"怎么那么多问题啊?你要不要再来一块果子面包?"我知道该如何转移我儿子的注意力。

衣帽间里的电话铃响了。我很庆幸终于能够离开房间,我迫不及待地想跟安德鲁聊聊,看看警察都知道多少。我接起电话,是个女孩,想找劳伦斯。我很意外。已经好几个月没人打电话找劳伦斯了,更别说是女孩了。

"找你的,"我告诉他,"是个叫海伦的女孩。"他满脸通红地去接了电话。

我来到楼上,安德鲁正在房间里来回走动着:"我们会被逮捕的。警察已经知道了。他们知道了!"

"他们知道什么?你究竟是怎么跟他们说的?快告诉我。"

"她家里人星期五已经报告她失踪了。警察对跟她同住的人进行了查问,其中一个说她曾经看见有个男人去找过她,那人开的跟我一样的车。"

"什么样的车?她说得很具体吗?你为什么要把车停在她家门前啊?蠢货!"

"他们知道那是辆深色的老爷车。警察说那个目击者觉得是辆捷豹或是戴姆勒。我的老天哪。"

"她有没有描述出你的样子?她看见你了吗?"

"不会,她不可能看到我。我以为我已经非常小心了。我一直戴着你父亲那顶软毡帽，还会把围巾拉起来遮住下巴。那里从来没人见过我的脸。你知道，我可不想被认出来。"

"那顶帽子呢？"

"什么？"

"那顶帽子呢？帽子现在在哪儿？"

"在衣帽间里……哦，天哪。他们可能会带着搜查令再来的。"他开始浑身发抖。

"别这个样子。你可不能崩溃，我受不了。都柏林有多少辆那种车？十辆……还是十五辆？那警察只是在把你从车主名单中筛除而已。没人看到你的脸。我能给你提供不在场证明。你当时在家里，跟我一起。"

"可我觉得劳伦斯知道了……"

"他什么也不知道。我们可以让他相信什么事都没有。不要给他任何值得怀疑的理由。洗洗脸下楼来吧，跟我们一起在客厅里待会儿。"

我飞快地跑下楼来到衣帽间，劳伦斯还在聊着电话，他坐在一把木凳上，那顶旧软毡帽就挂在他头顶。在我印象中，那顶帽子已经在那个架子上挂了三十年。我记得爸爸从前总戴着它。之前我一直不想把它扔掉。可如今，已经非扔不可了。

"有事吗，妈妈？"

"没有。没什么事。"

我晚点再来拿那顶帽子好了。

劳伦斯也来到了客厅。我努力想把气氛变得轻松愉快些，以免让他注意到他父亲惊慌的神色。"这位海伦是谁呀？"我正问着，安德鲁让我别说话，然后调高了电视的音量。电视里正在播放新闻。不是头条，而是第三或是第四则消息。

"于十一天前失踪的二十二岁都柏林女性至今下落不明，人们的担忧在日益加剧。安妮·道尔最后一次出现的时间是十一月十四日星期五的晚上，地点在其位于都柏林市中心汉伯里大街的家中。"

新闻里还播放了一张那个女孩的照片。模糊的照片里，又黑又瘦的她化着浓妆，身穿一件牛仔布外套，手里端着一杯啤酒，正朝着摄影师身后的某个人咧嘴笑着。看样子，她是无意中被拍到的，畸形的上唇暴露出她歪歪扭扭的门牙。我瞥了一眼安德鲁，他正目不转睛地盯着电视。

"爸爸，这一定就是之前他们向你问起的那个女人。"

"嘘！"安德鲁生气地说。

负责调查的奥图尔警长正在讲话："事发前几周，有目击者曾多次见到一辆深色的豪华汽车停放在该女子的住所附近。我们有理由相信那辆车的男性驾驶人曾经常前往道尔小姐家。如有人曾留意到任何可疑情况，希望能立即向警方报告。"

接着，新闻开始继续播放下一条关于能源短缺的报道。劳伦斯正看着安德鲁，心中无疑在想他为什么会如此紧张。我必须打破这种气氛。"希望他们能抓住那个家伙。那女孩真可怜。"我说道。

劳伦斯和安德鲁都一言不发。

"有谁想来杯茶吗？"

劳伦斯摇了摇头，安德鲁双手紧抓着椅子的扶手没有答话。我需要他赶紧从这种恍惚的状态中清醒过来。

"亲爱的？"我换上略微凌厉的语气。

"什么？哦，我不用。"他猛地回过神来。一脸苍白的他注意到劳伦斯正看着自己，不由得缩了一下，接着，他说道："说说吧，海伦是谁啊？"

"她是我的……我的女朋友。"

"女朋友！"我大喊道，很高兴终于有机会能打破房间里紧张的气氛，"你是那天晚上去电影院遇到她的吗？就是你跟朋友去看《金龟车大闹南美洲》那次？"

因为发生的这些事，我还一直没机会问问他那天晚上的情况，其实当他说要跟"朋友"出去的时候我就该怀疑了。跟他父亲一样，骗人对他来说也是件困难的事，而现在，真相如同溃堤后的洪水一般汹涌而来。

"我没有跟朋友一起去看电影。我去了海伦家。是她叫我去的。我们一起吃了比萨，还看了《正义前锋》，就是这样了。"他看着安德鲁，等待对方回应，"爸爸？"

"那太好了，劳伦斯，太好了。"

显然，关于劳伦斯那次约会还不止这些，只是他还没准备好告诉我们。这让我有些不安。我想起那天晚上转动着的洗衣机。劳伦斯和我曾经定下规矩，不能对彼此保留秘密。在这之前，我们一直遵守着这个约定。安德鲁又一言不发地离开了客厅，我不得不采取措施来控制眼前的局面了。我握住了劳伦斯的双手。

"劳伦斯，你现在听我说不要插嘴。我不知道你跟那个海伦都干了些什么，我也不想知道，但你对你父亲和我说了谎。你回家时不但扭伤了脚踝，还编了些牛头不对马嘴的谎话来解释你去了哪里，我也不想知道你那天晚上在洗衣房里干什么，我甚至都不打算问。你父亲给了你两英镑是让你在电影院好好玩的，所以现在我要把钱收回来了，谢谢。我们是一个诚实的家庭，不能对彼此撒谎。听懂了吗？"

虽然我们谁都没有再在家里提起那个死去的女孩，可是她的名字，安妮·道尔，自从第一次出现在新闻上之后，在接下来的两天里，成了怎么也绕不开的四个字。第二天，她的照片就出现在了安德鲁的《爱尔兰时报》第二页，还是那张她面带笑容的照片，还是那畸形的嘴唇和歪歪扭扭的牙齿。最后一次有人见到她是在星期五的下午，当时她正在进入自己的房间。经查证，那天早上有人在市中心见过她，警方呼吁，希望凡是当天与她有过接触的人都能积极提供相关线索。

第三天，一则对她的父母进行采访的报道出现在报纸上，还附上了照片。我仔细看了看照片。一位警探站在这个家庭剩下的三位家庭成员身后。他们一看就很穷。安妮父亲的脸痛苦地紧绷着，呆滞的眼神中透着疲惫。他身材矮胖，看上去不修边幅，胡子也没刮。他妻子的模样非常普通。照片中跟他们在一起的还有另外一个女儿，她低着头，脸被头发遮了起来。报道中引述安妮母亲的话，说安妮真的是个好女孩，是个非常聪明的女孩，从小就特别活泼热情，很受人欢迎。他们恳求社会公众帮忙寻找安妮。他们只求安妮能回家。读着这些，我丝毫感受不到这位母亲的痛苦。我试过了，但还是想象不出来。如果安妮的父亲得知他女儿都干了些什么勾当，不知他会怎么说。知道她死了他兴许还会觉得松了口气吧。然而比起他的妻子，我更同情他。报道中详细描述了安妮最后一次出现时的衣着：一件人字织纹大衣、一双黑色靴子和一条镀银身份手链。都是些平淡无奇的便宜货，估计全国有一半的年轻女孩都是这样的打扮。他们还提到安妮的红头发被染成了黑色。

在那之后，我慢慢放松了下来。一周后，更多关于安妮·道尔的不雅报道见诸媒体，暗示她曾不幸进入过社会收容机构，并有行窃犯罪史。报道中并没有直说，但隐晦地暗指她曾经是个妓女。真让我恶心。安德鲁发誓说他不知情，但也承认，当初她那么轻易就同意了我们的计划，让他备感意外。

"我早该知道的，我早该猜到。"他说。

不过，值得我们庆幸的是，对于她这种总爱惹麻烦的女孩而言，警方是绝不会把她跟我们这样一个家庭挂上钩的。除了一辆大致相似的汽车，他们没有更多的理由继续对我们进行调查。他们也没有拿着搜查令再杀个回马枪。我已经逮到机会第一时间把爸爸的软毡帽扔进火炉里烧掉了。除非他们真的动手去挖，否则什么也找不到，但我们不会给他们这样做的理由。

后花园里的新花坛起初还让我很不安。它让我不自觉地想起了我姐姐。不过我发现，只要时间久了，任何事最后都能慢慢习惯。

圣诞前夕，我和安德鲁一同外出用餐。我晚上原本很少出门，尤其是在帕迪·凯里那件事之后，我们就更加负担不起了，不过我想安德鲁也需要稍微享受一下。我们经历了太多事了。除此之外，我也希望能在

048

公共场合跟他谈谈，这样一来他就不能反应太过度。我请领班给我们安排了一个角落的座位，以免我们的谈话被旁边的人听到。

等到主菜上来后，我才提起了这个话题。

"你是爱我和劳伦斯的，对吗，亲爱的？"

"什么……是的……为什么问我这个？我当然爱你们。"

"只是……不管发生任何事……如果有什么事被发现了……"

"天哪，莉迪亚。"他放下了刀叉。

"我是说，什么事也没有，我确定我们现在是安全的。风声已经过去了。已经没有人继续寻找她了，但我只是说如果……"

"什么？"

"这么说吧，我希望你能多想想劳伦斯。"

"你在说什么？"

"如果他们抓住了你，我是说如果，如果他们找到证据能够逮捕你，而且没有任何转圜的余地，那么，你可以说是你一个人干的。"

他张大嘴巴看着我，我庆幸自己选择了这家安静的餐厅，因为我知道，如果我们在家谈论这件事，他一定会大喊大叫乱扔东西的。我向来非常懂得如何控制我丈夫的脾气。

"你看，亲爱的，如果劳伦斯连我们两个都失去了，在这样艰难的环境下，他的人生一定会毁于一旦。可如果他们抓住了你，你可以说那件事只是一起交易出了岔子而已。也可以说是情人之间发生了口角。你还可以告诉他们她想勒索你，这可是事实！但我就可以说我完全不知情，然后劳伦斯和我就可以继续重建我们的生活。你难道不希望这样吗，亲爱的？"

他的下巴颤抖着，当他终于开口语带嘲讽地说话时，那声音听着就像被勒住了脖子一般。

"我真是个傻瓜，居然会赞成你疯狂的计划。我之所以那么做是因为我爱你，你让我做什么我都会去做。你又一次达到了你的目的。你想要的就没有得不到的。但你别装作这一切都是为了劳伦斯好。"

安德鲁怎么就不懂得母爱的力量有多么强大呢。

5. 劳伦斯

　　我讨厌他们说到"消失"这个词时那种语气，就好像安妮·道尔凭空消失了一样，但她很明显是出了什么事，而且是非常糟糕的事。在那天之前，要说我父亲跟一个女人的"消失"有所牵扯，那绝对是无稽之谈。他是个体面正派的人，而且根据《星期日世界报》的报道中字里行间所透露的信息来看，她不光是个吸毒者，还是个妓女。反正据我所知，我父亲甚至连婚外情都不曾有过。但他一定知道些什么内情。这一点我非常肯定。

　　首先，他对警察说了谎，说他那天晚上在家，接着他又想跟我说他当时已经睡觉了，可我知道他出去了，因为我到家的时候他的车没在。妈妈因为偏头痛早早地上床睡了，他一定是等她睡着之后偷偷溜出去的。光这些就够可疑的了，但我是在报纸上读到那条镀银的身份手链时，才真的害怕起来。报道中还详细地描述了安妮·道尔失踪时的穿着。

　　在新闻见报的两天前，妈妈曾让我更换吸尘器的集尘袋。她讨厌脏活，所以干这一项家务活的不是我爸爸就是我。当我把集尘袋取下来的时候，有个亮闪闪的东西从里面把袋子刺穿了一个小洞。我用力一拉，一条脏兮兮满是尘土的东西掉了出来。我吹掉尘土，看出那是一条细细的金属链子，上面连着一块窄窄的金属条，金属条上刻着"玛妮"这个名字。链子的扣环被染成了深红色。金属条的另一端没有连接上，我猜测这应该是一条手链的其中一半。我漫不经心地想着这个玛妮是谁，我想当然地以为这是妈妈的东西，就把它放进了厨房的一个抽屉里。我想手链有可能是不小心被吸尘器给吸走的，但我忘了把这事告诉她。

而现在，在看到关于安妮·道尔的最新报道之后，我才明白了这条手链的重要性，也意识到妈妈根本不会戴这样一条手链。妈妈只会佩戴古董金首饰。一条镀银手链对她来说太新潮也太廉价。我趁着爸爸单独在厨房的时候，给他看了我找到的这条手链。

"我在吸尘器里找到了这个。这不是妈妈的，对吧？"

"给我。"这是个命令，"就是些垃圾而已。"

他把手链扔进垃圾桶，没做任何解释就迅速离开了厨房。我从一堆土豆皮和一些昨天晚餐时切下来的肥肉块里把手链捞了起来。我把它放到水龙头底下冲干净，然后用纸巾裹起来放进了口袋里。我不知要怎么处理它，但我知道这是某种证据。我不敢去想究竟是什么样的证据，但就是觉得我应该保管好它，这一点很重要。

接着，几天之后，我从学校放学回到家，发现一辆警车停在我家大门外。我的呼吸急速加快。他们是来逮捕爸爸的，还是说只是例行查访？我正转弯进入车道时，一个体格魁梧的男人走了出来。我在电视新闻上看到过他，就是那个负责调查这起人员失踪案件的人。还有一个男人坐在车子后排，开车的是个身穿制服的警察。

"你好啊，孩子。我是德克兰·奥图尔警长，那边那位……"他朝着车子后排座点了点头，"那位是詹姆斯·穆尼警探。你住在这里吗？"

他指着我家的房子说。

"是啊。"

穆尼警探走下车站在了奥图尔身后，问道："你叫什么名字？"

"劳伦斯·菲茨西蒙斯。"

"你父亲在家吗？"

"应该不在。他一般六点以后才到家。"

穆尼警探点点头，转身朝警车走去，但奥图尔叫他等等。他脸上挂着一抹狡猾的假笑。我不喜欢他。

"那么你是菲茨西蒙斯法官的儿子，对吧？"

"对。"我想往车道那边跑开，可这警察把手按在我肩膀上不让我走。

"你可真是个不错的胖小伙子。"他想跟我交朋友，"来跟我说说，劳伦斯，你记不记得距离现在两个星期前，十一月十五日和十六日的那个周末？"

"记得，怎么了？"

"那周末你是一个人在家吗？"

我不知道自己是否应该申请律师在场，那警长好像是在非常随意地闲聊一样。他并没有拿笔记下什么。可我吓坏了。

"那个周五晚上我在我女朋友家。你可以找她确认。"

"哎，小家伙，没必要有这么强的戒心。我完全没有要指控你什么的意思，我现在做的只是例行公事而已，懂吗？"我曾经听到过穆尼对我爸爸进行查问，相比起来他要自信得多。他很……很乐在其中。

"你为什么要问我那个周末的事？"

他没有理会我的问题："那你再跟我说说，那个周五晚上，你是不是很晚才回来？你回家上床睡觉是几点？还是说你没回来？"他用手肘推了推我，朝我眨眨眼，就像我们在演双人喜剧似的。

"我的宵禁令到晚上十二点。不过我刚过十一点就到家了。"

"宵禁令？那你爸爸妈妈是不是一直没睡觉等你回来详细汇报啊？"他又朝我眨眨眼。

"对。"我说。

"你确定？他们两个都是吗？"

"是的。"我尽量让自己的声音保持平静，却控制不了发红的脸颊。谎话竟然张口就来，连我自己都觉得意外。

"那你爸爸那个周末有没有再出去过？"

"没有。我们都在家。"

"你的记性还真是好啊？"

"我之所以都记得，是因为我扭伤了脚踝，妈妈和爸爸一直都在家里给我拿这个拿那个。"

"那就好，小伙子，我知道这些就足够了。我只是在对名单上的人进行筛查而已。这是个苦差事，可毕竟总得有人来做，是吧？"他再次眨眨眼，然后准备上车。

"你不去房子里面吗？"我说着，朝着阿瓦隆点点头。

"不用，根本用不着。"

一直静静站在一旁的穆尼警探着急地凑到奥图尔耳边悄悄说了些什么。奥图尔气恼地朝他摆摆手，但又说道："哦，还有一件事，你爸爸平时戴不戴帽子？一顶软毡帽？"他从口袋里拿出一顶帽子的照片。"就是这样的。"他指着照片说。我放松下来，重重地呼出一口气。

"他不戴帽子，从来不戴。他根本就没有帽子。"奥图尔看着穆尼，一脸自鸣得意的表情。

"好，好，那就这样吧，我走了。"

"可你为什么要问那个周末的事，还问起我爸爸和一顶帽子？"

他碰了碰鼻翼说："是因为正在进行的调查，不过你现在什么也不用担心了，你走吧！"他嘟嘟按了两声喇叭，然后开车离开了。

他们在找的是另一个男人，一个戴帽子的男人。我根本不需要撒谎的。不过，爸爸应该犯了另外的事，也许他那晚出去是有别的原因。他可能有了外遇，而那条手链是他那个名叫玛妮的情妇的，想到这些我竟有些松了口气。新闻报道中都没有提到手链上的那个名字是什么，人们会理所当然地以为上面刻的应该是那个女人自己的名字，安妮。所以玛妮一定就是爸爸的情妇。这总好过……好过一个失踪的妓女身上可能发生的事。我心中那一团乱麻总算是松开了些。

我进门的时候，妈妈正在厨房案桌上裁剪布料。

"妈妈，"走进大门时，我愉快地说道，"爸爸已经摆脱嫌疑了。他们要找的是个戴帽子的家伙！"

她没有抬头，问道："你在说什么啊，亲爱的？"

"刚才外面有两个警察，其中一个问起我那天晚上的事，就是他之前向爸爸问起的那个晚上，可他们要找的是一个戴帽子的家伙。"

她亲切地微笑着："我的天，警察居然来问你。你是怎么跟他说的？"

"我告诉他那天晚上我出门回来的时候你和爸爸都在家，还有爸爸根本就没有帽子。"

她笑了："真是荒唐，居然去问一个小男生。"

"希望他们能抓住他。"

"抓住谁？"

"那个戴帽子的家伙啊！"我在冰箱里找了一些乳酪，然后从一块面包上切下厚厚的两片。

"留点肚子吃晚饭。"妈妈说，就好像我会听她的一样。

我很庆幸终于不用再去想那个女孩的事了。报纸被扔掉以后，我又把它们捡了回来，并把关于那个失踪女子的报道都剪了下来。反常的是，爸爸最近买了各种各样的报纸回来，包括他平时不屑一读的那些。我们家平常可不会买《星期日世界报》这种报纸。起初，报纸上还只有一些关于她最后出现的地点和衣着的描述，但近期的报道中开始暗示她一直过着肮脏不堪的生活。我每天晚上都关注这些新闻，看着她咧着嘴露着龅牙的笑脸，还有她那张畸形的嘴，迫切地想要排除掉我父亲的嫌疑。我翻遍了他书房的书桌，寻找他出轨的证据，实际上却是在寻找他和安妮·道尔之间的某种联系。我也不知道自己究竟希望能找到些什么，是一张照片吗？还是一个写有她名字的法律案件文件夹？我也知道，这样很荒唐。妓女又不会开收据或是递送名片。

我曾经做过多次噩梦，梦里我在海伦变形的卧室里跟安妮发生性关系，有时候我还会梦到我拿着父亲的银质开信刀恶狠狠地捅她，接着我会看见妈妈的脸，然后就醒了过来，浑身汗湿内疚不已。现在，我已经摆脱这一切了。

这种情况并没有持续多久，两天后，我发现衣帽间的架子上出现一块空白，从我记事起，外公那顶旧软毡帽就一直挂在那里。我问妈妈帽子去哪儿了。"噢，我想是你爸爸终于把它给扔掉了吧。"她漫不经心地说，而之前的种种恐惧和焦虑又一下子回到了我的脑子里。我紧张地问爸爸他是不是把帽子扔了。

"你问这个干什么？"这是他回答我的第一句话，接着，他又说他不知道帽子去哪儿了，说话时他的声音在颤抖。

我就知道。我敢肯定他在撒谎。

我虽然知道，但并没有采取任何措施。对于他的谎言意味着什么，我深深地觉得害怕。现在我也对警察说了谎，所以我也有可能会坐牢。他究竟对那个女人做了什么？我知道他破产了，可他如果打算绑架什么人，不是应该绑架个有钱人吗？当然，他还没有孤注一掷到那个地步。而索要赎金的要求又在哪里呢？爱尔兰共和军曾经绑架过一个人，但所有人都知道是爱尔兰共和军干的，而且他们绑架的是个有钱人，一个外国实业家。我爸爸又不是笨蛋。于是我又想，也许安妮·道尔是惹上了爱尔兰共和军或是其他某个犯罪团伙，而爸爸给了她些钱让她带着新的身份移居国外。爸爸是在帮助一个身陷困境的年轻女人。这种可能性不是更大吗？但如果真是这样，警方为什么没有参与进来？也许警察没有得到消息，因为这事太敏感，只能托付给一位法官。我努力让自己相信这个版本，虽然这个版本的可能性微乎其微，但其他的解释都太过可怕，让人根本无法想象。

接下来的几周，我想尽办法避免跟海伦待在一起，可她不停给我打电话，说是要确保我没有把我们发生关系的事告诉别人。

"我不想别人把我看成一个荡妇。"

我没有告诉她，其实早在我们发生性行为之前，我班里那些男孩就已经骂她是个荡妇了。

她接着说道："我那么做只是想解开自己的疑惑而已，你懂吗？我就想看看那事究竟有什么值得大惊小怪的。"

我能感受到她的失望。我猜如果她想要献出自己的处女之身，估计我并不是她的首选对象。虽然这样的顿悟有些伤自尊，但我还是很想知道，她是不是在被其他男孩拒绝之后才选择了我。接着我转念又想，就我班里那些男孩而言，他们有多大概率会拒绝跟一个女孩子发生关系呢？所以应该是她自己选择了我吧。可怜的海伦。

"对不起。"那一晚之后，当我们第一次通电话的时候，我对她说道。

"老天，别这样，该说对不起的是我，我不该……只是……我们还是别再提起那件事了。"

"那是当然了。"

一阵沉默之后，我还是忍不住开了口，我真的需要知道答案："那么你现在算不算我的女朋友之类的了？"

"你想让我做你女朋友吗？"她有些怀疑地反问。这可叫我怎么回答？

"这个嘛，我想……"

"很好，太好了。"她的语气变得明朗起来。这下我不知道说什么好了。

"你还在听吗？"

"在。"

"那就说好了？我就把你当我男朋友了？还有我们不用……你懂吧……"

"什么？永远吗？"

"倒也不是，也许……换个时候吧，不过不能太快……好吗？"

"好吧……那晚安了。"

"明天见？"

"嗯，也许吧。"

"晚安。"

我本该好好庆祝一番自己有了女朋友这个事实，虽然只是海伦这样一个女孩，可我很怕有个亲密知己。如果我把自己的恐惧说出来，就等于承认了它们并把它们变成了真的。海伦经常发脾气，还很黏人。她总是疑神疑鬼的，还口口声声说我明显是为了跟她上床而利用她。她发誓说如果我敢告诉任何人我们做过了，她就跟别人说我的"老二"有多么小，而且就算我有个巨大的"老二"，也会被我肚子上的肥肉遮得严严实实。第一个女朋友就遇到这样的人，我可真是捡到宝了。

海伦会来阿瓦隆找我，通常都是不请自来的。第一次来我家的时候，她说："老天！你家真大啊！"我赶紧让她小声点，让她在我父母面前要有礼貌。她对自己的用语稍有收敛，但我能看出来她并不在乎别人对她的看法。我知道爸爸妈妈对她并不满意。妈妈在她面前一副冷冰冰的样子，跟她尴尬而礼貌地寒暄几句之后就离开了房间。有一次，爸爸逮到她用一根虹吸管从酒柜里抽取伏特加，装进一个柠檬汽水小瓶子里。我替她背了黑锅，说这是我的主意。通常他对这种事情都会非常生气，可他只是嘴里一边嘟哝着，一边拖着步子走开了。我敢肯定他一定认为海伦是个叛逆少女，但也许他只是很庆幸我能有个女朋友。据我了解，他没有把伏特加的事告诉妈妈。不过海伦根本不在乎。

十二月十九日，圣诞假期终于到来了。不用上学是件喜忧参半的事。从一个角度来说，我不用去面对那些欺负人的恶霸，而从另一个角度看，法院也休息了，爸爸在家的时间比平时多了许多。一跟他待在一起我就紧张。另外，我的成绩单也是个小问题。自从那天晚上警察来我们家之后，我就既不想写作业也不想订正了。我完全无法专心于学业，满脑子想着我跟一个骗子甚至一个谋杀犯生活在一起。

我想过要伪造成绩单。我的造假水平还过得去。在以前的学校，我常帮朋友们干这个，到了圣马丁我立刻献上了这门手艺是为了避免挨揍。我伪造过需要家长出具的病假条、成绩单，还有火车票。他们还曾逼我伪造过十镑的钞票，我都告诉他们这样行不通了，可他们发现假钞用不了之后还是狠狠揍了我一顿。我决定要老老实实交出我的成绩单，但很担心父亲会有什么反应。

我已经让他很失望了，我没有运动天分，也不喜欢橄榄球或是高尔夫。有一次，他硬逼我陪他打完了十八洞。我一直不知道要怎样跟他交谈，我一杆打出去球绝对飞不过三米远。那一次，我让他在朋友面前丢尽了脸。那次所谓的"父子游"是他的一个朋友提议的，那个人所在的高尔夫球俱乐部比爸爸的更豪华。那家的儿子比我年龄小很多，可我很丢人地晕倒在了第四发球区，被一辆高尔夫球车救走后又被送回了俱乐部会所。被该死的帕迪·凯里算计了之后，爸爸不得不注销了他的高尔夫球会籍，声称自己没有时间打高尔夫。我总算是守得云开了。

可是以前我一直保持着优异的学习成绩。他可不需要再多一条勃然大怒的理由。如果他真的发火，我也不确定能不能控制好自己的情绪。妈妈在场的话就会尽量帮着缓和，并且指出 B 和 C 也算是不错的成绩。

假期的第一天，我把那个装着成绩单的蓝色信封交给了爸爸，心想着横竖都豁出去了。他心不在焉地打开信封，我在一旁紧张地等待着，可他仔细看完之后，竟然没有一点生气的表情。"你的 A 都哪里去了？你的成绩可下滑了啊。"他说。

接着妈妈拿起了成绩单。"天哪，劳伦斯！"看完之后她说道，"倒是不算一塌糊涂，可是亲爱的，你究竟怎么了啊？"没等我回答，她又说："是因为那个女孩，是她让你分了心。有她在旁边你什么也干不了。"

"她的名字叫海伦。"我嘟囔着。

"别跟你妈妈顶嘴。"那个杀人加绑架嫌犯怒吼道，可他说完就离开了房间，没再提起成绩单的事。

妈妈教训了我一通，说要盯紧我，还说我可以利用圣诞假期的时间把那些丢掉的 A 给补回来。"当然，都是我的错，我一听说那个女孩就知道她是个麻烦。我当时就该阻止你们来往。"

我找机会给海伦打了电话，想告诉她我们得稍微冷静冷静。

"去他的吧，"她说，"你究竟是个男人还是鼠辈啊？"

我没有回答这个问题。

爸爸的样子越来越衰老越来越病恹恹的，妈妈也跟着担心起来。我努力不去想那些事，但心里始终很不安。妈妈说我们应该对他温柔些，也不要对他提什么要求。她透露说爸爸面临着很严峻的经济问题，但又不跟她商量。对于她的担心，我也表示能够理解，并坚持说我那件小得穿不进去的夹克还好好的，我还有最后五个月就毕业了，根本没必要买新的。她也坦白说我们的确已经负担不起日常所需了。

我从来没想过我爸爸会被压力给击倒。抗压力差和容易萎靡原本是我妈妈的弱点。看着他日渐虚弱的样子，我意识到，我也许是唯一知道他为何如此消沉的人。

圣诞节当天，我十八岁了。前一晚，海伦来阿瓦隆找我，我和她互相交换了礼物。她说跟我交往真是划算，因为她只需要给我一份礼物就能把圣诞节和生日一起解决了。她给我的礼物是一件《星球大战》的T恤（当时我们已经看过了《星球大战5：帝国反击战》），但我没有勇气当着她的面试穿。我跟她说这衣服夏天穿一定很不错。我猜得没错，那衣服太小了。我送了她一副用彩色碎玻璃做的耳环。她说耳环很漂亮，而且她正好也打算去穿耳洞。

我拐弯抹角地想说服海伦再试试做爱，可她说我已经让她失去了兴趣。我伸出的手都被她给拍红了。这些就是我一直以来对那个圣诞前夜的记忆，我想方设法地哄骗她，她则一个劲拍我的手。

圣诞节当天是在家庭琐事中开始的。我们没在厨房吃饭，而是挪到了饭厅。餐桌上铺上了亚麻桌布，还摆上了水晶杯子，而爸爸自从"那次"之后，头一次努力整理好自己的状态。他假装开心的样子读着从圣诞爆竹里取出来的那些一成不变的冷笑话。他夸赞食物很美味，故意无视我往盘子里堆了多少食物，但我能看出这让他多么恼怒。我决定好好利用这次生日加圣诞节的特赦机会，我吃掉了一整盒花街巧克力。对此他们两人都没说什么。

我们打开了各自的礼物。除了其他东西，我还收到了我特别想要的洛·史都华的精选辑。我给妈妈买了一颗装在她手镯上的幸运珠，每一年我都会送她一颗。今年这颗是一个小小的芭蕾舞者塑像。妈妈年轻时候曾经跳过芭蕾，而且十几岁的时候还曾经有机会去伦敦学习，可她因为害怕想家而拒绝了。妈妈从不出门度假。哪怕离开阿瓦隆超过一天她都会受不了。在她十二岁的时候，曾有人给她画了一幅德加风格的画像，画中的她正在靠着把杆练习，那幅画被装裱在巨大的玫瑰木画框里挂在了壁炉上方。到现在，她也还是会每天早上在楼上的舞蹈房里，花好几个小时的时间面对镜子练习舞步或是做一些拉伸练习。她很喜欢这颗新的幸运珠，不过这早在我意料之中。我送给爸爸一本《法庭上的鲁波尔》。他很喜欢那部同名的电视剧，虽然总喜欢抱怨电视剧里的情节有多么不切实际，但他从来一集也不会落下。

"谢谢你，孩子，真是有心了。"他看上去像是真的被打动了，而我心里也似乎为他产生了一丝波动，想着也许一切都会好起来的。可接着我又想到了安妮·道尔家的这个圣诞节，她的爸爸妈妈和妹妹也许正呆呆地看着圣诞餐桌前那个空荡荡的座位。我知道他们这天一定开心不起来。

爸爸想拿我满十八岁这件事做做文章，他发表了一番精彩的演说，说我现在已经是个男人了，很快就要步入社会，要对自己所有的决定负责了，还说他知道我一定会让他骄傲。说到我要步入社会时，妈妈啧啧了几声，然后给我倒了一小杯葡萄酒，这是我人生中第一杯合法的酒精饮料，然后她又额外给了我一份礼物，说是她特意为我准备的。那礼物看上去像一只首饰盒，当我打开盖子后，看见天鹅绒模子里放着一把纯金的剃须刀。这是件传家之宝，是她父亲的遗物。

我知道这对她来说有着重大的意义，而且她也希望我能感受到她的良苦用心，我父亲却忍不住了。

"我的天哪，莉迪亚，这也太离谱了！劳伦斯都还没开始刮胡子呢，"他嘲讽地说，"他发育得比较晚，对吧，儿子？"

我的确还不需要用剃须刀，这是事实，可我其他方面都已经发育完全了，而且我非常想告诉他我都已经有过性经验了。妈妈赶忙缓和气氛。要说劝和调停技术，她绝对是首屈一指的。"也许他目前暂时不需要，可很快就会用到了！"她一边欢快地说着，一边把手紧紧地按在父亲的手臂上。

那一刻父亲突然有些坐立不安，接着他烦躁地说："是，是，他当然会用到。"他很有男人味地朝我肩膀开玩笑地打了一拳。我忍住没躲开，倒不是怕痛，而是受不了这种缺乏诚意的亲昵。

"干杯！生日快乐！"妈妈举起杯说，然后我们一起碰了杯。

我看着父亲的眼睛，我能感觉到他也在努力想真诚地看看我——哪怕只是短暂的一瞬——真心想认识现在的我。我迎上他的目光。通过这一刻无声的交流，我看到了他的正直体面，而他也能透过外表看到他儿子的内心。然而那一瞬间很快就过去了，电话响了起来。妈妈站起身去接电话。

"是那个女孩！"她在走廊里喊道。我能听出她的话里那一声沉重的叹息。

爸爸恼怒地翻了个白眼："今天可是圣诞节！"又没有什么法律规定圣诞节当天不让用电话。

"今天可是我生日。"我提醒他说。他这才想起来，然后宠溺地朝我笑了笑。我的心里又一次焦虑得拧成了一团乱麻。他看上去是如此温和，可我很清楚他的真面目。

海伦这通电话很简短。

"生日快乐！还有圣诞快乐！你收到什么礼物了？"

我把收到的礼物一一告诉了她。

"就这些？我还以为你能收到更多呢。"在海伦的概念里，一栋豪宅和富有、奢侈是可以画等号的。事实却不尽然。

我能听到电话那头她的弟弟们在叫喊，还有嘈杂的流行音乐声。

"妈妈脑子短路，给杰伊和斯蒂沃买了一套鼓。那个疯女人。"杰伊六岁，斯蒂沃八岁。接着传来一阵震耳欲聋的击镲声，还有海伦和另外两个声音吼叫着"安静"，除此之外，就什么也听不见了。

妈妈从衣帽间门后面探出头，脸上的表情写着：给我把电话挂掉。

海伦那头太过嘈杂，要多聊也不太可能了，于是我跟她道别后挂掉了电话。走到厨房门口时，我听到爸爸在说："什么样的蠢货会在圣诞节给人家打电话啊？"

"安德鲁，我也跟你一样不喜欢她，但看在上帝的分上，只是这么一天而已，你就不能尽量对他好点吗？今天可是他的生日！"

"她究竟看上他什么了？看他胖成那个样子。虽然她也不怎么样，可是……"

"他是你的儿子！你就不能……"

我咳嗽了一声。我想让他们知道我听得见他们说的话。他们都不自在地挪了挪身子，难得我的父亲还会觉得尴尬。我从没听过他如此毫不掩饰地表达对我的看法。现在我感到激动而焦躁。我非常清楚眼前这个人是多么傲慢无礼、脾气暴躁和目中无人，他站在厨房水槽边看着窗外，假装安妮·道尔不存在，更希望世上从来没有我这个人。我恨他。真希望死掉的人是他。

6. 卡伦

在爸向警察报告了安妮失踪之后，我们本以为一两天之内就会有消息，事实却不是我们想的那样。我们去警察局是星期五晚上，那天是十一月二十一日。穆尼警探似乎对我们的担心很重视。我们向他描述了安妮衣柜里缺少的那些衣物。

"她有什么面部特征吗？"他问道。我指了指照片上安妮的嘴巴，说道："她手上有一条身份手链，从来不会摘下来。"

"那手链上是她的名字？"

"不是，上面只写了'玛妮'。"

"这位玛妮是她的朋友吗？"

爸看了我一眼，说道："这不重要。玛妮就是她从前认识的一个人，名字叫什么并不重要。"

我知道，第二天警察对跟安妮同住一栋房子的那些女孩进行了询问。我去克拉克美术用品店问我姐姐上个星期六有没有去买过一套绘画套装。我给柜台后面的女孩看了一张我们家安妮的照片。照片里安妮醉得不轻，但这是我们能找到的最清楚的一张了。照片是去年在我叔叔五十岁生日派对上拍的。其他所有照片里，她都用手遮着嘴巴，掩盖住她最显著的一项特征。那些照片都被警察否决了，但我清楚，要是安妮知道我们把她一直想撕掉的这张照片拿出来，一定会气疯的："我看起来像只流血的怪物！"

美术用品店里的女孩记起安妮几周之前去过店里，当时她仔细地看了看那套绘画套装，还说会回来买。女孩说她曾建议安妮先留下订金，可安妮说会带足全款再来。安妮没有再回店里我并不觉得意外。我很气自己居然会希望她真的能回去把套装买下来。

我想过她会不会是去伦敦堕胎了。如果她真的怀孕了，她绝不可能冒着被送回圣约瑟夫的风险留下孩子。但如果她真的是去堕胎了，她一定会收拾些行李带走，而且到现在她也早该回来了。绝望之下，我用了一整个上午的时间给都柏林的各家医院打电话。所有医院都没有她或是相似之人的入院记录。穆尼警探告诉我他也去了这些地方进行调查，得到的结果完全一样。

妈一直待在教堂，祈祷安妮能回来，我和德西请了假出去找安妮。我们跟维京酒吧的当地人聊过。我想比起我妈，他们应该更愿意跟我谈谈。他们都认识安妮，说起她都会面带微笑。"她喝起尊美醇来可是酒量惊人呢。"酒吧招待说道，毫无疑问，他从安妮那里没少挣钱。他们也一直在猜测她去了哪里。我问他们安妮有没有带男朋友一起去过，其中一位"朋友"有些谨慎地回答说："有那么几个。"德西听完又是一脸难堪，然后我们便离开了酒吧。

我们还去找了她工作的保洁公司的老板。我们到达的时候警察已经找过他了，他拒绝跟我们谈，说他已经把所知道的一切都告诉警察了。

然后只扔给我们一句："她简直就是个麻烦，反正我本来就想把她开了。"

我们报告安妮失踪三天后，正在房东打算清空她的公寓前，警方联系上了他。他显然气得要死，一直抱怨着损失的房租。警方对公寓进行了彻底的搜查。我想，就是在那个时候，他们对安妮的案子有了新的想法。

在十一月二十六日那个星期三，奥图尔警长打来电话，让爸妈和我去一趟警察局。我们都长长地松了一口气。我们深信他们已经找到了安妮。

到了警察局，穆尼警探把我们带到了一间没有窗户的小房间里。里面只有两把椅子，有人又去拿了三把过来，这样爸和我也能有地方坐。在说话前，他们希望我们三个都能坐下来。这时妈开始紧张起来，手里紧紧地攥着她的念珠。"搞得这么神神秘秘是怎么了？就不能直接告诉我们她在哪里吗？"

过去的几天里，奥图尔警长是通过电话跟我们联系的，我们都还没有见过他。他大约三十五岁，身材矮壮，下巴上和左耳下方各有一道被剃须刀割破的伤口。我知道接下来听到的一定是坏消息，只好靠观察这些小细节来分散自己的注意力。我突然意识到，如果是有关安妮的好消息，他们应该会用电话通知我们。穆尼和奥图尔警长并肩坐在桌子的一侧，我们三个则坐在他们对面。桌子又破又旧，只有一张教师书桌那么大。桌面上似乎被人用削笔刀挖出了一些凹洞，还胡乱涂画着半裸的女人，还有些用钢笔和记号笔歪歪扭扭地写下的"浑蛋"之类的话。

警长面前有一个翻开的文件夹。我看不见上面写了些什么，但能看到里面那张安妮的照片。我们已经在所有可能的地方都张贴了那张照片，包括路灯柱子、商店、酒吧，还有教堂走廊上。

奥图尔警长介绍自己叫德克兰，又问了我们的名字。他多看了我一阵，让我觉得有些不自在。

"你们昨晚在电视上看到我了吗？我们对这个案子可是相当重视。"

妈看到了他的采访，把他当成个名人一样看。我和爸在外面寻找安妮，错过了看电视。

"那么，老实说，我本来以为我们会收到更多的社会反馈，但我必须先告诉你们，我们还没有找到安妮。"妈发出一声抽泣。紧张的气氛都快把我们急疯了。他没有理会她痛苦的样子，接着往下说道："不过我们也有了一些发现，但我不确定你们是否对此有所了解。"他看着我说："你知道你姐姐吸食海洛因吗？"

"她不会。我是说，她的确爱喝酒，但绝不会沾染毒品。"

"哦，老天。"爸说。

"我们搜查她的公寓时，在她的床垫下面发现了一些物品，根据这些我们有理由相信她长期吸毒。"

"什么样的东西？"妈问道。

"针管、锡箔，还有一条绑扎带。"

我震惊不已。我知道海洛因成瘾的人是什么样子。有时候在我们家附近能看到他们。他们住在大街上，靠乞讨来凑下一剂的钱，完全无可救药。我亲眼看到过他们。安妮绝对不是那种人。妈什么也没说，只是一味悄悄地哭。

"她不是那样的人，"爸说，"没错，她的确经常惹麻烦，但还不会笨到去碰毒品。"

"格里，"奥图尔没有理会妈悲伤的样子，那种居高临下的语气真让我反感，"你知道安妮去年一年就三次因盗窃被抓吗？她上过法庭。最后一次出庭的时候，法官还说，要是她敢再出现在他面前就把她关起来。她可不是个安分守己的人。"

爸沉默了，可我既惊讶又生气，说道："你这么说什么意思？安妮不是贼！而且她根本没有钱买毒品。这些都不是真的。而且即便真是这样，那她在哪儿呢？你们有没有去找过她？"

穆尼盯着天花板，我想他也许是觉得尴尬吧，奥图尔接着说：

"她的钱是靠把偷来的东西卖给第三方……再加上……"他咳嗽了一声，是那种夸张的假咳，"再加上其他途径。"

他伸出双手平放在桌上，对着妈说："波琳，现在我们都必须冷静下来。我承认，我们不知道她在哪儿，但据了解，她过去几个月里有一些常接待的男性……顾客……他们或许也在为她的特殊爱好买单。"

过了好一阵，他扔出的这颗炸弹才真正击中了我们。妈还是一副不知所措的样子，可爸猛地蹿了起来，椅子被往后撞开了一大截。

"你是在说我的安妮是个妓女？你是不是这个意思？如果这就是你想暗示的意思，我会打烂你的脸。"

奥图尔从椅子上跳起来把穆尼推到他前面挡住自己，我赶紧抓住爸的袖子。穆尼来到爸的身后，用一只手臂搭在他肩上安抚他，然后轻轻地说："先生，我们只是在依据所了解到的实际情况来帮助我们找到您的女儿。"爸喘着粗气，紧紧地攥着拳头，然后伸手去拽椅子。

"爸，请你别这样！坐下来。"

他跌坐回椅子里。穆尼像卫兵一样站在爸旁边，奥图尔朝他点了点头。奥图尔俯身上前，轻声说道：

"你听到这些很伤心，这我能理解，但我们是对安妮的背景进行过调查的。我们知道她在圣约瑟夫待过两年。是你把她送到那里去的，格里。"

爸抬起双手捂住脸。

"现在，我有个问题要问你，我希望你先认真考虑一下再回答。你认为安妮有没有可能是自杀了？"

这个问题我根本不需要认真考虑。"不，绝对不可能。"我已经想到过这种可能性，但上周四我见到安妮的时候她还非常乐观。当时她很高兴，正期待着从什么地方得到一笔钱。她没有留下遗书，而且现在也没有发现尸体。安妮不会那样对我们的。虽然她时常和爸发生争执，但他们之间一直都有一种特殊的纽带。她不会这样对待爸的。爸妈也都连忙表示同意。

"我们家安妮不可能那样。"妈说。

"不管怎么说，我们不排除这种可能性，我也很愿意继续进行调查。不过，你们应该也能猜到，新闻媒体上的报道截至目前来看都不是太……太有收获。不过我有一些新闻界的朋友，也许会有兴趣从人性的角度来报道一下这个故事。如果我今天下午能把他们约到警察局来，你们是否能准备一下跟他们聊聊呢？"我看得出来，奥图尔对此很是兴奋。

"就我自己吗？"爸说。

"你们三个一起。"他朝我点点头，"当然了，加上一张漂亮的小脸蛋总没坏处。"他朝我眨眨眼。我顿时一阵恶心。

"然后告诉他们我的安妮是个瘾君子加妓女？"

"这个嘛，当然了，也没有必要更多地透露那种……令人不安的细节。我指的是直接地表达你们迫切渴望女儿能回家的心情。我们还没有证据表明她受到了任何伤害，但也许她正跟一些我们所谓的道德败坏的人在一起。只需要你们三个跟几个记者谈谈就行，不是什么大事。其他任何……信息都不会透露给他们。"

穆尼警探严肃地看着爸："格里，我想这是找到你女儿的最好机会。"

我们为此争执了一番。妈想要接受采访，爸却有些犹豫。他们当着奥图尔的面大吵了一架，我在中间左右为难。

"你一向把她当作你的耻辱。"妈对爸说。

"这能怪我吗，波琳？我总不能逢人就夸耀我有个吸毒的妓女女儿吧？"

"这么说她要是死在某个小巷子里你就高兴了，是吧？要是再也见不到她你就开心了？"

"我没有！我不是那个意思。我只是担心下一次她要是再出去寻欢作乐会怎么样。如果你非要知道，那我告诉你，我都快担心死了。"

"她也是你的亲生骨肉。我们一定得找到她。"

"我也赞成妈的意见。要是她情况很糟糕呢？她肯定不是去寻欢作乐了。如果跟她在一起的人知道警察正在寻找她，也许会把她送回家的。"

"我们连她是不是跑到什么地方去了都不知道……"

"我们知道啊，爸。她所有的东西都原封没动。她不会什么东西都不带就离开的。"

下午我们又回到了警察局。德西也跟我们一起去了，不过只是坐在屋子后面。我把警察说的毒品和卖淫的事告诉了他。他十分震惊。"天哪，"他说，"我还不知道她居然坏到这种程度。"他用力跟我爸爸握了握手，好像在参加葬礼一样："您费心了。"

爸只是看了他一眼没有说话。他还是对跟记者见面的事情有些意见，妈妈紧张得不得了。奥图尔说："等你谈到安妮的时候，如果忍不住想哭也没关系。"他这话让我觉得很奇怪，几乎像是在暗示我们应该要哭一样。穆尼警探告诉我们："你们诚实地表达就好，告诉安妮你们希望她能回家。"爸听了觉得这位警官好像在质疑他，于是说："我本来就是想让她回家。""没事的，爸。"我连忙说。

我们被带到一个大一些的房间，里面有张大会议桌，我们跟奥图尔一起坐在了桌子的一侧。我实在无法称呼他为德克兰。我注意到，在那天上午之后，他剪了头发。我猜他根本不关心安妮的死活，只是想在报纸上露面罢了。上过电视之后他对自己相当满意。当一位摄影师提出让我们拍张照片时，他连忙跳起来伸开双臂站到我们中间，就像《最后的晚餐》中耶稣的圣像那样。在爸妈谈论着安妮的时候，几个男人拿着纸笔潦草地记着笔记，还不停地按着相机。奥图尔意味深长地看着我，催我赶紧说点什么，可我埋着头什么也没说。我不想当着这些陌生人的面哭泣。

我也有事情没有告诉我的父母，这对他们来说会带来太大的伤害。

早些时候，在记者会之前，奥图尔把我叫到了一旁。他伸出胳膊搂住我的肩膀，意思本是要表达安慰，但他身上浓烈的须后水味道呛得我快要窒息了。

"卡伦，"他说，"如果有任何我能做的，尽管开口，好吗？我讨厌看到你这样痛苦的样子。"

"她究竟去了哪里，你们一点头绪也没有吗？没有任何线索能知道她究竟发生了什么事吗？"

"恐怕没有，不过我们已经查到了她的皮条客。他认为安妮最近几个月都在私下接客。她并没有像往常一样去站街，但似乎又有钱买海洛因。你知道，有时候吧，一个姑娘还是跟着个皮条客比较好，毕竟他能给她提供一些保护。"

"那你有没有逮捕他？"

奥图尔一脸费解，问道："为什么逮捕他？"

"因为他当皮条客啊！这不是违法的吗？"

他居然嘲笑起我来，说道："哎，你这么一个漂亮女孩，别发火呀。这些皮条客对我们有其他用处。"

我大怒道："他们当然有用了。"

这时，他松开了我，说道："你知道的，我是站在你这边的。如果我是你，肯定不会这么恩将仇报的。"

我很惊讶他居然这样威胁我。看来我得顺着他，否则他就不会帮助我们了。

"对不起，我只是……我只是很担心……我和安妮，我们很亲近。"

"我想她这样对你保留秘密让你很受伤吧。"他在办公桌上翻找了一通，拿出一本字帖，就像本旧的学校练习本一样，"这是我们跟针管一起从床垫下面找到的。这对我们来说没什么用，兴许你会想留着？"

我伸出手从他手中接过来，可他把手抬高起来道："你该怎么说？"

"谢谢你，警长。"我甜甜地笑着说。

"叫我德克兰。"

"谢谢你，德克兰。"

"她不怎么擅长写作是吧？她到底有没有上过学啊？"

我努力控制住自己不去瞪他。

"里面记录了很多笔大额现金。我们不知道这些代表什么。如果你想到了什么，告诉我们好吗？当妓女绝对挣不了那个数目的。按照目前的行情价，完整的一次性交易做下来平均十镑。"他说道。他的意思是，从她在笔记本上列出的金额来看，她一定是提供了"极其特殊的服务"。我想了好一阵子才反应过来他在暗示什么。我想到了我的姐姐，那个从小跟我同住一屋的姐姐。我还在努力消化她可能当过妓女这个事实。他很肯定地说本子上记录的地址和电话号码他们都已经核查过，但没有任何结果。

他把自己的电话号码写在了一张纸上，说道："你要是想聊聊，随时给我打电话。"

"聊安妮的事吗？"

"什么事都可以。"

我一眼就认出了安妮歪歪扭扭的字迹。那是某种日记。她的字一塌糊涂，还一大堆错别字。但这实在是太……太典型的安妮特色了，读到内容的时候，我感到很不舒服。不舒服是因为我在读她很私人的东西，但又为她所写的内容心碎不已。第一篇是一封信，日期落在她四年前从圣约瑟夫回家不久后的某一天。

亲爱的玛妮：

他们肯定已今（经）给你起了新名字，不过你对我来说永远都叫玛妮，就应（因）为那部电影。电影里的玛妮那么美利（丽），我想等你长大也会像她那么美利（丽）的。你足（是）我见过的最飘（漂）亮的东西。我希望你的新家人都队（对）你很好。他们不肯告诉我你去了那（哪）里，我也不想离开你，可他们说如果我不签那些文件，就要把我永远所（锁）在哪里，我希望我能留下来，还希望可以把你代（带）回家，可我爸爸不准。他说我是家组（族）的尺如（耻辱）。我不想成为你的尺如（耻辱）。我狠快就会去找你的。真希望我只到（知道）你在那（哪）里，因为我真的很想念把你抱在坏（怀）里的感觉。我妹妹向我问起你，可我什么也不能说，因为我是那个仍（扔）下你的坏人，我现在真的希望自己当时每（没）有离开，希望他们每（没）有把你送走。我真新（心）地对你抱欠（歉），我保证一顶（定）会找到你。

这一页纸上用透明胶带粘着一缕毛茸茸的，近于黄色的柔软的头发。

除了手写的内容，本子里还贴了许多像电影票之类的东西，就像一本剪贴簿，还有一些电话号码、现金金额，还有全是错别字的酒店地址。最近期的几条记录的一侧写着一个字母 J，另一侧则写着"三百英镑"。看着这些，我跟奥图尔一样毫无头绪。

记者把我们接受采访的内容刊登出来后，各种信息如同潮水一样涌来。有人在都柏林五间不同的酒吧和两家餐馆里见到过安妮，她还在戈尔韦的一家咖啡厅、格雷斯通斯的一家酒店，还有贝尔法斯特的一间办公室里工作过。她还可能在其他无数的场合出现过。一有新消息穆尼警探都会通知我们，可就连他也承认，他们没有足够的警力对每一通电话提供的线索都进行跟进，至少是无法深入追踪。我和德西靠自己对其中的一部分线索进行了跟踪。我们搭乘公共汽车，拿着安妮的照片去了很多酒店和酒吧，但结果非常让人生气。有些人声称"看到"了安妮，似乎只是为了能在这起令人兴奋的人口失踪案件中插上一脚。他们的故事要么是根本就站不住脚，要么就是跟他们朋友的说法不一致。他们之中很多人本来自己都有一堆问题，只是想来寻求一些关注。每一条新线索都会让我们兴奋一阵子，可最后都没什么用。

采访内容见报一周后，丑闻开始四处蔓延。报纸上出现了新的头条写着"失踪的安妮海洛因成瘾"和"安妮·道尔少女时代之未婚有孕秘事"。报道中隐晦地提到那些男性访客，任何一个有脑子的人都能看懂那是在暗示什么。

爸妈心急如焚。我和爸直接去找了奥图尔，向他质问道："他们是怎么知道的？你说过不会透露任何隐私的！"

奥图尔装出一副震惊又无辜的样子，回答道："格里，关于那些细节是如何被泄露出去的，我们正在展开全方位的调查。我可以向你保证，我们也跟你一样气愤。"

我看得出，穆尼警探非常生气。他满眼怒火地看着奥图尔。我知道泄露消息的就是奥图尔。记者会结束后，我曾看见他和一些记者在一起嘻嘻哈哈的。他还摆出姿势让他们拍照。我非常肯定，他会毫不犹豫地提供任何他们想要的肮脏的细节。可能他告诉记者们要等一个星期再公开，这样那些文章就不会跟他挂上钩。

在我看来，那些报道的口气就像在暗示安妮的遭遇都是她自找的，就算她死在哪条臭水沟里，也怪不了其他任何人，只能怪她自己。看了那些报道，就连德西都很生气。"就好像她这个人根本无足轻重一样。"他说。

三个星期不到，一切都停止了。没有更多的线索，调查也没有了音信。渐渐地，安妮·道尔这个名字从报纸头条上消失了。我想，对于像安妮这样的人，没有人会真正在乎、真正去调查她的失踪案。如果她是一个个人背景没有"污点"的上流社会有钱女孩，他们是不会这么快就放弃调查的。

我脑子里一直在想安妮的笔记本里的第一条记录。那是在四年前写的了，但字里行间透露出的痛苦还是一目了然。要是她曾经去过位于科克市的圣约瑟夫，去调查她的孩子去了哪里呢？会不会是她在科克出了什么事？

我拨通了奥图尔的电话。

"你问过圣约瑟夫那边吗？"

"什么？"他似乎根本不知道我在说什么。

"科克市的圣约瑟夫啊，安妮就是在那里被迫放弃了她的孩子。"

"哦，是的，我问过了，问过了。"

"那他们怎么说？"

"他们没什么有用的信息。"

"那他们有没有说她是否去过那里？她有没有去那边调查那个孩子在哪里？"

"卡伦，像你这么漂亮的女孩，一天到晚担心这么多对你没什么好处。你得把调查工作交给我们来做。我们正在尽全部的努力。"

"比如呢？"

"抱歉，你说什么？"

"比如今天吧，今天你们都做了些什么？"

他顿了顿，然后说道："卡伦，你知道的，耐心是种美德。"

"我就是很想知道，你们都做了哪些工作来寻找我的姐姐。"

"你愿意一起喝一杯顺便讨论一下这个话题吗？"

我挂掉了电话。

我又给科克的圣约瑟夫打了电话。我也不知道应该找谁，那地方都是修女们在管理。接电话的女人自称是玛格丽特修女。

"我想请问一下我姐姐最近五个星期里有没有去过你们那边，她的名字叫安妮·道尔。"

"她为什么会来这里？"

"她……她一九七五年曾经在那边生下过一个孩子，孩子的名字叫玛妮。我有她的出生日期，不知是否用得上？她在那边一直待到了一九七六年十二月，在那时候她放弃了她的孩子。"

电话那头传来纸张摩擦的沙沙声。

"我知道了。你知道她在圣约瑟夫叫什么名字吗？"

"不知道……我……你是指什么？"

"所有来这里的女孩都会被赋予一个新的名字。"

"她的名字叫安妮·道尔。她失踪了。我想警察应该跟你们联系过？"

"这个我没有印象。如果你无法告诉我她在这里的名字，我就帮不了你。"

"等等，可你们不是应该留有记录吗？你们把她的孩子送去哪里了？她也许是去找她了。"

电话那头一阵长长的沉默。

"我不知道你说的是谁，也许她是因为羞愧才离开的。"

羞愧。我咬住牙强忍着怒火。

"很多像她这种情况的女孩都会离开的。"

"离开？去哪里？"

"就是……离开。"

"我能不能去跟你见一面？我可以带张照片过去，报纸上也有的。警察也在找她。"我无法隐藏声音中的绝望。

"我们不跟报社接触。从这里离开的人从来没有一个会主动回来。"

这女人真是个十足的贱人。

"那至少能不能告诉我她的孩子在哪里？她也许是去找她的孩子了呢。"

　　"如果你姐姐在这里待了两年，最后留下孩子离开了，那说明她在做决定之前经过了充分的考虑，但她最后还是签下了那些领养文件。孩子的去向是保密的，绝对不会公开。那孩子会被安置在一个很好的天主教家庭。我帮不了你。再见。"

　　我把自己的发现告诉了父母。妈又哭了。爸也忍不住了，这可不太像他。爸说道："我当初就不该把她送到那里去。我们可以把她留在这里的。她又不是这条街上第一个有野孩子的。"

　　妈听了他的话跳了起来，叫道："野孩子？那是我的外孙女，也是你的啊。要是我们把她留在家里，她也许还好好的，可你从来只关心你自己那该死的面子。我放任你打她，放任你把她送走，可现在呢，我想……我想她已经……"

　　妈无法坚持说完剩下的话，但我们都知道她在想什么。我离开家，回到了自己的公寓。我实在无法接受这一切。安妮，我的姐姐，她死了？人们都说，安妮是个非同凡响的人。她不可能死了。

　　爸妈向来是一条心的。到如今我才知道，原来当初妈是想把安妮和她的孩子留在家里的。爸妈之间就在那时候开始出现了裂痕。后来有一次回家，我注意到妈已经搬进了我从前的房间。

　　而我跟德西的关系则日益稳固起来。他一直非常热心，帮我到处张贴寻人启事，包括安妮从前住处附近的商店和酒吧，还有她打扫过卫生的大楼。奥图尔拿各种理由搪塞我们，还不回爸的电话。我努力说服自己，没有消息就是好消息。

到了圣诞节，安妮已经消失近六周了。我亲自给奥图尔打了电话。在圣诞前夜，我跟奥图尔，跟"德克兰"，按照先前的约定在萨福克大街上的奥尼尔酒吧见面一起喝一杯。我一直想跟他约在警察局见面，可他拒绝了，并坚持要一起喝一杯。"这样没那么正式，你懂我的意思吧？"我知道他在玩什么把戏，但我只有通过这种办法才能跟他说上话。我到达的时候他已经喝醉了。我告诉他圣约瑟夫的那位修女不记得有任何一个警察曾经给那边打过电话询问我姐姐的事。他甚至都懒得否认，只是耸耸肩尴尬地笑了笑。

"你得把她忘了。整天这么担心会让你长皱纹的，你可是个漂亮女孩啊。"

"什么？我可不会就这么忘了她。"

"我们可以回我的公寓一起开瓶伏特加，让我来帮你忘了她？"

他把手放到了我的大腿上。我知道他不是个正人君子，可也没想到他竟然会如此明目张胆。

"谢谢，不必了。"我推开他的手，无法掩饰声音中的厌恶，说道，"你见过我的男朋友德西吧？"

"别一副冷冰冰的样子。你知道吧，你比你姐姐好看。你可以收更高的价钱。"

我把杯中的健力士啤酒泼到了他脸上。他跳了起来，当我匆忙走出酒吧时，他在身后咆哮道："你这该死的蠢娘们！她死了。除了你所有人都知道。"

7. 莉迪亚

我想，到最后，是各种压力把安德鲁压垮了。别的先不说，我跟他的关系变得非常紧张。从前我一直习惯做那个被照顾的人，可现在我常发现他一边洗澡一边哭泣，还会一连好几天一言不发。他完全切断了社交生活，请了病假躲在床上。我催他去看医生，可他说他害怕自己会说出些什么。他完全不想靠近我。一天夜里，我在一个空房间的床上找到了他。

"你在干什么？"

"我不想再跟你睡一张床了。"

"可亲爱的，为什么啊？我究竟做什么了？"

他看上去疲惫不堪，说道："没什么，你把所有事都处理得非常好。我就是恨你能如此应对自如。"

我没有理会他的弦外之音，回道："回我们的房间来吧。要是让劳伦斯觉得我们吵架了，他会很难过的。况且我们也没有吵架，对吧，亲爱的？"

他由着我把他带回了我们自己的床上。我递给他一颗我的镇静剂，可他拒绝了。"不想看见你和你的药片。"他说。我轻轻地吻了吻他的嘴，但他转过头，不肯回应我。我希望他能赶紧收起这副样子。撇开别的不谈，这样一点也不吸引人。

我应该更认真地对待他这种状况的。我可怜的丈夫在一个月的时间里整整老了十岁，他的动作变得迟缓，还开始像个老人一样拖着步子走来走去。我早该意识到，保守我们的秘密带给他的压力，再加上我们目前的经济危机，对他来说太难以承受，但现在回想起来，我真的很抱歉劳伦斯之后所有的生日和圣诞节都永远被毁掉了。十二月二十五日这一天对我们而言再也不是个好日子。

这一天的开始还相对顺利。我特意向安德鲁提议要下床来，用良好的精神状态度过圣诞节和安德鲁的生日。我们给他送上了生日礼物，然后我们大家都交换了圣诞礼物。这时候好像跟从前没什么区别。按计划，安德鲁的妈妈埃莉诺在他弟弟那里吃过饭后会来我们家。

吃完饭，安德鲁和我在厨房里清洗碗盘。他抱怨着劳伦斯的体重和劳伦斯那个粗野的女朋友。对于他们交往这件事，安德鲁的态度相当冷酷。我也不喜欢她，但我的直觉告诉我，他们只是一时兴起而已。海伦的妈妈安吉拉·达西是位有名的诗人，所以从社会地位来讲，她倒算是可以接受，可最近的安德鲁特别容易生气，他说："她究竟看上他什么了？"话音刚落，我就看见了劳伦斯。他从之前就一直站在厨房门口，安德鲁慷慨激愤的演说他全听见了。吃饭时我们允许劳伦斯喝了一点葡萄酒，庆祝他年满十八岁，可我觉得他好像不太适合喝酒，因为他看着安德鲁的时候，脸上带着一种十分具有攻击性、带有强烈敌意的表情，仿佛对他非常鄙夷。

"比起肥胖，还有更糟糕的事情呢。"劳伦斯傲慢地说。

"哦，亲爱的，我们别吵架好吗？"我努力想劝和，可安德鲁没有理会我。

"你想说什么？"

"没什么。"劳伦斯阴沉着脸说。

"很抱歉让你听到我说那些话了。我知道我不太……至少最近……"

劳伦斯突然径直离开了厨房，还摔上身后的门，根本不给他父亲道歉的机会。

安德鲁转身看着我："他知道了。"

"别傻了，亲爱的。他什么也不知道。"

"可他看着我的那个眼神……他甚至都不肯再跟我共处一室了……"

我打断了他的话。我决心不能让那个死掉的女孩毁了我们的圣诞节，说道："我们不要讨论这个了。你应该跟劳伦斯谈谈。让他知道你其实是在乎他的。"

"老天哪，莉迪亚，我当然是在乎他的，但我不想像你一样溺爱他。他已经十八岁了。到明年夏天结束的时候，他就应该搬出这个家了。"

"别这么说。他想在这里住多久就住多久。"

"好吧，如果我是他，我会像颗子弹一样立刻飞走的。你把他当成个小男孩一样宠着。你得放手了。"

"我本来可以放手的，谁让你杀了那个女孩毁了我们的计划。"我低声说道。

"看样子，现在我们又可以谈论这个了是吧？你觉得合适的时候就可以谈是吗？她的名字叫安妮。"安德鲁的脾气又上来了。我知道自己得保持沉默。在这种情绪状态下他不容许别人打断他。他压着嗓子怒气冲冲地说："你就像什么也没发生一样继续过你的日子，我却像活在噩梦中一样，哪怕是听到有人敲门我都会惊恐万分。你已经把一切都盘算好了。如果出了事，我去坐牢，而你和劳伦斯就一拍屁股甩掉我继续过舒坦的日子。你能想象一个法官到了监狱里会受到怎样的对待吗？"

我把杯子和玻璃酒瓶挪到他够不着的地方，因为他现在非常生气，生气到会砸东西的地步，可他几乎没注意到我的举动。

"你有没有像我爱你一样爱过我？说真的，有吗？我其实挺喜欢安妮的。是你选择了她，记得吗？我不介意她是个长相平平的女孩，因为这样对你的背叛相对少些。当然，她很不同，但她很贴心也很有趣……"

我捂住自己的耳朵，但还是能够听到他的声音。

"但我心里从来都只有你，可现在我每天一看厨房窗外就得对着她那该死的坟墓！我做这一切都是为了你啊……"

我想开口提醒他过于粗暴的语言，但他抬起手对我表示警告。

"是，你当然没有让我杀了她，可你一直对着我不停地说：'别让她把我们当傻子耍''从她那里把钱拿回来''你就不该信她'，还有'你为什么要相信她'，就这么一直一直一直逼我，直到那种压力让我再也无法承受。然后当安妮威胁要勒索我的时候，我就失控了。她可是个活生生的人啊。我已经走在刀刃上了，莉迪亚，你看不出来吗？"

他的手紧紧攥在胸口，我在想他这姿势也太过于戏剧化了，可接着他开始大口喘起气来。我惊恐地看着他努力靠在桌上稳住自己的身体。我赶紧伸出手防止他摔倒，他一把抓住了我的手。

"怎么了？出什么事了？"我就跟个傻瓜一样问道，因为就连傻瓜也能看出他这是犯某种病了。他往下滑了下去，我努力想把他托起来。他双眼圆睁，眼神里全是乞求和绝望。他已经说不出话来，但我能看出他是在求我救救他。我抓住他的衬衫衣领，可他做完弥撒之后脱掉了外套，身上穿的是一件大领的衬衫还没系领带。我试着扶住他，但他实在太重了。他滑出我的手臂，从我身边跌下去，倒在了桌上，把火鸡骨架从盘子里撞开来，整个人面朝下横在桌上，头发浸在了火鸡油脂里。

我看着从桌子一头掉落下来的火鸡，已经顺着略微拱起的厨房地板滑到了门边的踢脚线旁。家里只有我们三个人，但我还是订了一只大火鸡。爸爸过去总说小火鸡看起来很刻薄，而且我们可以用剩下的火鸡肉做成三明治或者炖菜，我满脑子都在想着火鸡，想着我有多少种方法可以烹调火鸡肉，而就在这一刻，我的丈夫正在我眼前渐渐死去。在他挣扎着想要呼吸的十秒里，我吓得直愣愣地站着，最后，他终于一动也不动了。我看看他的背，再看看地板上的火鸡，试图让自己相信眼前这一幕是真实的。然后，我努力想摇醒他。我把他翻过来，往他嘴里吹气，可这一切都毫无作用。我高声呼喊劳伦斯。他立刻跑了过来，一下子就明白了是什么情况。我可怜又勇敢的儿子。

劳伦斯一句话也没说，捡起地上的火鸡扔进了翻盖垃圾桶里，舍弃了火鸡三明治和炖菜。他去衣帽间打电话叫了一辆救护车，回来的时候给我端来满满的一杯白兰地。他用拖把擦干净地板，然后小心地把安德鲁挪到地上，在他的脑后放上了一块厨房垫子。他用一条茶巾擦去了安德鲁脸旁边和头发上的油脂。我想把他的眼睛闭上，可他眼中有一种空洞的天真感，我得让劳伦斯看到。他给安德鲁的弟弟费恩打了电话，由费恩把这个消息告诉他们的妈妈埃莉诺。

也许是圣诞节的缘故，救护车等了一个小时才到，也可能是因为劳伦斯告诉他们安德鲁已经死了，所以也没什么可着急的。埃莉诺和费恩，还有他的妻子罗茜那时候也已经到了。费恩很吃惊，但又对他哥哥的离世很淡然。他们兄弟之间并不亲近。

罗茜则积极地行动起来，她打了几个电话，还忙着给大家的杯子里添酒，而埃莉诺则坐在安德鲁的皮质扶手椅上静静地流泪。安德鲁是她的心肝宝贝。我和埃莉诺之间大多数时候都能互相忍让，但她从来不知道收敛。她作为女家长的角色给了她想说什么就说什么的权力，但她通常一张嘴就都是批评。她总是忍不住评价劳伦斯的体重。安德鲁通常都是独自去拜访他母亲，当她来我们家时，我都是待着不动，闭上嘴不说话。在这无比悲伤的一天，有着相同悲痛的我们却没有任何要彼此安慰的意思。

在那之后，我由于悲伤过度休克了。费恩和劳伦斯找到了我的药片喂给了我。我被送到床上，几小时过去后，当我醒来时，开始大声哭喊安德鲁的名字。劳伦斯过来坐在我身边，揉着我的肩膀，让我放心一切都会没事的，还说现在由他来照顾我了。这在我看来太傻了，一个小男孩竟然说一切归他来管。比起从前那一次次的流产，这次失去安德鲁要痛苦太多太多。

　　葬礼的前几天，我一直待在床上，把所有的安排都交给了费恩、罗茜和我的儿子。我因为镇静剂的作用脑子迷迷糊糊的。他们为了安德鲁下葬时应该穿什么衣服争执了一番。劳伦斯选了安德鲁最喜欢的一条芥末色灯芯绒便裤和酒红色羊毛衫，埃莉诺得知安德鲁没有穿他最好的一套西装非常震惊。而这些我一点也不在乎。

　　葬礼的整个过程我完全没有参与。我感觉自己就像是在游泳池的水底，而一切都在我头顶的水面上进行着。我在一旁看着、应付着，却没有参与。我站在一列死者亲属中，跟数以百计的人握了手，包括政客、播音员、法医和律师。劳伦斯站在我身边扶着我，不断给我递纸巾。看着劳伦斯抬着装有他父亲遗体的棺材时，我情绪崩溃了。我开始尖叫，所有人都惊恐地躲开我，罗茜和她的一个儿子催着我走出教堂，上了那辆等在外面的黑色梅赛德斯。她在我包里找到一些药片，我很乐意地吃了下去。埃莉诺上车来告诉我我应该保持举止的端庄，我真想扇她一巴掌，不过那些药片起了效果，在去墓地的路上，我看着窗外的人们有的拿着购物袋，有的在公共汽车站等车，还有的靠在树篱旁边聊天，就好像什么也没发生一样。后来，在棺材缓缓地降到地下时，劳伦斯一直紧紧地抓着我的手臂。

　　回到阿瓦隆后，我家会客厅里足有四五十号人在转来转去，罗茜带着她那一大群孩子给他们分发着三明治。我认出了其中两三个女人，是很久以前我好不容易忍过去的几次出行途中认识的，也不知道是谁把她们都给请过来的。安德鲁前同事的老婆们往我家冰箱里塞满了又蠢又没用的砂锅菜和派，还都整齐地贴上了标签。她们都惊讶地赞叹我家真大。

劳伦斯从前学校的一些男孩也来了，那个叫海伦的女孩也在，她一有机会就黏着劳伦斯不放，可劳伦斯正忙着照顾我。一个干瘦的牧师让我跟他一起祷告，但我无法忍受跟他待在一个房间里，劳伦斯领着他去了埃莉诺那边，她比较愿意接受他的哀悼。

安德鲁死后，我发现自己无法钻出眼前的迷雾。我大多数时间都窝在床上，当我硬着头皮下楼后，眼睛只能盯着电视，努力不去在意身边那张空荡荡的扶手椅。我的眼泪就是停不下来。劳伦斯会用托盘端来食物，把我当成小婴儿一样喂给我吃，而我则机械地吃下去，根本不去品尝味道。

当我的婆婆和费恩，还有安德鲁的朋友们，打电话来问我情况如何时，我没有去接电话，而是让劳伦斯帮忙留下口信。我任由那些慰问卡渐渐堆积起来，一封也没有打开。我吞了许多药片来抹去痛苦，但它们充其量只能减轻我的刺痛，阻止那不断加剧的恐慌将我吞没。我已经四十八岁了。现在我只有劳伦斯了，我的儿子成长得太快太快。我很害怕，他用不了多久就不再是我的宝贝了。

劳伦斯出生后，我一共经历过九次流产。这些经历摧垮了我，每一次失去孩子都带来无尽的痛苦，最后我只剩下了恐惧。其中一次，我怀孕期满了四个月，我们真的以为已经安全了。在那之前，我怀孕从来超不过十周。那是在一九七七年那个阳光灿烂的夏天。为了庆祝，安德鲁、劳伦斯和我一起去了我们最喜欢的一家餐厅吃饭。可就在那时，当我们的餐盘被端走之后，我感觉到子宫里一阵可怕而又熟悉的撕扯，然后就痛苦地弯下腰去。几秒不到，我身下的天鹅绒椅子就被一摊鲜血给渗透了。安德鲁很快意识到发生了什么事，赶紧抱起我往车上跑，一路上在餐厅豪华的地毯上留下了我的斑斑血迹。十四岁的劳伦斯一脸苍白地哭着，可就连他也知道是怎么回事："是宝宝出事了吗，妈妈？是吗？"

在其他几次流产后，我通常要过一两周才能从失去胎儿的打击中恢复过来，可那一次，花费了更长的时间。

医生帮不了我。有三家领养机构回绝了我们。我想当然地以为只要慷慨地捐赠一笔钱就能解决问题，但我和安德鲁轮番接受了各种各样的拷问，先是分开单独盘问，再是两人一起。那些问题都非常令人反感。我跟安德鲁说要好好利用他的社会地位，但还是不管用。他动用了我们所有的关系，前两家领养机构没有准备向我们解释不同意我们领养孩子的理由，但第三家机构给我们出具了一份书面报告。报告中说我还没有很好地处理我童年时期的问题，他们担心我无法满足一个新宝宝的需要。我没有亲密的朋友，而且几乎没离开过我的娘家，这些让他们觉得很奇怪。当我看到邮件中的这份报告后，我径直冲到那家领养机构，朝着接待处那个女人大喊大叫，直到她叫来了保安。安德鲁过去把我带回了家，从那以后，他坚决反对我们再向其他机构提交申请。

我们一直没有放弃尝试生一个我们自己的孩子，甚至在我们计划好安德鲁让那个女孩怀孕然后买下她的孩子之后，我们也仍然在努力。他本该找一个健康的年轻女孩，一个穷到愿意接受这个提议的女孩。我们的计划是，一旦她怀孕后，他会每个月去看望她一次，孕期内每个月付给她二百英镑，等孩子出生后再付五百英镑。对一个贫穷的女孩来说这可是一大笔钱，对我们来说也不是个小数目。虽然这个主意非常简单明了，但我不得不恳求安德鲁完成这个计划。我不得不乞求他。

"难道劳伦斯不值得拥有一个手足同胞吗？我们可以告诉他终于有一家领养机构愿意接纳我们了。"

"如果有一天事情曝光，我们就颜面扫地了。"他说。我安抚他说，谁会相信我们能做出这样的事呢？他还是不答应。"我们负担不了这笔钱。"他说。

我卖掉了那幅梅尼·杰利特[①]的画，爸爸曾经很肯定地说这幅画总有一天会很值钱的。我一直觉得那幅画很难看，可对于它的价值，爸爸却说对了。安德鲁仍旧以诸多理由来反对。"我怎么知道我是不是可以相信一个能做这种事情的女孩？"他说。

我真希望自己当初能多思考一下关于信任的问题。安德鲁又不可能把她推进医生的诊疗室里去做验孕测试。他名气太大了。他曾经提议等她怀孕后，就由我来跟她接触，但这绝对不可能。我可不知道要怎么跟那种人说话。他才是每天在法庭上跟他们打交道的人，他称他们为"社会渣滓"。最后，我绝食了一周，他才终于同意。然后，在我们找到那个合适的女人之前，整个计划都只是理论而已。这是个漫长的过程。这可不是他能在法律图书馆里随意抛出来的问题。我们无法找任何人提供

---

① Mainie Jellett（1897—1944），爱尔兰画家，作品风格抽象，充满现代感。

推荐人选。安德鲁也接触过一些女人，可他说，她们要么是听到他提出一起吃饭后就一脸鄙夷，要么就是盘算着跟他搞外遇。除了这些原因，她们本身也不是合适的类型，不是不缺钱花的中产阶级就是年纪太大。

接着，突然有一天晚上，他告诉我，那天下午他在街边的书报摊买报纸时，抓住一个正在偷他钱包的年轻女人。她求安德鲁放了她，说想让她做什么都可以。她一直哭着求他。她说她需要钱来给生病的妹妹买药。安德鲁可怜她，就给了她五英镑然后开车把她送回了家。

"你相信她吗？"我问他。

"这倒未必，但她看上去的确是孤注一掷了。"

当他说出"孤注一掷"这个词时，正好说到了我心坎里。

"她多大年龄？看上去健康吗？"

安德鲁立刻明白了我的意思，然后摇了摇头，说道："拜托，莉迪亚，我知道你想说什么，我不想听。"

"你摇头的意思是她看起来不健康吗？"

"不是，她很年轻而且健康，可是……"

"她知道你是谁吗？"我问道。

"不知道。"

"你觉得你送她下车的地方是她真正的家吗？"

"不太可能，除非她住在一家名叫维京的酒吧楼上。"

"你得找到她。她听起来是个绝佳的人选。"

他又跟我争论了一番。他说他不希望他孩子的母亲是个贼。

"我来做孩子的母亲。你得找到她。"

没用几周，他就轻而易举地找到了她。当时她正从维京酒吧出来。他让她上车，她照做了。

这个计划本来非常完美，可结果是，安妮·道尔是个吸毒者又是个妓女，还长着兔唇，她跟我丈夫睡了四次之后就说她怀孕了。但她想要更多的钱。她要求每个月付给她三百英镑，孩子出生后再给六百英镑。五个月过去后，我们已经付了一千二百英镑，安德鲁也承认没有看出她肚子有隆起的迹象。那女孩拿不出也不肯拿出任何能证实她怀孕的文件。所以那天晚上，我逼安德鲁去找她对质，结果当然是那个愚蠢的小贱人承认了她根本就没有怀孕，还说她要去找报社，把一个高等法院的法官是怎样花钱让她提供性服务，还想买她的孩子的事说出去。她可真是无耻到了极点。我不敢相信她会如此狡猾、如此残忍，但当时我并不知道她是个吸毒者和妓女，我是在她死后才知道的。那之后，我了解到几乎所有妓女都是海洛因吸食者，而吸毒者是什么事都做得出来的。

我一直没有得到我如此渴望得到的宝宝，而重重的压力又杀死了安德鲁。我把这一切都算在安妮·道尔头上。

8. 劳伦斯

我刚刚诅咒我父亲死掉，紧接着几分钟后他就真的死了，这让我有种奇怪的感觉，既强大而又愧疚，就好像他的死是我造成的。

我之前从未参加过葬礼。所有人都跟我说要"坚强些"，说"你会挺过去的"，可我其实感觉还好。我代表我精神恍惚的妈妈接受着众人的哀悼，不停地给菲茨奶奶递纸巾，还跟费恩叔叔和其他雇来的扶灵者一起抬着棺材走过教堂的通道。棺材比我想象的要重很多。后来我的肩膀一连疼了好些天。最困难的部分就是在坟墓边管束好我的妈妈，并把她和菲茨奶奶分开。

葬礼结束后，爸爸的朋友们和一些邻居跟着我们回到了家里。海伦也在。我很高兴见到她，当牧师来道别时，她在厨房里握住了我的手。她说现在我们之间有了更多的共同点，因为我们都没有父亲了。我问她说"更多"指的是什么。

"啊，是这样，你知道，我们两个都是怪人，"她说，"没有父亲的怪人。"

这话听上去似乎有些道理。

"只不过你至少还知道你父亲死了，可我连我父亲是死是活都不知道。"

她说我很勇敢，还说她不觉得在自己父亲的葬礼上哭泣是件有损男子气概的事。我感觉她想让我哭，这样她就能当众展示她在安慰我，炫耀她的女朋友身份。我感激地接受了她的拥抱，但我并不需要安慰。

我班里的两个男生也来了。我不记得之前跟他们说过话，但他们在学校倒也没有为难过我。他们把弥撒通知单 ① 塞到我手里，但并没有停留多久，因为他们正赶着去游乐场跟女孩们约会。来家里的还有几个我从前的学校卡迈克尔公学的男孩，他们约我过几个星期找机会再聚聚，可也没有说具体是什么时候。

后来，在所有人都离开后，海伦跟我把杯碟都清洗干净，把亚麻的桌布和银器也都收了起来，然后她帮我一起把妈妈送到床上去睡觉了。

下楼后，我们打开了一瓶威士忌。

"你知道，如果你想哭，真的没关系的。"海伦又一次说道，"毕竟你爸爸刚刚去世了，你却表现得若无其事。"

"我没事。"

"那是你自己以为而已，过一阵你就不会这么觉得了。"她给了我一个安慰的拥抱，可我很想做爱，于是提议一起上楼去，反正妈妈已经吃了安眠药昏睡过去了。

海伦拒绝了。"你知道吗，你可真是个怪胎。"她说。

---

① 弥撒通知单（Mass Card），此处指天主教中向死者家属发出的为死者做弥撒的通知单。——译者注

后来，我试着回想在遇到经济问题之前我父亲的样子，然后是我长胖之前，再是发生安妮·道尔的事之前。一开始他并不是个糟糕的父亲，而且很明显他非常爱我的母亲。不过他有时候也会对她很没耐心，我觉得他配不上她。我经常发现他直直地凝视着她，就像在欣赏一幅获奖的画作。他做了自己力所能及的一切来讨她开心。甚至在该死的帕迪·凯里的事情之后，即使妈妈坚决表示她完全可以放弃，他也仍然没有注销她在斯维茨的账户。我想他很嫉妒妈妈对我的爱。他讨厌我们那么亲密。妈妈也是爱他的，但我想应该没有她爱我那么多。真是奇怪的三角关系。

他的死对妈妈打击很大。这次又像从前一样。在她每次流产之后，妈妈都必须连续好些天使用镇静剂。生下我之后，她一直无法怀孕，这伤透了她的心，而罗茜婶婶接连怀孕并生下八个孩子，更是让她极其沮丧。葬礼之后的几个星期，我一直不停地给她开镇静剂，很快，我妈妈又变得平静而恍惚，就像从前一样，她不再是一个母亲、一个寡妇、一个儿媳，甚至不再是一个女人，她只是一个影子。然而，这一次，她丝毫没有好转的迹象。

我把一切都打理得井井有条。我让妈妈签了些支票然后拿去银行兑了现，据我的了解，我们还没到一无所有的地步。新学期已经开学了，虽然我零零散散地落下一些课，但我已经能够为自己准备校服和午餐，并学会了用烤箱加热薯条和香肠（都是我的最爱），冰箱里还满满都是悼念者送来的肉馅土豆馅饼和牛肉砂锅菜。我把这些菜按照味道、口感和品相分了十级进行打分。另外，我还去买了些日常用品。

三个星期后，妈妈已经彻底停止了所有的沟通交流，几乎一直在睡觉。最后，我不得不给爸爸的一位当医生的老朋友打了个电话。他也出席了葬礼，还跟我说如果有任何需要就打电话给他。真希望人们如果不是真心的就不要说这种话。我最后不得不哀求他。他很不情愿地同意来家里一趟，他身材高大，说完每句话在断句的时候都会发出几声不祥的咳嗽声，这种带着死亡意味的声音更加强调了他所说的话的严重性。他在妈妈的房间里为她做了检查。然后，他下楼来开始问我一些问题，问我是否还应付得来，喀喀喀，我都吃些什么，喀喀喀，然后清清痰，就好像我才是病人一样。他认为妈妈需要住院接受精神治疗，说她需要"去别的地方换换心情"。我觉得这样做是个错误，然后拒绝了。我觉得她只是需要效力更强的药片和更多的时间而已。死亡之咳医生坚持认为她需要接受专业的医疗看护。听到要进精神病医院，我妈妈即便处在被药物麻痹的状态下，也开始尖叫起来。

这位死亡之咳医生违背了希波克拉底誓言 ①，他告诉我叔叔我妈妈的精神状况非常糟糕，而且我正在独自应对。我真的非常后悔让这样一位家族世交"好友"牵扯进来。一大堆关心关怀接踵而来，虽然我坚持认为我能够照顾自己，而且我已经十八岁，是个成年人了，可菲茨奶奶仍然宣布说她要搬到阿瓦隆，来"照顾那个男孩"，并把妈妈送进了圣约翰医院。我根本没有发言权。那医生还通知了我的学校，校方立刻假

---

① 希波克拉底誓言（Hippocratic oath），指医生从业前所立的保证遵守医德、拯救生命的誓言。——译者注

装一副非常为我的个人福利担忧的样子。校长对我的无故缺课和未完成的家庭作业，以及直线下滑的成绩表示严重关切。可之前我在那里入学第一个月每天遭到殴打的时候，他们根本没有理会过。

"你父亲也会希望是这样的安排的。"菲茨奶奶拿着一个巨大的行李箱到了我家，就好像这样的话一切问题就会迎刃而解。罗茜婶婶、费恩叔叔、那个医生，还有学校校长也都赞成。一天，趁我在学校上学时，我妈妈被送进了圣约翰医院。当我回到家时，奶奶正在清扫碎玻璃，所以我猜妈妈是在进行了一番激烈反抗之后才被带走的。

菲茨奶奶已经七十七岁了，但身体硬朗，头脑也非常敏锐。在我很小的时候，她曾经很宠爱我。我是她的第一个孙子，她整天跟我待在一起舍不得分开。对我早前的任何成就她都赞赏有加，还总向她的朋友们夸耀我。妈妈总跟她争抢我，仿佛我是只小狗一样。妈妈对我的所有奇怪的念头都很纵容，奶奶却更加严格。她对我在过去一年里体重居然增长如此之多感到震惊，并斥责妈妈对我的饮食太不用心。现在没有了我妈妈这个阻碍，她把这个家当成军营一样进行管理。我讨厌这样，讨厌她在这里，把我当成小孩一样对待。我非常担心妈妈会永远无法恢复无法回家。我一有机会就逃到海伦家，一方面是需要人陪伴，亲亲抱抱，兴许还有机会干点别的，更多的却是为了吃上一顿正常分量的饭，为了能看看电视节目。我总能讨到一块迷你比萨或是维斯塔咖喱。我见到了她那位满身花卉的著名诗人妈妈。她跟海伦很像，而且看上去年龄真的比海伦大不了多少。她是个嬉皮士，抽烟一根接一根，说话声音很低沉。她喝啤酒都是直接对着瓶子喝。在不写作的时候，她的工作是为一份文学期刊做编辑，她平时都跟一些浑身牛仔布的长发男人来往，他们时不时也会去她家里。那时候我已经见过海伦的弟弟了，他们都跟海伦一样声音沙哑满嘴脏话，不过人倒是热情友好。"老天，看看你这块头！"第一次见面的时候，最大的弟弟惊呼道。小的那个则捂着嘴偷偷地笑。如果被他们嘲笑一番能换来一块迷你比萨或是一片吐司，配上礼节性的一杯茶，倒也算值了。

菲茨奶奶不喜欢海伦。她说海伦"行为粗野""普普通通"。我承认她也许是有些粗野，但她绝对不普通。像海伦一样的女孩并不多。我跟她在酒吧约会过几次，奶奶闻出了我嘴里的酒味，想罚我禁足。她对我的愤怒和坚持不屑一顾——我说我现在是成年人了，也达到了法定饮酒的年龄，要我自己挣钱买酒喝。她并不知道我妈妈签下的那些支票。奶奶强调我应该认真学习，在考试之前，我应该把海伦搁到一边"冷处理"。我答应只在周末跟她见面，但我说了谎，工作日期间，当我说去图书馆的时候，其实也是去见海伦了。在奶奶的统治下，在长达四个月的时间里，我的食物都是定量配给，口袋里的零用钱受到严格控制，劳动量也大大加强。最初的六个星期过去后，我们有些适应了彼此。我们生活在一种水火不容的氛围之中，但随着时间推移，我们变得亲切友好起来。我把这归结于斯德哥尔摩综合征。新闻里都在报道爱尔兰共和军的绝食抗议。我在想奶奶把我们每餐缩减到只有一丁点是不是也在表达某种政治诉求。没有什么事能比看见我坐下来更让菲茨奶奶抓狂的了，尤其是坐在电视机前。她只允许我看《草原上的小木屋》《沃尔顿一家》和《祈祷钟》。除此之外都被禁止了。除了看这些电视，我只有在学习的时候才可以坐下来。

我也不知道自己为什么学不下去了，反正就是失去了兴趣。眼前学习似乎没有了意义。我很担心我妈妈，而安妮·道尔也仍然萦绕在我的梦中。所以当我被叫去学习的时候，我大多数时间都在写一些疯狂的幻想故事，故事里我不是在拯救安妮·道尔，就是在跟安妮·道尔用餐，要么就是在跟安妮·道尔做爱。我把那条写着玛妮这个名字的手链放在了枕头下面。要是奶奶知道就好了。她凭空想出一些活来让我双脚没法歇着。她让我在寒冬二月间的多年冻土里挖树篱，还让我把垃圾从阁楼搬到花园一头的棚子里然后又搬上去。她还派我去给一个疯疯癫癫的老邻居遛狗。

菲茨奶奶认为我妈妈软弱又自私，对于这一点她丝毫不加掩饰。奶奶失去了一个儿子，失去了她的"骨肉"，可"你总不能让我在疗养院里待着，把一个可怜的孩子扔在家里自谋生计吧"。我想我还是得给她一些肯定，因为她之所以做这些都是为我好。她一定知道我很讨厌她，因为我整天都脾气暴躁，耷拉着一张脸，但她没有理会我恶劣的态度，给冰箱上了一把锁。我偶尔会听到她在抽鼻子和哭泣，可当我走进房间时，她会迅速擦干眼泪对我发号施令。我意识到她那是在为她儿子而伤心。

我每周都会去看望妈妈，气愤地对奶奶进行一通抱怨，可妈妈很长时间都无法真正回应我。我会努力让她回想从前的快乐时光，然后指着她手镯上的一颗颗幸运珠，帮她回想这每一颗都有着什么样的意义，然而她的状况始终没有明显好转。我担心她会不会永远无法康复了。她会坐在我身边抚摸我的脸，像个盲人一样眼神空洞地对我微笑。我想，药物正在慢慢起作用，让她的心智渐渐愈合。

终于，她开始与我有了一些交流，会聊起她在报纸上读到的新闻和看过的电视节目。她瘦得让人心疼，还抱怨说新换的药物让她难以入睡。她渐渐开始重新注意到我了。她想要好起来。她非常害怕会被永远关在医院里。

有一天，她告诉我："至少现在我不会再流产了。你爸爸都不在了。"她眼里满是泪水。

"我会照顾你的，妈妈。"我保证说。

她的眼睛一下子亮了起来，脸上的表情也不再冰冷，我开始看到希望了，也许她很快就能变回从前的自己了。

一天，我放学回到家，发现奶奶给我买了一整套休闲服装。她的品位竟意外地很时尚：像样的牛仔裤、夹克、T恤、运动衫，还有套头衫。我一贯都是穿松紧裤和加大号的针织衫。

"你都不会照照镜子吗？"她说。

回答当然是否定的。我通常都会避开镜子，或者只是照照局部，比如下巴上的记忆型斑点，还有在学校被人推到墙上时膝盖上撞出的瘀伤，还有我左耳后面那一撮无论用百利发乳还是梳子都弄不平整的头发。

"上楼去穿上试试吧，"她说，"如果有不合身的我可以退掉。"

我上楼去了妈妈的房间，因为那里有一面全身镜。光是经过镜子前面去把衣服放在床尾凳上，便已经让我惊讶不已。镜子里看着我的那个人很陌生。我倒不会夸大其词，我还是很胖，但我的下巴和肚子上那一圈圈肥肉的的确确少了几层。我的脸部轮廓开始浮现出来，已经能看见颧骨的突起了。由于增加的体力活动量和极少量的饮食，我早该料到自己体重会下降。我注意到衣领渐渐变松了，但裤子的松紧腰带是会自动调节的。海伦也说起过她很高兴我能为她付出这些努力，到现在我才明白她是什么意思。新衣服大多数都很合身。两年来，这是我第一次看上去只是有些肉嘟嘟的，而不是肥胖。也许我的星球大战 T 恤现在穿得上了。

我后退几步转了个圈，当我再次面对着镜子时，发现菲茨奶奶正站在门口，满脸骄傲和满意地看着我。

"你快要成功了。这才是你应该有的样子。我知道我一直对你有些苛刻，但我要让你知道自己可以变成什么样子，但又不能让你不自在。"

我顿时说不出话来。如果是在电影里，我会跑过去拥抱她，可这并不是电影。我的奶奶不是喜欢肢体接触的那类人，我们从没有拥抱或亲吻过对方。那一刻，我们只是站在那里面对彼此尴尬地微笑着。

"你妈妈星期二就回来了。她已经比安德鲁去世时要好多了。"她吸吸鼻子，"我相信她很在乎你，但你不能任由自己再回到从前那种状态了。你可以成为一个非常帅气的年轻人。你看！"她指指镜子。

我认真地看着镜子，里面的人不再是个男孩，而是一个男人了。但我内心那个小男孩正兴奋不已。妈妈好多了！我已经等不及要让一切回归正常状态了，虽然不知道爸爸不在了，这新正常状态会是什么样子。我眉开眼笑地看着奶奶，那一瞬间，我们之间的斗争也暂停了。可就在这时，这难得的和谐被她毁掉了，她扭过我的脸对着镜子说："看见了吗？你简直就是你爸爸的翻版。"

妈妈回家前那个星期六的早上，我们正在厨房里，奶奶指着窗外那片花坛说道："那里还乱糟糟的。你能去外面处理一下吗？那些都是什么时候种下的？"

我记不清具体是什么时候，但可以肯定是在爸爸去世前不久。我嘟囔着磨蹭了半天，可奶奶很坚持。"我真不敢相信，安德鲁竟然那么随意地把植物塞进土里而不去管它。你快出去把那些东西全挖出来。里面有些郁金香种球已经可以放进育苗棚里了。那片花坛整个都需要重新种植。快去吧，这会是给你妈妈的一个大惊喜。你可以在学习的间隙去弄。"

现在已经是四月，就快到复活节了，外面还是出奇地冷，不过那个星期倒是没有结霜。我用一顶羊毛帽子、一件羊毛衫和爸爸的长筒雨靴把自己全副武装起来，然后从棚子里拿了铲子和耙子。我从花台的边缘开始挖，然后发现在距离表层大约十五厘米深的地方有一圈花岗岩的分界线。我想起从前的黑白老照片里这个位置有个观赏池塘，正中央有个鸟池，这时我突然想到，如果我能让这个观赏池塘重现往日的光彩，妈妈一定会很开心。

我跟奶奶商量了一下，她也完全支持。不过我根本不知道要从哪里下手，所以在继续开挖之前，我去了趟图书馆，借来了一本叫《花园池塘完全指南》的书。我跟奶奶仔细阅读了正确的操作方法，我还专门进城去买了些橡胶膜用来给池塘铺上衬底。

到了星期天，在假装学习了一上午之后，我又开始认真挖了起来。想到妈妈会有多么高兴我就兴奋不已。要修复池塘需要花费几个星期的时间，但这个工程她应该会感兴趣的。她会为我的努力感到骄傲，并且能够看到她并不需要依靠爸爸来操持家里的一切。妈妈一直喜欢让阿瓦隆完完全全保持她童年时代的样子。这些年家里陆陆续续增添了些现代的便利设施，比如洗碗机和洗衣机，在被该死的帕迪·凯里骗了之后，我们不得不遣散了家里的清洁工，否则妈妈根本不会碰这些东西。我觉得修复好的池塘会让她开心。那座石头鸟池早在我出生的很久之前，就被裹上粗麻布躺在了棚子的角落里。我并不想太急于求成，不过我想着等过些时候到了夏天，借助一些专业人士的帮助，我可以把鸟池也重新安装上。

池塘指南里的操作说明要求我挖到很深，一米二左右，因为在橡胶膜下面需要铺上一层砖头，好让地基更加稳固。但就在这时，我的铲子碰到了某种奇怪的东西，只见某种布料从土里面冒了出来，上面还盖着一片被撕破的黑色塑料布。我穿着爸爸的靴子用脚扫开了上面的土，感觉既好奇又有些气恼。我并没有立刻认出布料上的人字织纹。我弯下腰去把它捡起来，这时一股恶臭扑面而来。

我惊恐又恶心地大叫起来，视线却无法移开，又用靴子尖把塑料布钩了起来。在那片人字织纹的布料上，有一束黑得不自然的毛发，许多长着无数只脚和没有脚的生物从一块裸露的下颌骨后面的孔洞里钻了出来。虽然周围的皮肉已经发黑肿胀起来，但那歪扭错乱的牙齿绝对错不了。我迅速把所有泥土都盖回安妮·道尔的身上，同时，眼泪渐渐模糊了我的视线。

奶奶敲了敲厨房的窗户，隔着玻璃说天快黑了，晚饭很快就好，让我进屋里洗个澡换身衣服。我把园艺工具放回棚子然后回到了房子里，途中去饭厅里拿起玻璃酒瓶直接对着瓶口喝了一大口白兰地。我上楼去洗了个澡。浴室的橱柜里，妈妈的安定药片还放在架子上。我以前从没吃过这种药，但我知道它们对于缓解妈妈的恐慌多么有效，于是我伸头用嘴巴接着水龙头的水吞下了一粒药片。

我记不清晚餐期间我们都说了些什么，只记得我强撑着让自己保持清醒，奶奶还说我怎么这么安静。她喋喋不休地东拉西扯，当我再也睁不开眼睛的时候，她说可能挖池塘对我来说太累了，还说明天她自己也要动手去挖。于是我强打起精神，坚持说我完全应付得了，下星期每天放学后我都会继续去挖。

"好吧，你确定？"

饭后我径直上了床，然后睡了数月以来最好的一觉，一个梦也没做，直到第二天上学的闹钟响起来。醒来后，恐惧再次缠上了我。

早餐时，奶奶看着厨房窗外："我还以为你在挖池塘呢。看样子你把它填满了呢。"

我编了些瞎话，说我得用土把橡胶膜压实了，然后再挖出来。她一脸怀疑，但又很高兴，觉得我很清楚自己在做什么。

我就像一粒小小的鹅卵石，被狂风巨浪卷入大海，孤立无援。那天在学校，我完全不知道自己是怎么度过的。下课后，海伦正在公共汽车站等着我。

"我能去你家吃晚饭吗？"我努力克制住声音中的绝望。

"你奶奶那边怎么办？"

"去他的奶奶。"

"哎哟，我的神啊，她这次又怎么着你了？"海伦已经习惯了我对奶奶的抱怨。

"没什么。我只是想去你那里。"

海伦把这当作对她的恭维，但实际上这跟她一点关系也没有。我想要跟她和她两个聒噪的弟弟，还有声音粗哑的妈妈待在一起。我希望周遭能有聊天声、争吵声、音乐声和电视声，希望嘈杂的环境能让我分分心。我不想回家，不想看到厨房的窗外。

也许正是由于这种鲜明的反差，在海伦家的那天晚上成了我所度过的最愉快的夜晚之一。她妈妈很高兴见到我，她洞察力十足："哦，天哪，看看你啊……你看上去棒极了……就是脸色有点苍白。"我和海伦在餐桌上开了几罐啤酒喝，她妈妈并不介意，我发现自己那贪婪的胃口又回来了，越来越多的食物被我硬塞进自己那怎么也填不饱的肚子里。

"我觉得你吃得够多了。"当我拿叉子把最后一点苹果派的碎屑刨到一起时，海伦说道。我和海伦上楼去"学习"，然后我们笨手笨脚地互相乱摸一气，从我们那次完整的性交之后，我是第一次和她有这么大的进展，不过还是没能走到最后一步。

　　"我的天，你今晚还真够执着的，"她说，"不过你还是回家去吧。都快十一点了，再晚你奶奶就该报警找你了。"

　　当我回到家时，奶奶怒不可遏地吼道："今晚是我在这里的最后一晚，我还为你做了一顿特别的晚餐，可你甚至连打电话告诉我一声的礼貌都没有。这简直太欠考虑了。你这样叫我怎么想？我猜你是去那个女孩家了吧？"

　　我向她道了歉。我的确应该事先打电话给她，可我知道她一定不会同意我在非休息日的晚上去海伦家。妈妈明天就要回来了。我该怎么告诉她我发现了什么？她已经经历了太多。可我迟早也得告诉她。我咒骂我父亲所做的一切，不只是对安妮·道尔，还有对我们大家。现在我们会怎么样呢？我想妈妈是绝对应付不了的。

Part Two
第二部分：一九八五年

9. 卡伦

　　一开始，嫁给德西感觉非常好。安妮失踪后的那个夏天，我们举行了婚礼。那是场低调的小型婚礼，一方面是出于经济方面的考虑，另一方面则是因为安妮不在，大肆庆祝未免有些不合适。婚后的头几年，德西非常深情而体贴，我还不想要孩子，他却急得不行。他总说我们之间的年龄差距并不是什么问题，但我想恐怕现在这的确是个问题了。我二十四岁。我觉得自己还有的是时间，所以一直很小心地避孕。他说他想要个儿子，趁现在他还不至于老得没法跟儿子一起去球场上踢球。

　　"那如果是个女儿呢？"我说。

　　"那没事，那我们就一直生下去，直到儿女双全为止。"说着这些时，他虽然在哈哈大笑，但显然并不是在开玩笑，我意识到，我迟早都得跟他坐下来好好谈一谈。

　　我还没把拉图什小姐和她给我的建议告诉他。她以前常来干洗店里，有时候其他人出去吃午饭了，我也会在柜台服务。据我猜测，她四十五岁左右，任何时候都穿戴整洁，头发一丝不乱，手上涂着指甲油。她又高又瘦，走路方式很特别，髋部朝前推，头颈笔直，从来都打扮得干净整洁。她对她的衣服特别讲究，她一定很有钱，因为她的衣服哪怕一针一线都是要干洗的，而且那些衣服的面料全是皮草、天鹅绒、真丝、绸缎，标签上都写着外文。我认得出一些设计师的名字。在干洗店工作，你免不了会对衣服产生一些兴趣，偶尔当马洛先生外出时，我和其他姑娘会拿些衣服穿上身试试，虽然那时候我已经是店里的副经理了。要是被发现了，一定会引起轩然大波，不过我们都非常小心。其他姑娘总会说所有衣服穿在我身上都特别好看，我得承认，我非常喜欢拉图什小姐那些奢华的裙子。

拉图什小姐到店里来取一件之前送来进行精洗的伊夫·圣罗兰的丝质外套，我把装在塑料包装袋里的衣服递给她时，对她说道："这真是我们这里接到过的最美的东西了。"她拉下眼镜看着我，上下打量了我一番，然后说道：

"你有多高？"

"什么？哦，大约一米七四吧。"

她越过柜台看了一眼我脚下的平底鞋。

"真可惜。"

"抱歉，你指什么？"

"你有没有当过模特？"

我大笑起来，指着自己的头发说："顶着这个吗？怎么可能。"

她伸出手轻轻托住我的下巴，抬起我的脸对着光线。她说话有些接近英国口音。"亲爱的，你的头发可是你最好的资本。要走 T 台的话你太矮了点，不过要拍摄产品图册是完全可以的。你可以成为国际上少有的爱尔兰模特。意大利人最喜欢红头发了。"她从钱包里抽出一张名片递给我，说道，"如果你有兴趣就打电话给我。"之后，她就像之前进门时那样优雅地走出了店铺。

我之前只见过一两次名片，而手中这张本身就是一件艺术品。名片的背景是非常淡的粉色玫瑰，上面用金色浮雕花体字写着她的名字：

伊冯娜·拉图什

爱尔兰格蕾丝经纪公司

电话：01-693437

这张名片我已经在钱包里放了好几个星期。我也不知道我为什么没有告诉德西，但我想是因为我害怕他会指责我想抛头露面吸引别人的目光。他经常对着我看的那些杂志里的女演员和模特指指点点："看看她那样子，身子都光了一半。我猜她父亲一定很骄傲。"

他说这些话会让我很难过，因为我会联想到安妮和我父亲，而杂志上那些女孩所做的，跟警察口中安妮做过的事根本无法相比。

我们已经不再谈起她了。自从我跟奥图尔那次见面后，我们一家已经有近五年的时间没有收到任何来自警方的消息了。我给奥图尔的上级写过信投诉他的所作所为，可他们从来没有回复过我。

德西总爱评判我的穿着打扮，比起我会选择的款式，他给我买的衣服要扣得更严实些，但我知道那是因为他想保护我。由于我姐姐失踪案件的那些报道，我已经有了点知名度。我曾经不小心听到一个供货商说我是"那娘们，那个红头发娘们就是那个婊子她妹妹"。我很生气，德西也替我感到愤怒。还好我拦住了他，否则他会狠狠给那家伙一耳光。我也不能怪他。他说他面子上也很难看。

妈和爸已经分居了。妈怪爸把安妮逼走了，而爸也很自责，整天借酒消愁。妈后来搬回了她姐姐家，就在位于爱尔兰另一头的梅奥。她求我原谅她就此离开，但我知道，她还是待在那里比较好。爸留在了皮尔斯大街的房子里，但他的工作前景不太好。很多人都被辞退了，他觉得很快就该轮到他了。

虽然我们从未明说，但每到圣诞季，尤其是我们的生日时，我们都会仔细翻遍每一张贺卡，寻找来自安妮的只言片语。哪怕只能看到她的签名也心满意足了，却总是一无所获。可我们都不愿意承认现实。妈会说"也许明年就会有了呢"，然而她眼中的希望已经渐渐变得暗淡。但我见到过安妮，又或许是我自认为我见到了，有时是在酒吧里，也有时在街角和超市里，我会跑着追上去，就在我快要大叫着质问她为什么要离开我们时，却看见面前的人那完美无缺的嘴唇，发现那人并不是她。

德西针对杂志上那些女孩的言论很刻薄。我觉得拍个人照片是个挣钱的捷径，而且你自己要是不愿意穿比基尼入镜的话，别人也不能逼你。

在收到拉图什小姐的名片两个月后，我拨通了她的电话。"叫我伊冯娜吧。"她说。我跟她在德鲁里大街一栋楼房之中一间巨大的阁楼办公室见了面。我小心地挑选了之前为了圣诞节专门买的一条绿色 A 字连衣裙。我洗干净头发，用电吹风吹干，然后梳了一条直马尾。搭配的鞋子是一双看上去像合成革材质的塑料高跟鞋。

我之前从未进过这样的房间。屋子里又宽又大，却意外地很暖和。那里只有拉图什小姐一个人。房间里四处摆放着许多直立穿衣镜和一排排挂满衣服的衣架，还有遍地的布料样板。沿着她办公桌后面的墙壁摆放着一长排塞得满满的文件柜。另一面长长的墙壁上则挂满了照片，上面都是些有着金色头发和纤长四肢的漂亮女孩。我立刻感觉到自己像个冒牌货。伊冯娜见到我很高兴。可当她要我把衣服脱光只留内裤的时候，我惊讶不已。

"我……没想到……"

"别担心，亲爱的，你是绝对做不了内衣模特的，你的胸部太小了，不过我需要测一下你的数据。"她笑着说道，但并无恶意。她依次测量了我的臀围、腰围和胸围，动作十分娴熟。接着，她让我站上了一台体重秤。

"你的体重增减是不是比较容易？"

"我……我也不知道。我从来没有太关注自己的体重。"

"你算是那些幸运儿之一了。不过，你应该减掉大概三磅然后保持那个体重。"

我也不知这是否意味着我要疯狂节食。

"不要减得太急，"她读懂了我的表情，说道，"去掉你饮食中的面包和土豆，你很快就能减下来了。"

她在阁楼后面对着一面白墙支起一盏非常明亮的灯，然后用拍立得相机从各个角度对我的脸拍摄了照片。她从一排衣架上取下一些服装，又从架子上拿了些鞋子，然后让我去一个小隔间里面把衣服换上。她把我的头发放下来梳直，然后又盘到我的头顶，接着又把头发分成两束扎在脸部两侧，与此同时，我听见相机不停地响，随着快门一次次的咔嚓声，相机里不断吐出一张又一张印有我各种姿势的照片，双手叉腰的、胳膊盘在脑后的、闭着眼睛的、斜躺在沙发上的，还有跳到半空中的。结束后，她示意我在她座位对面那把椅子上坐下。

"我觉得你是值得投资的。你愿意让我做你的代理吗？"

我没明白她的意思。伊冯娜耐心地为我解释：

"亲爱的，你是个非常美的姑娘，你的笑容非常自然。你就像是年轻版的雪莉·麦克雷恩。你的肤色和骨骼结构都非常完美。我不明白你为什么等这么久才给我打电话。换了别的跟你同龄的女孩，早就从店里追着我跑出来了。"

我不知该怎么回答。

她叹了口气道："红发的女孩怎么都这么自卑呢？你得记住，你们小时候可能曾被叫作胡萝卜头的头发，现在可被我们称为令人惊艳的烈焰红发。你知道人们为了把他们的头发染成那个颜色愿意花多大的价钱吗？"

我摇摇头，不自在地伸出一只手捋了捋头发。

"我的客户会花钱请你为他们的服装、美发产品和护肤品做模特，也有可能是日用品或者洗衣机，谁知道呢？但我打算把你推荐给高端杂志。我负责给你承接工作，从你的收入里提取百分之二十的佣金。同时，我会自费送你去上仪态、礼仪、化妆和时尚课程。你得学会如何像一个模特一样行事和打扮。不要再穿涤纶衣服了，听到了吗？"

我十分窘迫。我最好的裙子竟然还不够好。

"从现在起，在你负担得起更贵的衣服之前，只穿棉质和羊毛的。不过应该用不了多久的！"她朝我咧嘴一笑，"你什么时候能开始工作？"

我目瞪口呆，受宠若惊是自然的，但这么多的信息我一时还消化不了。我说："我……我得先跟我丈夫谈谈。"

"丈夫？我的天，你多大啊？"

"二十四。"

"真的吗？天哪。好吧，不过从今往后你就不是二十四了。如果任何人问起，你就说十九岁。而且你未婚。要说有男朋友倒还完全可以接受，但丈夫就算了吧。你该等到三十岁再谈婚论嫁的。芬伦是你的夫姓吗？你娘家姓什么？"

"道尔。"

"这姓氏更糟糕。我们还是继续用卡伦·芬伦这个名字吧，也算有种特别的魅力。"她突然想到了什么，"哦，天哪，别告诉我你已经有孩子了？"

"没有。"这一点我非常确定。

"很好。关于你的口音……"

"怎么了？"

"除非有人跟你搭话，最好不要开口说话。我代理的大多数女孩都……都受过良好的教育。"

听到这个，我又缩回了椅子里。

"尽管如此，我的客户付钱是为你的模样，不是为了你的谈吐，但如果没有必要，我们也不想费心思搪塞他们。"她顿了顿，"你知道吗，我是从利博提兹来的。拉图什根本不是我真正的姓氏。"

这可真让我惊讶了。从利博提兹来的人说话应该更像我这样，而不是像她。

"亲爱的，这是我上过演讲课的结果。在时尚行业里，如果我说话像……像你一样，没人会正眼看我的。"

"我没办法……没办法改变自己说话的方式。"

她叹了口气道："凭你的长相，也许你确实没必要改。那现在，我们来聊聊你的生活方式吧。喝酒、吸毒，还是狂野派对女孩？"

"什么？"

"如果你像我希望的那样取得了成功，新闻记者可能会想要进一步了解你，了解你的背景。这方面你有没有什么值得我们担心的？"

"没有，什么也没有。我非常普通。"这话的确不假。

整个下午我们都在讨论我的未来。她向我保证，我不太可能会被要求拍摄内衣照，除非我进入了国际时尚圈，并且自己选择拍摄这样的内容。我听着忍不住发笑。

然而我们还有一些障碍要处理。虽然伊冯娜会为我支付课程费用，但还有一些东西是我需要付钱的。我需要一本由专业修图师制作的相册。我需要一系列的化妆品、发饰、帽子、围巾，还有各种颜色的长筒袜和不同跟高的鞋子。她建议我可以去二手商店买一些，但请修图师要花掉我一个星期的工资。我和德西正在存钱买我们自己的房子。本来我住在托马斯大街殡仪馆楼上的公寓就已经很满意了，但德西一直说我们需要给孩子们准备一座花园。

回到家，我准备好要告诉德西了。他以为我是去见爸了，我之前没有跟他说实话。德西和我一直很心齐，我平常不会独自做什么决定。不过，我的担心是多余的，因为当我把所有情况都告诉他，并说明我每天能挣五十英镑之后，他非常高兴。

"就为了让你穿他们的衣服？这城里还真有那么几个傻瓜呢。"然后，他把我抱在怀里，告诉我能娶到我这样的美人他真是骄傲又幸运，"你不用只穿着内裤什么的吧？"

两个月后，我拍好了照片，还上完了化妆等课程。我戒掉了嚼口香糖的习惯，并辞掉了干洗店的工作。我开始偶尔抽点烟，体重也减掉了五磅。我的第一份模特工作即将来临。爸对此没有任何意见，但妈就没那么高兴了。

"你得记住自己的本分。你知道，安妮就是这样走错路的。她总是好奇心十足。她太好高骛远了。"电话线那头连着梅奥，听筒里她的声音中透着满满的悔恨。

"也许她现在真的成功了呢，妈。"说到安妮，我用了现在时。

我去见了爸，当时他正坐在斯坎伦酒吧里他习惯的那张吧凳上。从前妈跟他一起住在家里时，在回家喝茶之前，他大概一个星期会去斯坎伦酒吧一次，快速喝上一杯，可现在他没了伴，我在那里找到他的概率比在家里大。他听到我的消息很高兴："那你觉得你会上杂志吗？姑娘，我真为你骄傲。"

接着，我开始拍摄照片了。那是为城里一家非常豪华的酒店拍摄一本新的宣传册，那样的地方我根本不敢踏足。我得穿上不同的服装跟其他女孩一起拍照，先是在茶室的一张奢华的沙发上，接着换到酒吧的一张吧凳上，我仰着头，对着一个男模特大笑，就好像他刚刚说了什么特别好笑的话，然后再到了其中一个豪华房间的床上，我头枕在枕头上，头发在脑后梳开来，柔软的毛毯轻轻扫过我的肩膀。其他的模特很有趣，不过他们都有些自以为是。摄影师是个脾气相当暴躁的家伙，拍摄现场我们经常无所事事地闲逛，所以我有很多时间可以跟其他女孩聊天。她们都抽烟。女孩们说香烟能降低食欲，帮助保持苗条的身材。据她们所说，唯一的那个男模特是同性恋，这挺可惜的，因为那个名叫朱莉的金发模特非常喜欢他，结果发现摄影师就是那个男模特的男朋友。

那一天结束后，我带着七十英镑的现金回到家，这钱比我在干洗店工作一个星期挣到的还要略多一些。德西很兴奋，还说第二天一早就要把钱存到邮局。我把一天的见闻，还有那些女孩和那个同性恋男模特的事都告诉了他。他大笑起来。"好吧，这倒让人放心了。"他说。

三个星期后，我通过三次不同的工作任务挣到了一百九十英镑。伊冯娜说客户们非常喜爱我的形象，还说我要做好大红大紫的准备了。她告诉我我非常抢手，她还拒绝了一些品牌"品质存在不足"的客户。我觉得她简直疯了。但渐渐地，在大约一个月的时间里，工作源源不断地涌来，酬劳的数额也越来越大。一切看起来都棒极了。德西和我很快就能存够买房子的定金了。

接着，酒店的宣传册印出来了，我看了惊叹不已。册子看上去就像你会在理发店找到的那种精美杂志。我第一次真正觉得自己很美，虽然我知道这些都是化妆师、发型师和时尚造型师的功劳。我已经等不及等德西回到家给他看这本宣传册了。我把它放在紧挨着门口的桌上了，那里通常是我们堆放账单和信件的地方。我觉得这对他来说会是个美好的惊喜。我坐在厨房，等着看他的反应。我听到门关上了，接着他在桌前停了下来，然后喊道："卡伦？"

"怎么了？"

他出现在厨房门口，气得满脸通红。我很吃惊，想着他是不是工作时发生了争执，可他举起宣传册用力地扔到了我腿上，说道："你没跟我说他们会拍你在床上的照片。"

"什么？我确定我说过……"

"你没有。你觉得我想让人家看我老婆在床上的照片吗？"

"我没有……你是什么意思？可是被单把我盖得严严实实的啊。"

他完全是在无理取闹。照片里，床单一直遮到了我的腋下。我闭着眼睛，头发铺在枕头上绕着我的头形成一个完美的圆形。我的一只手抬起来，弯着手肘，掌心向外。我的肩膀也被一件亚麻蕾丝睡裙盖住了。只有脖子以下五厘米和露在外面的前臂是裸露着的。这无论如何也谈不上性感。

"我的天，卡伦，你就没过过脑子吗？你可是在床上，在一间酒店的房间里啊。"

我完全不知道他在说什么。

"就像个妓女。"

我惊讶到了极点:"我真不敢相信……"

"你想想我都经历了什么,大家整天悄悄地议论安妮的事,想方设法拿这个刺激我。"

"大家?"

"他们也许不会当着你的面直说。你倒是不用听他们那些阴险的笑话。"他大声嚷了起来。

我完全没有意识到这些。过去几年里,根本就没人提起过安妮,所以我以为这些已经成了陈年往事。可我从没想过安妮的名声会影响到德西。

"他们都说了些什么?"

"我不想重复。都是些不堪入耳的话。还有关于你的。为了这个我把一个家伙揍得进了医院。我差点被解雇。"

"我的天哪。"

"明白了吧,这就是我刚才那么说的原因,反正你不能做这种事。"他用力地戳着宣传册,纸张都被扯破了。我哭了起来,他也意识到他吓到我了。他把我抱在怀里抚摸着我的后背:"亲爱的,我只是想保护你。"

那是我第一次突然对安妮感觉到憎恨。无论她究竟发生了什么事,她的行为已经引起了连锁反应,甚至在五年后仍然在造成苦恼和悲伤。

当然，我仍然爱她，可我希望她此刻就在我面前，这样我就能对她大吼
一通了。

接下来那个星期，我告诉伊冯娜要有选择性地为我接工作。

"亲爱的，你在说什么啊？那次拍摄虽然算不上庄重，但也确实非
常温和了。我们现在才刚开始，别为了假正经就把一切都抛弃了。"

"我不是假正经。"

她很强硬，说道："如果你想继续这个事业，就必须明白事理。我
已经在你身上进行了投资。不要让我失望。"

"你不明白。"

"那你何不给我解释一下？"

我的声音哽咽了，我努力忍住眼泪。

"怎么了？"

"你一定会非常生我的气的。真的很对不起。"

"你做了什么？"伊冯娜有些紧张起来。

"当时你问我关于我的生活方式……"我把一切都告诉了她，关于
安妮，包括她的毒品问题，还有她那些所谓的"客户"和她失踪的事，
还有德西，以及这件事是如何毁掉了我父母的关系。

伊冯娜跌坐进她的扶手椅里："我的天哪，我记得那个案子。我的
儿子当时参与了调查。"她的眼睛垂下去看着桌面。

"你儿子？"

"是的，他是个警探，叫詹姆斯·穆尼，你一定见过他。"她从钱
包里取出一张照片。我只见过穿着警服的他，但我还清楚地记得穆尼。

他是奥图尔的副手。他看上去总是有些为奥图尔感到难堪的样子。

"是的。"

"他们始终没有找到她的尸体，是吧？"

"这个，其实也没有证据证明她真的死了。"

"我记得他们有一个嫌疑人啊？"

"什么？"

她突然慌张起来，急忙道："哦，别听我的，我可能是想到他办过的其他案子了。"

"你认为他们有过一个嫌疑人？是谋杀她的嫌疑人吗？"

"嗯，是啊，他很少谈论案子，不过说实话，那些案子在我脑子里乱成一团，我总把它们弄混。"

伊冯娜可不是那种会弄混事情的人。她头脑出奇敏锐。她儿子曾经告诉过她关于安妮的案子的事，是对我们，对安妮的家人有所隐瞒的事。

"拜托你，伊冯娜，如果你知道些什么，一定得告诉我。詹姆斯是不是知道些什么？"

"我……我不能说。"

此时的我急得快疯了，几乎已经歇斯底里。我大声道："你认为她死了！你必须告诉我。必须。她是我姐姐啊。我会亲自去警察局找詹姆斯的。"

"你找不到他的。他两年前在一场车祸中去世了。"她伸手拿起一份文件举到面前，但我能看出她的手在微微颤抖。我一下子像个泄了气的皮球，羞愧不已地跌坐进自己的椅子里。

"啊，不，伊冯娜，我很抱歉，这实在太糟糕了！我觉得他真的是个很好的人，而且很正派。他对我们非常尊重。"

她放下文件，用纸巾轻轻擦了擦眼睛，轻声说："谢谢你这么说。他是我唯一的孩子。我每一天都在想念他。"

"我感觉他是唯一在乎安妮的人。其他人都没有起到作用。他们甚至都没有认真地进行调查，直接就判定了她的死亡。"

"詹姆斯没有。"

她站起来，转过身背对着我。我以为她是准备让我离开了，可这时，她抓起了她的包和外套。

"我们去喝一杯吧。"

我们去了格拉夫顿大街尽头的一家酒店。"我从来不去酒吧。"她说。路上，她聊到了新的时装款式，还有她对垫肩的质疑，"那太男性化了"，还说她相信粗棉布已经"过时"了。我什么也没说。到了酒店，我们在宽敞的大堂里找了两把扶手椅坐下，她给我们点了杜松子酒。我满心期盼地往前探着身子，她在喝下半杯之后，把一只烟灰缸放在了我们中间。她递给我一支烟，我接了过来。

"我没法告诉你那个人的名字。但我可以把詹姆斯跟我说的告诉你。"

"拜托了，请全部告诉我。"

"当时的确有过一个嫌疑人，是个很有名的体面人。"

"是谁？"

"就像我刚才说的，我不知道是谁，詹姆斯从来没告诉过我。"

"嫌疑……是指杀害她的嫌疑吗？"

"这个嘛……詹姆斯是这么想的，但他就是没法让他的上司重视他的看法，那个跳梁小丑，叫什么名字来着？"

"奥图尔？"

"没错。奥图尔不相信詹姆斯，但詹姆斯觉得那个人绝对值得调查。他可能是个高级警官或是个政客之类的。他的车很罕见，我记得是辆捷豹老爷车。曾经有人在你姐姐的公寓外面见过那辆车。调查初期詹姆斯去对他进行过查访，但那个人戒心很强，还拿身份等级来压他。詹姆斯后来又跟奥图尔一起回去找过那个人，可他们只跟他的儿子说上了话，是个小男孩，他提供了一份不在场证明，但詹姆斯不相信他。我记不清了……当时有条关于帽子的线索，一顶软毡帽。很抱歉，我实在记不清具体细节了。我知道当时调查工作在几周之后就草草结束了，但不知道是什么原因。詹姆斯也去继续处理其他案件了，而且他再也没提起过你姐姐的案子。这很奇怪，因为他通常非常固执。奥图尔很懒，可詹姆斯不是那种会轻易放弃的人。"

我绞尽脑汁地回想在调查期间曾听到过些什么。当时的确听说过那辆车，但从来没人提起过嫌疑人的事。至少没有人对我说过。

"你知不知道，那个嫌疑人，他是不是……他有没有召过妓女？"

"我想就是这一点把詹姆斯难住了。他和某些跟你姐姐在同一区域工作的站街女郎谈过，但她们都不认识那个男人，而且她从失踪前好几个月起就没有在街上拉客了。我不知道詹姆斯为什么那么肯定就是那个男人。由于没有证据，他也只能接受了那个结果。"

"你还记得任何其他细节吗？他住哪里或是在哪里工作？"

"我很抱歉，卡伦。詹姆斯只告诉我这么多，因为他实在对那个叫奥图尔的家伙感到很无奈。他从来不会鲁莽行事。可是，卡伦……"她握住我的手，"他确信安妮已经死了。"

虽然我一直以来都不肯承认，但我知道，她说得没错。

"我很抱歉。"

"詹姆斯的事我也很抱歉。"

她吐出长长的一缕烟，慢慢地说："我们不能让这些悲剧打断我们的人生。亲爱的，我们永远不会忘记所爱的人，但他们也会希望我们能够幸福。你的事业才刚刚起步。我们还是把这些埋藏在心里吧。告诉德西让他要像个男人。你有放下过去重新开始的权利，不管有没有他的陪伴。"

她的话让我十分震惊。这一切都不是德西的错。是那个男人的错，就是詹姆斯查出的那个男人，他就是造成一切痛苦和恐惧的罪魁祸首。不管有没有警方的帮助，我都一定会把他找出来。

10. 莉迪亚

安德鲁死后，我被强制送进了精神病院，但这并不是我第一次被迫从自己的家里被带走了。我刚过完九岁生日，就被送到了一位姑妈家，并在那里待了近一年的时间。原因是发生那次意外之后，爸爸不想让我留在阿瓦隆。

那时候距离妈妈离开已经整整两年了，当年她跟一个水管工私奔引发了一桩大丑闻。她想把我们也一起带走，可爸爸不允许。他说他当初就不该娶一个出身低于自己的人，还说他永远也无法原谅米歇尔，也就是我妈妈，所带给他的耻辱。

到最后，我们都习惯了妈妈的缺席。第一年里，我每天晚上都是哭着入睡的，每天都在祈祷和盼望她能回家。戴安娜说我真是个长不大的小孩，还说妈妈根本不爱我们，可她说得不对。妈妈曾经爱过我的。我还记得被她爱着的那种感觉。

妈妈非常美。她的样子让我印象非常深刻，虽然她所有的照片都已经被毁掉了。即便到了现在，当我面对镜子时，仍然能从里面看到一些她的影子，虽然现在的我比起我最后一次见到的她要老了许多。她是在二十世纪六十年代的某个时间去世的，而且是孤身一人死在了异国他乡。

在我婚礼当天，收到了来自她的一张卡片，可我没能保留下来。爸爸把它扔进了壁炉里。而我的双胞胎姐姐戴安娜跟妈妈和我长得完全不一样。我皮肤白皙，她却肤色黝黑，我的眼睛是蓝色的，她的却是棕色的。我的眉毛很高，而她没有下巴。她长得不漂亮，虽然她没有继承到妈妈的美貌，却沿袭了爸爸的好教养。她比我更加精致优雅。我还记得爸爸曾经说过，要让我学会些待人接物的礼仪根本就不可能。

妈妈走后，我就黏上了戴安娜，我是真心真意地喜欢她。我们是彼此的依靠，但我比她更加珍视我们的双胞胎关系。她总想跑到一边自己做自己的事情，还想跟我的穿衣打扮有所区别，说实话，她这么做很讨厌。她是爱我的，这是自然的，人肯定都爱自己的姐妹，何况是双胞胎呢，可是随着我们渐渐长大，我开始觉得她并不喜欢我。有时候，当我忘记闭着嘴嚼东西，或是不小心舔了舔餐刀，她会一脸厌恶地看着我。她把我最喜欢的书贬得一钱不值，说她还是更喜欢那些文学经典。我要是做了什么让她不高兴的事，她可以一连很多天一句话也不跟我说。她说她已经等不及要长大了，到那时她就能有自己的房子了，可我根本无法想象没有她这个家会是什么样子，还伤心得晚上睡觉都在哭。不过我总是很快就原谅她了。

我真想知道，如果她还活着，我们现在会不会是朋友呢？

妈妈离开后的很长一段时间，爸爸都把自己封闭起来，总把自己关在书房里喝白兰地。等他从房间里出来，整个人就醉醺醺的。他通常都当我不存在，因为我会让他想起他的妻子。可他会把戴安娜抱到膝上，会讲故事给她听，还给她糖果，挠她痒痒，把从前平均分给我们三个的关注全给了她一个人。我被扔给了我们的保姆兼管家汉娜去照料，她满身都是樟脑球和鼻烟的味道。慢慢地，他又重新爱我了，可我能感觉到他在怀疑我有一天也会背叛他，我想我的确是背叛了他，虽然我用尽了余生在弥补。

那是一九四一年，戴安娜和我即将迎来九岁的生日派对，那是妈妈离开后我们第一次举行派对。我们都激动坏了。中间那些年，我们甚至都没有参加过派对，我想应该是爸爸不允许的缘故。我们班里的十五个女孩都被邀请过来，爸爸给我们定制了新裙子和绑头发的丝带。那是五月的一天，天气一如平常炎热，花园里支起了搁板桌，桌上摆满了精美的三明治、软糖和乳脂松糕，还用网子盖了起来阻挡蜜蜂。桌子端头的冰块桶里还放着一瓶瓶姜汁汽水。两棵苹果树之间系上了成串的彩旗。爸爸决定是时候停止为妈妈的离开而悲伤了，这是他第一次发出打算重返世界的信号。他还邀请了他的妹妹，我们的姑妈希拉里，还有一些朋友，一对穿着相同款式的背心，不论听他说什么都会哈哈大笑的夫妇。那位太太给了我们一人一先令，然后在接下来的一个小时里四处宣称她有多么慷慨大方。到了客人到达的时间，我和戴安娜跪在客厅的躺椅上，脸贴着窗户，想看看第一个到达的是谁。艾米·马隆是第一个，我们热情地冲上去迎接她，差点把她给撞倒了，我们带着她来到花园，向她炫耀着漂亮的池塘、满桌的美味佳肴，还有彩旗和爸爸早上刚刚送给我们的一匹巨大的摇摇马。我们轮流玩了一阵，我才突然意识到家门口再也没有听到敲门声。班里那些女孩呢？爸爸和那对夫妇正在花园尽头说话，我们在房子里跑来跑去，想确保汉娜在留意门口的敲门声。

半个小时过去后，还是没有人来，我们的朋友艾米也开始露出尴尬而不自在的表情。我们坐在池塘边上，光着脚在水面上划动。

"她们去哪儿了？她们为什么不来？难道她们不想来吗？"戴安娜说道。

艾米摇摇头，咬着嘴唇不说话。她看上去快要哭出来了。显然她知道些什么。戴安娜抓住她的胳膊扭到她背后。"是怎么回事？她们为什么没来？是因为我妈妈吗？"她压低嗓子，凑到艾米面前威胁着说道。

我不明白戴安娜是什么意思。

"是……是因为你们的妈妈是个……是个放荡的女人。"艾米说。

"可那又不是我们的错。"戴安娜说。

"这是什么意思？"我们已经很久没提起过妈妈了。

艾米说，其他家长认为我们可能会带来不良影响，但她的父亲，马隆医生说，要为了我们的妈妈所做的事来惩罚两个孩子实在太残忍了。

现在看来，很显然并不是爸爸禁止我们去参加其他孩子的派对，而是我们根本没有被邀请。我现在才回想起我们的同学时常疏远我们，只因为我们是双胞胎，我才没有意识到，我们两个总是被扔到一起。我很惊讶，戴安娜却像看傻子一样看着我。

"别哭了，你这白痴。等我们长大说不定你也会干那种事呢，所有人都说你跟她一模一样。你一点也不像爸爸和我。你太粗俗了。他们怕的是你，不是我！"

"我才不粗俗。"

"你是，你就是，爸爸都不愿正眼看你。你完全跟妈妈一模一样。"

那一刻，把戴安娜推入池塘似乎是再自然不过的举动。我并没有失控发狂，而是无比平静。我只是不想让她再说那样的话而已。她那样做太不公平。当她的头撞到池底时，我听到什么东西破裂的声音，然后她挣扎着想浮出水面，我坐在她胸口不让她起来。那一分那一秒，我就想让戴安娜淹死。我想淹死她，因为如果她死了，她就没法再说那些话了。艾米紧张的笑声变成了哭声。

"求你让她起来吧，莉迪亚，求求你。她会淹死的！"

我根本不在乎。艾米快吓疯了，跑去找我父亲，那时候他跟他的客人们一起进了温室，无疑是给他们展示他的甜瓜种植试验成果去了。这时我已经浑身湿透了，戴安娜在我身下的水中扑腾着，不一会儿，她停止了挣扎，然后就再也不动了。她已经得到了她的教训。

"这还差不多。"说着，我迈出池塘，抓住戴安娜的手臂想把她拉出来，可我一松手她就又跌回了水里，这下我糊涂了。那一瞬间我曾经非常非常希望戴安娜死掉，可我并不是认真的，谁让她当时要对我发火。而且我要是毁了派对一定会有麻烦的。爸爸看到我们挂满蛙卵和青苔的脏兮兮的裙子，一定会大发雷霆。

我再一次把她拉了起来，这次是抓着她的肩膀，可她就是不肯抬头，接着，我看见有血顺着她的后颈渗出来。爸爸和他的朋友们，还有艾米，穿过草坪飞奔过来，他们全冲着我大声喊叫。希拉里姑妈跑进屋里让汉娜打电话叫救护车，爸爸把戴安娜拉出池塘然后放在草坪上，可她还是一动不动。他捏开她的嘴，却发现里面塞满了水草，他拉出水草，带出一长串污物和唾液。他一只手抓住她的脚把她倒提起来。她的裙子翻了下来，所有人都能看到她的内裤，我很惊讶。爸爸用另外一只手用力捶打她的后背。他一边做一边哭，一旁的艾米和爸爸的朋友珀西夫妇也跟着在哭。

与此同时，我却在想："大家这都是怎么了？她不会有事啊。"我还等着她吼我，等着她跟爸爸抱怨我有多坏呢。我知道这次她要很久才会原谅我。可是她还是不动。我是不是做得太过火了？

后来一切都变了。这一次家里发生的剧变比妈妈离开那次还要大得多。我再也没有回到学校。那天晚上，当所有人都还在医院时，汉娜为我收拾好了一个行李箱。希拉里姑妈告诉我，爸爸命令她把我带到她在威克洛的家里。我想等着爸爸和戴安娜回来，可希拉里姑妈不容我有任何争辩。我不想走，可当希拉里姑妈不顾我的踢打和尖叫把我抱进车里时，就连汉娜都不愿看我一眼。我一个星期都没有开口说话。我无比想念戴安娜和爸爸，我不明白我为什么不能回家。

希拉里姑妈跟一位朋友住在一起，一个骨瘦如柴的瘦弱女人，留着一头披散着的灰色长发，我称她艾略特小姐。她是位退休教师，答应每天给我上课。第一个星期刚开始时，我一门心思要偷听她们的谈话。我躺在楼梯平台上，用睡袍盖住双脚，耳朵贴在地板上。根据我所听到的来看，我预计艾略特小姐会比希拉里姑妈更喜欢我。

"她只是个孩子，"我的这位家庭教师说，"她不知道自己在干什么，她太小了，根本就不懂。"

"她肯定是有点什么问题。她怎么能做出那种事来？我都等不及让罗伯特把她带回去了。我总不能把她永远留在这里吧。"

"他需要时间，希拉里。先是米歇尔抛弃了他和两个女儿，接着又发生这种事。他得把她支走，以免再次产生丑闻。没人知道当时两个女孩发生了争执。人们只知道那女孩绊了一跤跌进了池子里，这会被当作一场可怕的家庭事故就此平息的。"

"事故？在一米深的水里？可是马隆家那个叫艾米的女孩，她说莉迪亚在水里坐在了戴安娜身上。这听起来就是故意的。这一点不能忽视。"

"小孩子说的话真真假假的。人在浅水里淹死也不是什么稀罕事。不管怎么说，罗伯特说艾米的父亲是个好人。其他的家长因为米歇尔都拒绝参加那天的派对，就只有他把他的孩子送了过去。"

"反正他是再也不会送孩子去参加派对了。我的天哪，"希拉里姑妈说，"真是太可怕，太可怕了。"

"我知道，可我们必须尽自己所能提供一些帮助。楼上那个孩子会留下一辈子的阴影，我们一定要让她明白那不是她的错。"

希拉里姑妈厌恶地哼了一声，可艾略特小姐说："你可不能当真怪罪她，她还是个孩子！"

那一刻，我才意识到，我杀死了自己最好的朋友，我的死对头，我的双胞胎姐姐。

到第一周结束时，艾略特小姐跟我解释我姐姐已经死了，并让我不必担心，那是个意外，不是任何人的错，只是个无法避免的悲剧。我一滴眼泪也没有，只是问她事情是怎么发生的。她侧过脸，凝视着我说：

"你不记得了？你和戴安娜在……在池塘里玩。"

"然后呢？"

"然后戴安娜撞到了头。你还记得吗？"

"是的。"

　　我给爸爸写了很多信，说我很伤心，很想念他和戴安娜。我求他来看看我，或是接我回家。他没有回信。艾略特小姐说他很忙，而且由于国家处在紧急状态，所有人都被禁止开车。我提出他可以骑自行车来，可艾略特小姐说我这是在说傻话。

　　晚餐时间我会见到希拉里姑妈。她会小心地观察我，纠正我的用餐礼仪。到了睡觉的时候，她会来我的房间确保我已经祷告完并乞求了上帝的原谅。我念祝祷词的时候非常投入，虽然我已经很难再信仰一个会容许我妈妈逃走，并让我杀死自己姐姐的上帝。希拉里姑妈始终和我保持着距离，不过我已经下定决心，无论如何不会给她任何抱怨的理由。即便在盛夏时节，那栋小房子里依然很冷。等到秋去冬至，这里就完全成了一座冰窖。这周围的环境如诗如画，可我们始终处在一座大山的阴影之下。我们尽可能地待在厨房里，因为炉子在那里。食物都是定量配给的，盘子里的食物看上去都非常难吃非常恶心，可我会吃得一干二净，眉头都不皱一下。我记住应该遵守的礼仪，从来不会大声说话或是跺脚。我始终努力保持淑女形象，就像戴安娜一样。

　　圣诞节就这样来了又去了，我却没有等到爸爸的探望或是哪怕一张字条。希拉里姑姑和艾略特小姐努力在我面前表现得很开心，可这种快乐气氛有多么勉强简直一目了然。

十个月后，当我回到都柏林时，我兴奋得直冒泡，全然忘了一切都不可能回到从前了。艾略特小姐陪我坐双轮马车回去的，她把我和我的行李箱放在了门口。"真是栋漂亮的房子，"她说，"我可真是开眼了。"所有人第一次见到阿瓦隆时都会这么说。我们互相道了再见，我答应一定会写信给她。"一切都会好起来的，小家伙。你不是个坏女孩。"

我们的卧室里只剩下一张床，衣柜里也只有一个人的衣服，对我来说，这些衣服大多数已经太小了。汉娜已经被换成了乔安，她要年轻许多，却安静得像个哑巴。戴安娜不在了。如果说之前在希拉里姑妈家，我对她的思念像是一种莫名的悲伤，现在我回到家，那种感觉就变成了切肤之痛。我在房子里跑来跑去，沿着楼梯上上下下，寻找生命的迹象。我们卧室窗户下面有张书桌，桌子背后那面墙上有个洞，我去那里取回了那支自从妈妈走后就一直藏在里面的鲜红色口红。戴安娜曾经笑话我一直留着它，我是在爸爸房间的踢脚板下面找到它的，在妈妈离开后的第一年，那口红仍然淡淡地散发着她的香水味。我又闻了闻它，但香味已经消失了。

来到楼下，我在厨房的窗边短暂停留了一会儿，我注意到池塘里的水已经被抽干，里面填满了泥土。家里的一片死寂啃噬着我的骨头，我来到钢琴旁，一遍又一遍不停地弹奏着，直到我听见门厅传来爸爸的脚步声。

我全速冲过去拦腰抱住了他，我的头用力地顶住他的腹部，想要贴近他的心脏。一开始，他双手往外张开，不愿意触碰我，可我不肯放开他，接着，我感觉他温暖的大手落在我的头顶，另一只手则缓缓地握住了我的肩膀。他抬起我的脸看着我的眼睛："你和我，我们得重新开始。我们只剩下彼此了。"

从那以后，我们都选择了不去谈起戴安娜，不过她仍然在壁炉上那些相框里对我们微笑着。

家里又请了一位新的家庭教师，爸爸为我选择了各种需要学习的科目：拉丁语、音乐、美术、文学、缝纫等。我非常用功，每一门都成绩优异。爸爸说我的仪态需要调整，于是一位芭蕾舞教练被请到了家里，是个小个子的法国女人。我们家空间非常充裕，于是楼上房间里安装了一根把杆，在这间新的舞蹈室里，我不停地练习着踢腿、蹲起和足尖步，直到脚指流血。我爱吉勒姆女士。她对我就像对她自己的孩子一样，虽然她从未提起过她是否有孩子。她一直庇护着我，还为我解释了我身体上发生的变化。她告诉我我应该跟我同龄的女孩交往，可我并不想。吉勒姆女士跟爸爸说我是她教过的最好的学生。当我年满十六岁时，她提议让我去申请伦敦的萨德勒之泉芭蕾舞学校。我惊恐不已，想到又要被送走我非常害怕。爸爸觉得这是个好主意，不过那个时候，我早就注意到他有时候看吉勒姆女士的眼神有些不同，这让我很不高兴。一天，我看见他帮她穿上外套，然后拉着她的手臂，就像他从前拉着妈妈一样。她抬起头面带微笑看着他。她是打算扫开我这个障碍吗？我已经学到一点，那就是你绝对不能相信任何人。我开始绝食，直到去芭蕾舞学校的建议被彻底打消，吉勒姆女士也被解雇为止。我仍然继续练习芭蕾，以保持身材的苗条和柔软。楼上房间里，在把杆后面有一面镜墙，我喜欢把镜子里那个女孩当成戴安娜，而这次我们成了一对长得一模一样的同卵双胞胎，在一起跳着双人舞。

许多年后，当我遇到安德鲁时，他问起了在那些老照片里坐在我旁边的那个女孩，爸爸解释说那是我的姐姐戴安娜，在我们还是孩子的时候她就悲惨地溺亡了，之后他就生硬地转移了话题。在安德鲁和我走得更近些以后，他又向我问起那次意外，我撒了谎，说那是有一天去海滩的时候出的事。他把我紧紧抱在怀里，安慰着痛失亲人的我。

我们结婚三年后，我怀上了劳伦斯。当我终于怀孕时，安德鲁和我都非常开心，当我把这个好消息告诉爸爸后，他还打开了一瓶陈年佳酿来庆祝。

"也该是时候了。"他说。

由于身边没有姐妹或母亲可以提供建议，我并不知道怀孕生子是什么样的。我的弟媳罗茜，这位多产女王降临到了我身边，给我带来各种建议、手册、药剂和乳液，不过我还是更愿意自己来解决问题。怀孕很不舒服，也很辛苦，分娩更是极度痛苦，可当助产士把我刚出生的孩子放在我胸口时，我第一次在戴安娜死后感觉到自己的人生完整了。劳伦斯出生在圣诞节这天，完全是命运的安排，是我收到的最珍贵的礼物。我深爱我的宝贝儿子。他是我的。最初的几个月，安德鲁并没有干涉我们，可当劳伦斯十个月大时，安德鲁坚持要把婴儿床挪到我们隔壁的卧室，那里已经被精心布置成了一间婴儿房，可我忍不住哭了。"我们必须拿回自己的房间。"爸爸也赞成安德鲁的意见，于是这件事就此作罢。

到了夏天，我会把劳伦斯的婴儿车推到外面。在他的出牙期，到户外总能对他起到安抚作用。一到外面他就不哭了。我会在草坪上铺张毯子躺下来，听他轻轻地咯咯笑着，感觉自己仿佛不配拥有这样的幸福。

在劳伦斯快一岁时，爸爸去世了，就在约翰·F.肯尼迪去世的同一天。他已经罹患癌症数月之久。可即便如此，爸爸的死给我带来的震惊不比那位美国总统少。安德鲁自然对我非常同情，可我已经失去了妈妈、戴安娜和爸爸，于是现在我只能紧紧抓住劳伦斯，抓住我唯一仅剩的血亲。

我想要对劳伦斯进行家庭式教育，但安德鲁又一次态度非常坚决地指出我们的儿子需要社会化。我尽可能把他留在家里久一些，因此当劳伦斯终于开始上学时，他成了班里年龄最大的孩子之一。上学第一个星期，我每天都待在学校外，想要透过教室的窗户捕捉他的身影。当放学的钟声响起时，其他的妈妈想引诱我跟她们聊天，可除了我的小天使，我不想跟任何人说话。一见到劳伦斯我就会一把将他抱进怀里，然后一路抱着他回家。

渐渐地，劳伦斯开始谈论其他的孩子和他的老师，我第一次感觉到妒忌的心痛。随着他逐渐成长为一个独立的小男孩，我也习惯了，可我们之间曾经拥有的那种紧密联系也慢慢消失了。劳伦斯刚满七岁没多久，在安德鲁的鼓励下，他拒绝再坐在我腿上了。"你太依恋那孩子了，放开他吧。"我们一直在尝试再要一个孩子。我告诉安德鲁我想要五个孩子。这个数字有点吓到他了，不过他认为有一两个兄弟姐妹对劳伦斯是件好事。我们努力了，却一而再，再而三地失败了。劳伦斯成了我唯一的孩子。

戴安娜死后四十年，我又把父亲当年的话说给了我的儿子："你和我，我们得重新开始。我们只剩下彼此了。"这可怜的孩子经历了这么多，每一件事他都处理得谨慎而周到。而他做这一切都是为了我。

在安德鲁去世后，我被关进精神病院的那段时光，现在回想起来令人感觉很陌生。我把一切都交给了劳伦斯去打理。过了很久我才意识到我们根本没钱。劳伦斯去接洽了银行经理和律师，我没办法做这些。我们得到的消息是令人沮丧的。安德鲁在某个阶段曾把阿瓦隆抵押出去以换取资金去跟帕迪·凯里进行投资。虽然值得庆幸的是，随着安德鲁的死，抵押物被赎了回来，可我们的钱实在已经所剩无几。凯里跟安德鲁说他把钱拿去投资了金边债券，可实际上他一直在偷偷把我们的钱转移到他的私人项目上，妄想着靠这些钱填补他的损失。由于安德鲁担任法官只有三年的时间，他的国家养老金十分微薄，而我作为遗孀能够合法继承的部分就更是少得可怜。安德鲁在二十年间向私人养老金账户支付的费用也都被帕迪·凯里挪去输光了。安德鲁的遗嘱认证被耽搁了一段时间，因为安德鲁去世时正值他起诉凯里期间。律师告诉劳伦斯起诉凯里是徒劳的，他曾试图劝安德鲁别多此一举。凯里把偷来的钱都拿去赌博了，现在据说在美国西海岸的某处过着穷困潦倒的日子。

当时，我实在无法消化这么多的信息。我的药物剂量相当高。我告诉劳伦斯他需要去找安德鲁的母亲埃莉诺要些钱，她会收留我们的。可当我们联系到她时，她差点休克，因为之前这些年，她也是在靠安德鲁养活。安德鲁说服埃莉诺卖掉了她位于梅里恩路上的那栋三层楼高。有着四间卧室的维多利亚式红砖房，去基利尼买了一座小别墅。安德鲁向她保证他在替她做着有益的投资。她根本不知道这些钱已经全部被安德鲁打了水漂。当时，他曾经跟我说过他母亲年纪太大打理不了那么大的房子，我心里曾经想过等埃莉诺去世了，我们的经济问题就能迎刃而解，因为她一定存了一大笔现金。在我们刚出现经济困难时，我曾经催着安德鲁去找埃莉诺借钱。我还以为他是自尊心太强。而事实是，他知道她除了那座小别墅什么都没有了，因为钱全被他输光了。埃莉诺现在只剩下她的养老金了。费恩和罗茜给我们寄来一些支票，但他们提醒我们（哪有这个必要）他们有八个孩子要养活，我们必须想办法养活自己。他们跟埃莉诺一起商量过，提议她可以卖掉她的小别墅搬过来和我们住。我们家有五间卧室，所以也没法说家里没地方住，但我很清楚地表达我是不赞成这个主意的。埃莉诺感觉受到了冒犯。费恩建议劳伦斯应该立即卖掉阿瓦隆以换取活动资本，可我们不可能这么做：首先，这是我唯一的家；其次，我们不能冒险让房子的新主人发现厨房窗外掩埋着什么。

当劳伦斯终于告诉我他的发现时，我很震惊他竟然能通过种种细枝末节的线索拼凑出一个正确的答案。他知道那具遗体是安妮·道尔。他甚至还给我看了他从吸尘袋里取出的那条已经暗淡无光的手链，还有他保留的报纸上的所有新闻报道。可怜的孩子一直为这件事忧心忡忡。劳伦斯把这一切归咎于他父亲，但他坚持认为我们应该报告警方，这样那个女孩的家人也能终得安宁。他从未怀疑过我早就知情。告诉我的时候，他非常紧张，生怕知道这个消息之后我会再次住进精神病院。可那时我已经出院一年了，我的理智已经全部回来了。我假装惊讶、恐惧和难以置信。我尖叫着哭喊着，一副歇斯底里的样子。所幸，劳伦斯得出结论，认为一桩丑闻如果被公之于世，我是无法承受的，而且更加无法接受随之而来的媒体关注。我提出他可以把尸体挪走，放到某个可能被发现的地方，可他告诉我这样的任务对他来说太可怕，而且有极大的风险会被抓住。其实，那时候我更愿意把那女孩放在池塘里，戴安娜被埋在了迪安格兰奇公墓的一处墓地，可我喜欢想象她还在那个老池塘里，就在我当初扔下她的地方。

最后，在我的要求下，劳伦斯把花坛铺平了，还把那个鸟池用水泥固定在上面。他在突起的台子边缘种上了一些灌木。可那里看上去还是很古怪，就像一座祭坛。劳伦斯站在厨房窗边总会刻意转移目光。过了一阵子，他在窗边装上了百叶窗，并一直让它保持关闭。现在厨房里一片阴暗。我们开始更多地使用餐厅，从前我们只有在特殊的日子才会这样。劳伦斯坚持要卖掉安德鲁的车。我们用一个低得吓人的价格卖掉了它，然后买了一辆小小的代步车。我教会了劳伦斯开车。他学起来非常快。

安德鲁去世前，我们的打算一直是让劳伦斯去三一学院学习法律，然后去海兰戈德布拉特当学徒，这间律师事务所是爸爸和萨姆·戈德布拉特在一九二八年共同创建的。安德鲁在被任命为法官之前一直在那里工作，可现在爸爸和安德鲁的朋友大多数不是早已去世多年，就是已经自立门户了。何况，即便能给劳伦斯申请到一笔助学金，我们仍然没有任何经济来源。

在获得了高中毕业证书之后，劳伦斯参加了公务员考试。我本希望他能被招募到外交使团，可没有大学教育背景这看来根本不可能。他被给予了汽车税收处和失业救济处这两个选择。我认为汽车税收处可能更有发展前景，也许他们会把他培养成为一名税务会计，可他做了一些调查，发现情况并非如此。想到他要跟失业人群打交道我很害怕，可他指出，我们两个都属于失业人群。

"妈妈，你知道，现在女人也工作了。"我去找工作这个概念光是听上去就很荒谬。我没有受过任何培训，也从不跟外人打交道。这对我来说太迟了。

我们依靠我的遗孀抚恤金和劳伦斯微薄的工资维持着生计，不过由于他所在的部门只有几个人，所以他快速而稳定地得到了晋升。不到四年，他已经进入了管理层，手下有一支四到五人的团队。他很容易交到朋友，星期五下班后都会参加社交活动。他的社交能力让我很惊讶。我从未具备过这种能力，至少在那次意外之后就没有了，不过这也许是因为我自那以后就一直在家上学。我知道劳伦斯在学校的最后一段日子过得并不开心，不过那都是因为他突然转到一所新学校，紧接着他父亲也死了，他又面临着巨大的考试压力，而且还发现了那个女孩的尸体。从那以后他把自己给封闭了起来。值得庆幸的是，他和海伦那个差劲的女孩之间的关系也因此结束了。我知道劳伦斯绝不可能把自己的人生托付给那样一个女孩，虽然当我得知是她劈腿另一个男孩然后甩了劳伦斯的时候，心里感到很不安，但他们分手时我终于松了口气。奇怪的是，在那之后他们却还一直保持着联系，她还会时不时往家里打电话。她正在接受护士培训。我很惊讶那样一个女孩居然会进入护理行业，她夸口说要搬出家里，还建议劳伦斯也去租一间公寓，这让我气恼不已。值得庆幸的是，他根本不可能搬出去，一是因为他不想，二是因为他负担不起两处房子的开支。

劳伦斯开始跟一个同事女孩约会了，她叫布丽吉特，是一个安静胆小的女孩，怯怯的像只小老鼠。我看得出她喜欢劳伦斯比劳伦斯喜欢她要多，他们的关系是非常单方面的。她给劳伦斯打电话的次数比他给她打电话要多，当我接起电话的时候，她说话很小声，并且会不必要地一直重复说"请"和"谢谢"。不过，他又开始运动和减肥了，我在想他这么做是不是真的想打动那只"老鼠"。他曾经给我看过一张她的照片。她相貌平平，眼睛被厚厚的刘海遮了起来。看过照片之后我更加放心了，他绝不会为了她离开我的。不过，我仍然帮助他调理着饮食。

再生育一个孩子现在根本就是天方夜谭。我知道这已经绝无可能，我已经年过五十了。劳伦斯现在已经是个成年人了，这毋庸置疑，但我很有把握他不会离开我。他知道我根本没办法独自生活。他会跟我一起留在这里，留在阿瓦隆。

11. 劳伦斯

　　除非必要，我绝不会在厨房多停留，考虑到我对食物的热爱，这对我来说实在很艰难，我重新布置了橱柜，把很多柜子都跟冰箱一起挪进了食物贮藏室里。我很想用砖头把窗户封起来，这样我就不用看到窗外的那座……那座坟墓了，可妈妈不同意。我退而求其次，在窗户上安装了百叶窗，并让它永远保持关闭。窗户现在只能透进少量的光线。我们不能雇园丁，原因不单是因为我们请不起，所以我非常不情愿地承担了打理花园和那座坟墓的工作。

　　明知这里曾经发生过谋杀，而且证据就在眼前，还要若无其事地生活实在太让人难以忍受，现在我们无论做任何事都已于事无补。从我发现真相到现在已经五年了。是我将埋尸处填平并安装了鸟池，这一点可以确定，所以我已经因为掩盖罪证被卷入其中了。

　　在我发现安妮·道尔后，我开始对一切都感到惧怕。如果我连自己的父亲都无法相信，那我还能相信谁？不会是海伦。我们拿到毕业成绩的第二天海伦就甩了我。当时的情况非常龌龊。她跟我班上最常欺负我的那个男孩上了床，而他有意让我知道了这件事。可那时候我并不怎么在乎，对所有事都很淡然。虽然我受到了羞辱，可她从来也不是我的一生挚爱。我从没想过有一天我也能拥有爱情。

我没有坚持奶奶制订的饮食和锻炼规则。我又变得肥胖，变得令人反感厌恶。有时候，我在商店玻璃橱窗上捕捉到自己的身影，便会立刻转身离开，眼前所见连我自己都觉得恶心。

上大学这个选择对我而言已经不可能了，但这也许反而是件好事。我喜欢在失业救济处工作。阿波罗之家位于城市的正中心，被周围的各种商店、办公楼和酒吧环抱着。一开始，我只是寸步不离地跟在别人身后看他们给我演示救济金领取人需要填写的各种表格，以及这些表格的处理流程。相关的文书工作非常烦琐。最初的几个月，我并没有机会真正去处理任何申请资料。我做了很多的抄送工作，以及在各部门之间传递文件，还有端茶倒水送咖啡等事情。流程走完之后，我们救济处会直接发放一张转账救济支票，可以在马路对面的邮局兑现。整个程序都有着严密的控制和良好的管理。每一个由八名职员组成的部门会处理大约五百份申请。这个部门成员包括两名文书和五名书记官，其中一名书记官是部门主管。我们的主管是一位有着三个成年孩子的中年鳏夫，名叫布莱恩，他看上去不怎么聪明，但对我们所有人都非常和善。

一开始我很害怕那些失业人员。我从我父亲那里听说过他们，他称呼他们为无业游民和寄生虫。在我的印象中他们都是些罪犯。虽然我们打交道的人中的确有一些刚从监狱出来，但大多数只是些失去了工作或是正在寻找工作的人。失业率居高不下，各种各样的人都出现在救济处来申请救济。其中有被丈夫抛弃的中产阶级家庭主妇，有大学肄业生，还有酒鬼和吸毒者。从前的一位同班同学的父亲，还有我们买肉的那家肉铺老板，他的生意被新开的超市给挤垮了，他们都被归入从未有过受雇经历这个类型里。排队等待政府支票让所有人都变得平等，然而他们并不会在这之后聚到一起喝一杯，讨论一下各自当天的见闻经历。失业的感觉他们都各有各的体会，在那些漫长的日子里，他们有的无所事事地待在家，有的则漫无目的地在公园游荡，还会在廉价咖啡馆里点上一杯茶然后想方设法尽量待得久一些。即便没有亲身经历过，我也能理解那种孤独。

这些救济金领取人对我都很友善，我猜是因为他们觉得我是那个决定是否给他们发钱的人。我们的确拥有那么一点小小的权力，如果遇到有人态度恶劣，只要你愿意，有的是办法推迟他的申请，或是"丢失"相关的文件。

在短短几个月里，对于这个世界，我所学到的东西比多年的学校教育给我的要多得多。我的社交生活从未像现在这样自在而自如。妈妈很不理解，我也是在进入社会之后才意识到她在这方面有多么不正常。她连一个朋友也没有。

工作对我很有益。我的工作并不难，同事们也都非常友善。我都不敢相信自己竟然这么走运。我竟然能有幸每天跟一群不会欺负或者贬损我的人共事，所做的工作也并不费脑筋，每个周末我还能拿到钱。钱虽然不多，但我没有房租或是按揭要付，所以基本上也足够负担家用，偶尔还能去趟电影院，而且几乎每个星期五晚上下班后还能赶在回家的末班车之前去喝上几杯。我所在的部门包含各种年龄层的人。

多米尼克总是嚼着口香糖，他在他的足球俱乐部迪斯科舞厅当 DJ，每说一句话末尾都少不了加上一句"你懂我意思吧"。我想，他是不愿迈入三十岁的门槛的。他会希望自己能是我这个年纪。中国人萨利比我年龄稍大一些。她其实是韩国和爱尔兰混血，不过是在特拉利长大的。所有人仍然称她为中国人萨利，她也懒得再纠正大家。伊芙琳是我们中最年长的。她是个整天愤愤不平，抽烟一根接一根的酒鬼，张口闭口都是下流的笑话和她一无是处的前男友们。她是在内城区 ① 长大的。美女简跟我同龄。她是我遇到的第一个女同性恋。她跟我所想的完全不一样，留着长发，还会穿裙子。阿诺德二十四岁，是三个孩子的父亲，但他并不喜欢孩子。"我爱我的儿子们，好吧？我只是无法忍受他们而已。"他总是身无分文，一副闷闷不乐的样子。他比我职位高一级，但显然他所挣的钱根本养活不了一家五口。

这样一个组合有些奇特，然而我们大家都相处得很融洽。没有一个人提到我的体重问题。每个人身上的怪癖都能被大家接纳，但因为我的南都柏林郡口音，他们确实称呼我为"上流小子"，不过这是一种带着友爱的称谓。在我看来，我们中没有谁是在童年时代就梦想着在失业救济处工作的。我们都是在各自不同的人生道路中因为机缘巧合来到了这里，还有可能会在这里消磨时光直到退休。

一九八二年六月，虽然我刚入职七个月，却从文书升职成了书记官（现在我可以直接跟救济金领取人对话了），收入上也略微有些增加。

---

① 内城区，多为穷人居住，是相对于中产阶级居住区与郊区而言的贫民区。——译者注

萨利很生气，说道："就因为你是个男人！"她已经在那里工作了近两年，却没有得到任何晋升，可我的性别又不是我能决定的。现在我和妈妈也仅仅是能够做到不欠债而已。

救济处里有一些非常友善的女孩，长相也过得去，虽然在我跟她们说话的时候她们没有尖叫着跑掉，但同样也没有给出任何鼓励性的暗示。我对她们也没有丝毫爱慕的感觉。我依然跟海伦保持着联系，她交了一个又一个男朋友，但每一个都不会留太久。海伦和我有一种奇怪的友谊。虽然她非常让人反感，但我心里隐隐地喜欢她的诚实，喜欢她可以毫无畏惧地说出心中所想。要是换她发现她爸爸杀了人，在报警之前她可能会先把他揍个半死。她对我的性生活有着浓厚的兴趣。

"你为何不找个胖女孩约会呢？"她说。这就是她所谓的实用主义。"她们可能跟你一样对自己的样子不自信呢。你得赶紧有自己的恋爱生活，否则就得一辈子被困在你那个疯子妈妈身边了。"

我不喜欢海伦总说我妈妈精神不稳定或是发疯。这不公平。

"我来跟你说说什么叫不公平，"海伦固执地说，"你妈妈从未提出说你可以搬出去自己住，这才叫不公平。看样子她是指望后半辈子都由你来照顾。她明明可以卖掉那栋该死的豪宅，这样你们就能有自己的公寓，可以各自过自己的日子。你这样一直下去很荒唐，就好像她不是你妈而是你老婆一样！"

这话戳到了我的痛处。就连我的同事也这么说过。可他们根本不明白，我喜欢住在家里。阿瓦隆那么大，妈妈和我相处得非常好，而且我还不至于没心没肺到把她扔到一边自生自灭。妈妈跟别的女人不同。她哪怕只是想到公寓这两个字都会觉得讨厌。我没有理由改变自己的家庭环境。除此之外，我也不想把她一个人留下来跟厨房窗外那具尸体为伴。可奇怪的是，对于那具尸体我似乎比她更不安。将来如果我爱上一个人并想要结婚，也许我会考虑搬出去，但这种可能性微乎其微。

一九八四年年底，发生了两件事。

救济处新来了一个女孩，名叫布丽吉特·高夫。我原先根本没有注意到她，直到简告诉我有人暗恋我。据说我有一天曾经为她挡住了门，还有一次在休息室里给她让了个座位。简说布丽吉特十八岁，是主管之一门罗先生的秘书。据说，她曾经委婉地问起过一些关于我的问题，比如我住哪里，是否单身。我很吃惊。居然会有人暗恋我？简给我指了下那个女孩。她留着齐肩褐发，相貌普通。她可能有一点胖，眼睛斜视得厉害，但毕竟不像我一样是个怪物。

简和萨利决心要当红娘，他们把其他人都引诱到了她们幼稚的阴谋里。这太令人尴尬了。一个星期五，她们邀请了她跟我们一起去穆利根酒吧，还坚持让她坐在我旁边。刚喝完第一巡，阿诺德就去了吧台，回来的时候只给我和布丽吉特各端来一杯酒，所有人都找借口说他们还有事要先走。我敢肯定他们只是准备转移到离这里最近的另一家酒吧去。布丽吉特和我一言不发地坐在那里。出于礼貌，我先打破了沉默。

"那个，这份工作你还满意吗？"

"是的！"她眉开眼笑地回答。

接着是一阵安静。

"那门罗先生对你还不错？"

"是的！"

又是一阵安静。

"你有什么爱好吗？"我记得十岁时我给一位德国笔友写信的时候问过类似的问题。

"是的！我喜欢摄影。"她一直用她正常的那只眼睛看着我傻傻地咧开嘴朝我笑，她那只有毛病的眼睛则盯着被烟熏黄的天花板。

我想她也意识到自己需要出点力好让对话得以继续进行下去。她语速非常快，几乎都不带换气的。

"你知道吗，我喜欢拍摄一些寻常的事物。比如树叶、窗上的雨滴，还有房间里椅子摆放的形式，或是街尾的垃圾车。我十四岁的时候，在学校的一次抽奖活动上赢得了一台相机。是台很不错的相机，从那以后我就喜欢上摄影了。"

"那挺好的。"

"你知道吗，你是救济处里第一个跟我说话的人。我到这里已经两个星期了，除了门罗先生和杰拉尔丁之外没人跟我说过话，你也知道，他们两个说的都是些工作上的事情。接着到了六月五日那天，我记得很清楚因为那天是我生日，六月五日那天，你从男洗手间出来的同时，我也正从女洗手间出来，你撞上了我，然后你说'抱歉'。你是那么亲切。对此我真的很感谢。"

显然，在布丽吉特的人生中，她从来没有受到过多少关注。

"接着，有一天在休息室里，你又把萨利旁边的位子让给了我，然后你开始跟我说话，说真的，如果不是你，根本没有人会跟我说话！"

我知道被人忽略是什么感觉，却不太确定完全不被人注意是什么样的感受。我想这两种体验应该是截然不同的。

"是这样啊。话说回来，你能逐渐适应这份工作我也为你高兴。你住在这附近吗？"

"不太远。我住在拉思曼斯的一套公寓里，其实那只能算是个单间。我是从阿斯隆来的。"

"能给我你的电话号码吗？"我也只能做到这一步了。

布丽吉特在她包里翻出一支笔，在一张啤酒杯垫子上潦草地写上了她的名字和电话号码，还把她名字里的那个点换成了一颗小小的爱心。

"万分感谢。"她说。缺爱真不是什么有魅力的事。我装着样子把她的啤酒杯垫子小心地装进胸前口袋。她往前探过身想让我亲吻她的脸颊，但我故意会错意，把她滑落下来的围巾拉起来搭到她肩上。我站起来准备离开，说我会给她打电话。她抓起自己的包跟着我到了门口。她满眼期待地看着我，我知道自己应该要说清楚具体什么时候给她打电话，但我选择了懦夫的做法，挥手跟她说了再见。

那天早些时候，还发生了另一件值得注意的事。当时我正坐在新申请受理台，翻看着新申领人填报的各种表格，这时一个男人坐在了我面前的椅子上。我没有抬头，因为我刚好注意到上一位申领人的表格有点问题，于是我请他稍等片刻。他什么也没说就把他的申请表格从对面递了过来。我处理完前一张表格并把它归档后，才来接待眼前这位新申领人。这是个体格魁梧的男人，一开始我并没有认出他。甚至在我看见表格顶部他的名字时，也没有立刻反应过来，可当我看着他的眼睛时才发现，我认识他。格里·道尔（他的申请表和资料里写的是杰拉德），安妮的父亲。我曾经有多少次凝视着那场新闻发布会的新闻剪报？这些年里，他头发少了些，剩下的也都已经变成了白发。他的脸比我印象中更加红润浮肿一些。我不自在地咳嗽了几声，在椅子里挪了挪身子。我找借口暂时离开，然后来到救济处后门外深吸了一口气。我很想吐，但我逼自己冷静下来，然后回到了桌前。我看了看表格上他所有的个人信息。我想我能看到他身上那失去安妮的悲伤。他和他妻子波琳分居了。

"有受抚养人吗？"我问道。

他深吸一口气，然后说："没有。两个女儿都已经成年了，安妮和卡伦。"

在跟他的对话中，我能感觉到人生第一次失业给他带来的羞耻感。我尽了最大努力让他安心。"这不是你的错，"我装作自信地说，"都是目前的形势造成的，不过经济很快就会复苏的。"

他对我笑了笑。我整理了他的下岗通知单、出生证明、地址、纳税账号和工作履历。填写申请表的时候他需要一些帮助。他承认自己读写能力不太好，一直干的都是体力活。格里一九六六年曾经在法伦面包房当过面包师学徒，之后就一直在那里工作。在那之前他曾是都柏林公司的一名筑路工。面包房的主人法伦老先生很长时间以来一直在亏钱，随着他的身体状况日渐下滑，他自己也不能继续在店里工作了。店铺又没法卖给别人持续经营下去，因为根本就没人买。法伦先生已经让渡了房子的租约并关闭了店铺。格里的妻子已经离开他去跟她姐姐一起住了，格里则留在了位于皮尔斯大街上的公租房里，离我们救济处没多远。他没有任何积蓄。他挣的钱一直不多，大多数都花在了他的房子和家人身上。自从分居后，他一直把收入的一半交给波琳。她曾经在一间报刊亭工作，直到她受情绪影响不得不提早退休。

"她的情绪？"我问道。

"是的，她总是心情不好。"

"我很抱歉。"我是真心觉得抱歉，而且我知道造成波琳·道尔情绪沮丧的缘由。我想对他说点什么，告诉他我能理解他的痛苦，可我什么也没说。

当手续处理完后，他站起身来，我们握了握手。"谢谢，"他说，"谢谢你把这件事变得如此轻松。你知道吗，我几个月以来一直在担心这一天。"

"我明白。没人是主动想来这里的。"

那天晚上离开酒吧时，我没有去薯条店，而是慢慢朝着皮尔斯大街游荡过去，然后在格里的住处外面站了半个小时。我记住了他申请表上的地址。那是一栋建于二十世纪六十年代的红砖墙公租房，配有两间卧室。他一个单身男人却住在一栋家庭房屋里，按理说他应该被重新安置，不过我感觉自己对他负有一定责任，于是我在表格上的单卧那一栏里打了勾。格里的人生中遭遇的变故已经够多了。

房子所有的窗户都布满了灰尘。垃圾都被风吹进了门口的角落里。没有人进出。我甚至都不确定他是否在家，可是看着他的家，想象他在里面盯着电视，也许正在努力不去想起他消失的女儿，我感到非常不安。

我朝着公共汽车站走去，却意识到我其实并不想回家，至少现在还不想。我经过一个电话亭，在兜里掏了掏零钱，拿出口袋里的那张啤酒杯垫并拨通了上面的号码。铃声响了九次电话才被接了起来。听着硬币滑进电话机里，我迅速地按下了接听键。

"哪位？"一个声音说道，是个年长的女性的声音，不是布丽吉特。

"请问，布丽吉特在吗？"

一声长长的叹息传来："她在楼顶的四号房。你得等会儿。"听筒被放到一个坚硬的平面上，发出咣的一声，接着我听到有人缓慢而吃力地爬上楼梯的脚步声。我又往电话机里塞了个五便士的硬币然后继续等待。

"你好？爸爸吗？"她听上去很担心。

"你好，布丽吉特。是我，劳伦斯。"

又是一阵安静。这么一直安静我的钱可受不了。我又塞进一枚硬币。

"我想问问你是否愿意让我过去。"

"我这里吗？现在？"我能听出她声音里的歇斯底里。

我看了看表。已经十点半了。

"如果太晚了，那就……"

"不，当然不会。好吧，你过来吧！"

"你确定吗？"我在想我能不能赶在需要再投一枚硬币之前得到她的地址。

没办法我只能自己开口问了。

二十分钟后，当我到达她家门前时，我脑子里完全只想着一件事。

当她打开门，我吻住她的嘴把她推进了门厅里。我不知如果她拒绝的话我会怎么做，但她似乎跟我一样饥渴。我们爬了四层楼来到一间小公寓里。墙上挂满了照片，都是些奇怪的照片，有街头的乞丐，有一只小孩的手，有一个路标，还有一辆汽车的轮毂盖。它们让这个狭小的屋子变得更加幽闭了。屋子的一角有张单人床，另一个角落里是一台冰箱和炉灶。我感觉自己在这里面像个巨人，而且跟巨人一样强壮有力。七分钟后，我成功地在她体内高潮了。我紧闭着眼睛，努力不去想起安妮·道尔。为此我深深地厌恶自己。

"万分感谢！"她说。

我睁开眼睛看着眼前赤裸的布丽吉特。由于用力，她的肤色有些变深，但她的身体感觉很光滑，乳房丰满而坚挺，纤长的四肢缠绕着我笨重的身体。她热切地回应了我的激情，而且似乎非常感激我给她带来的体验。她立即用毯子把自己盖了起来。我则躲在了被单下面。

"抱歉我这么快就结束了。"

"我把这当作对我的恭维了，"她说，"你知道吗，先前在酒吧的时候，我还不太确定你的态度，甚至在你要了我的电话之后我仍然有些怀疑。不过现在我知道，你心里也是有我的。"

我试着对她抱有一丝愧疚，可这样又有什么不好？我们都得到了自己想要的。她侧身坐着，所以我只能看见她那只正常的眼睛。在三十瓦的灯泡照射下，她身上的活力和纯真散发出一种特别的吸引力，但更多是因为她突然流露出的自信。她拿起相机，给我的一只鞋拍了张照片。

我从恍惚中清醒过来。我得回家了。我捡起刚才发疯一样扔掉的衣服，转过身去把它们穿好，我又一次对自己的体形感到羞耻，就像多年前在海伦的卧室里的感觉一样。布丽吉特走到我身后吻了吻我的肩膀，然后伸手去拿她的睡袍。

"你一定要走吗？"她失望地说。

"是的，我妈妈……她不喜欢……"

布丽吉特笑了起来。"你太有趣了！"她说，"真是好贴心！"

我知道这两个词跟我压根不沾边。

当我伸手去拉门把手时，她说："我们……再见？"在话尾留下一个问号。

"星期一，"我说，"星期一见。"

我没有回头看，但当我走下楼梯出了大门，走进街灯橙色的微光中时，我能感觉到她的不确定。我完全不知道刚才都发生了什么。我是脑子出了问题吗？我跟布丽吉特之间这算什么？是欲望驱使我来到了她的门前，我能确定的只有这一点。

第二天早上，我告知妈妈我准备要节食，并且进行有规律的锻炼。我让她把面包、薯片、糖果和土豆这几样从购物清单中排除。

"哦，劳瑞①，这主意真是太好了。"她热切地说，"我们今天可以从图书馆借些关于控制饮食的书，然后制订一个计划。"接着她停顿了一会儿："你是想要打动某个姑娘吗？"

① 劳伦斯的昵称。——译者注

"也许吧。"我说。

我知道妈妈对我跟女孩子交往非常紧张，可我不确定她是怕我受到伤害还是担心她自己被抛弃。

"是工作时认识的女孩吗？"她问道。

"是的。"

我把浴室橱柜顶上的体重秤拿下来，擦去上面的灰尘，作为一个体重一百公斤出头的男人，我尽可能小心翼翼地站了上去。看来我的减肥之路任重而道远。

那个周末，我一共走了八公里多，自从三年前奶奶搬出去后，我就几乎没怎么走过路了。我甚至还试着做了几个俯卧撑，结果拉伤了肩膀的一块肌肉。

接下来那个周五晚上，在穆利根酒吧喝完酒，我们又在她那间昏暗却又整洁的单间里做了爱，不过这次没那么激烈那么急迫了，我的眼睛仍旧一直紧闭着，我不想看到布丽吉特对着我笑。我用了阿诺德给我的安全套。过了这次，我得自己想办法弄一些了，或许可以从我那个猥琐的理发师那里弄到。接下来的几个星期，上班休息时间我都会和布丽吉特坐在一起，我们有时候会一起吃午餐，周末也会出去约会。我并没有信守承诺慢慢发展，不过布丽吉特似乎也并不想让我慢下来。

我还在继续跟踪格里·道尔，在他房子外面蹲守，还调查了他常去的酒吧和他每天早上买报纸的地方。他常去的那间斯坎伦酒吧离我们救济处很近。通过几个星期的努力，我成功把斯坎伦酒吧变成了我们每周五晚上聚会的新地点。这是一间传统的都柏林酒吧，顾客都是些年长的本地人，喝的是健力士啤酒，抽的都是一包十根的美冠香烟。这里还供应最近很流行的烤三明治，这是个不错的卖点。酒鬼伊芙琳是最难被说服的一个人。她是个守旧的人，比起食物而言，更吸引她的是一间她跟店主和店主的父亲甚至是店主的狗都相熟的酒吧，就连店里的墙纸最近是什么时候换的她都知道。她对于改变非常抵触，由于她是我们之中的酒司令，所以为了做她的工作我煞费一番苦心，不过当她意识到，如果她不跟我们一起走，就会变成光杆酒司令的时候，也只好改旗易帜了。我时不时会在那里遇到格里，我们会相互点头致意，但我想要进一步地了解他，想要陪伴他。于是我开始把简单的点头换成了打招呼，他也会大方地回应，而且每到他的救济金领取日，我总会自告奋勇去服务台盯岗，这样我们就能说上几句话。我们的交流总是那么彬彬有礼，那么亲切。然而，我感觉自己应该再为他多做些什么，于是我修改了他的申请表，使其显示他有两个受抚养的子女，然后把申请送去了多子女家庭津贴部。我运用自己的伪造技术把签字模仿得像多米尼克的字迹。

三周后，当格里在斯坎伦看见我的时候，他把我叫到一旁想私下说几句话。"有人给我涨钱了。"他说。

我假装不明白他在说什么。

"上个星期我的失业救济金额外多了三十英镑。"

"是吗？这个嘛，其实我们的职员经常会出差错。如果我是你，我就不去声张。"

"真的吗？我不会惹上麻烦之类的吗？"

"不会的，如果是我们的问题你不会有事的。反正我会睁只眼闭只眼的。"我点点自己的鼻子朝他眨了眨眼。他提出请我喝杯啤酒，但我谢绝了他的好意，又回去跟布丽吉特和其他人会合了。我做了一件让他快乐的小事。当他从酒吧一角朝我举杯致意时，我感觉棒极了。

我坚持着自己的减肥计划，渐渐地，我的双下巴又一次不见了，低下头也能看见自己的脚了。一开始，我无论去哪里都采用步行的方式。跑步是不可能的，因为我跑不动，而且人家看了会取笑我。我在自己的卧室里锻炼，然后圣诞节妈妈给我买了一本简·方达的健身书，这书非常令人满意，它不仅仅是一本健身书。过了没多久，非常奇怪的是，我并没有下多大功夫，我的食欲就几乎消失了。突然间我变得精力充沛，浑身充满了活力连觉都不想睡。我每天都早起晚睡。我也无法解释这究竟是怎么回事。就好像我脑子里的某个开关突然被打开了。我的食量减少到过去的四分之一，也就是一个正常人该有的食量。

"是我的错觉还是你比我们刚在一起的时候瘦了？"一个星期六早晨，性交结束后布丽吉特问道。我还没有把我的减肥计划告诉任何同事，不过他们已经注意到我午餐减量了。我们约会六个月以来，她从没提起过我的体重，这一点我很感激。她就好像根本没有注意过一样。我真的很感激。

她的问题让我很高兴。"对，我想是的，"我说，"我是想至少变得更健康一些。"

"我觉得你非常帅气，与你的体重无关。"

我们并不是那种很讲求浪漫的情侣，通常也不会这样互相赞赏，所以我有些惊讶。我突然意识到我也应该夸她两句，便说道："你也很可爱。"

她听了立刻眉开眼笑。

我已经对她产生了一种义务感，有她陪伴有时候也挺不错，可我对她感觉不到真正的爱，只有一种温暖、一种喜爱。我希望这种感觉能变得更加真实些。

一天晚上我们从电影院出来时遇到了海伦，不过这是早晚的事。当时她跟一伙人刚从酒吧出来，醉得很厉害。

"哎呀呀，我的天，瞧瞧这是谁啊！你们其他人呢？"

我介绍布丽吉特是我女朋友。

"女朋友？"海伦的怀疑语气有点夸张。

"是的。"布丽吉特自信地说。

"好呀，"她朝我眨着眼说，"看样子你是有艳福可享了呀？一会儿回我的公寓来吧，我在举办派对呢。我刚刚毕业了，我是个护士了！你能相信吗！"

我礼貌地谢绝了她，可她觉得我们有可能会改主意，坚持要把她的地址和电话写下来，写完她就跑掉了，追在她的朋友们后面沿街咆哮。

"那个讨厌的女孩是谁？"布丽吉特问道。

"只是从前的一个邻居。她的确很讨厌，对吧？"

我们哈哈大笑，我亲吻了布丽吉特的嘴唇，很庆幸她不是海伦。我们之间一切都进展得非常顺利。我们的关系十分稳固。

直到一九八五年我遇到了卡伦，这一切便发生了改变。

12. 卡伦

在伊冯娜告诉我当年詹姆斯关于谋杀嫌犯的那些话之后，我等待了几个星期。我想我是在学着接受这个事实。这倒算不上十分让人意外，不过心里想和确知完全是两回事。安妮真的死了。

奥图尔还在他原本的职位上。多年前我所写的投诉信被彻底忽略了，或许他们根本就不会重视一个吸毒妓女的妹妹所提出的投诉。不过我写的那些信他都知道。当我去见他时，他咧开嘴冲着我直笑。

"哟，你来了啊。你可真是越来越漂亮了。"

我朝他嫣然一笑。通过几个月的模特经历，我自信了不少。我已经准备好要利用这种自信了。

"德克兰，"我喊了他的名字，"我只是想看看我姐姐的案子有没有什么新进展。"

"是吗？印象中你之前对我们可不太满意呀。我记得你还对我的调查方式颇有微词呢。"

"我知道，很抱歉，那段时间太艰难了，我当时神经都是紧绷着的。"

"的确是。"

"我听说穆尼警探去世了，真是遗憾。"

这似乎触动了他，他抬起一只手盖住了眼睛。

"的确是一场惨剧。年轻的詹姆斯，他是个好小伙。"

"他的确是个好人。我听说，关于谋杀我姐姐的凶手，他有过一个怀疑对象？"

奥图尔靠在椅背上回答道："这我可不知道。"

"是真的，是你跟他都查问过的一个人。"

"谁跟你说的？"

我摇摇头，并不打算透露我的线索来源。

"那都是穆尼自己脑子里瞎想的。他可会想象了。"

"我想知道那个嫌疑人是谁。听说是个位高权重的人。"

"唉，卡伦、卡伦、卡伦，你不能再这样下去了。都已经多久了？有五年了吧？根本就没什么嫌疑人，只是一些模糊的想法而已。"

"那么，那辆车呢？"

"哪辆车？"

"就是有人在安妮的公寓外面见到的那辆捷豹。"

"怎么了？"

"你们查到那辆车了吗？"

"没有。"

"你能告诉我那是辆什么型号的捷豹吗？什么颜色的？"

他举起双手，那个姿势的意思是他不打算帮我。

"你怎么能恩将仇报呢。当初你还把酒泼到我脸上呢。"

我强装出来的笑容渐渐消失了。他把这当成了一种游戏，正乐在其中。

"去你的。"

他大笑着说："瞧我们的红发小野猫又回来了，你藏在精致的妆容和发型后面我差点没认出来。你看起来不像从前那么廉价了，不过我估计要搞定你还是用不了二十镑。再高级的妓女也只是妓女。"

我转身走开时，依然能听到他在身后对我的嘲笑。

"反正他都已经死了。"他对我喊道。

我回过头问："谁？"

"就是穆尼怀疑的那个凶手，六个礼拜之后就死了。所以我猜你们算是扯平了。"

"是谁？"

他又一次靠在了椅背上，双手叠在脑后，朝他的裆部点了点头道："想要这种信息你可得付出点代价。"

这一次，我转身一直走下去没有停，直到我回到家，直到我摆脱掉对我们所谓的司法系统的愤恨和怒火。

就算他已经死了，我还是想知道那个杀人凶手的姓名。回到家，我翻出了从安妮失踪时我就一直保存着的那些新闻剪报。有些报道提到过那辆老爷车，我可以从这个入手。我给帮干洗店维修货车的那个人打了电话，我没有做任何解释，直接问他对高端老爷车有多少了解。他的回答是一无所知。不过他有个朋友是维修老爷车的，他给那个朋友打了电话看看是否能查到些什么。

德西回到家，想知道我为什么给他的修车工打电话。看样子，世上还真没有不透风的墙。我把一切都告诉了他，不过对于奥图尔对我的羞辱只是轻描淡写地一笔带过了。我原本以为，如果德西知道曾经有过一个嫌犯，他也会非常愤怒的。可他似乎对这个消息感到很生气。

"话虽然这么说，但这只是推断，只是猜测。你怎么就不能放下呢？你又不是南茜·茱尔①。如果连警察都找不到他，你凭什么觉得你就能找到？"

"因为我想知道究竟是为什么，这就是区别。"

"也许原因非常可怕。也许你还是不知道为好。"

"我只是要查出他到底是谁。"

"那你找到了又打算怎么做，把他从坟墓里挖出来？"

我简直不敢相信德西会如此刻薄。他怎么就不明白呢？

"我……我就是忘不了安妮。明明就有一个嫌犯，明明就有个杀人犯在逍遥法外，他也许早就不是第一次杀人，早就不是第一次毁掉别人的家庭了！"

"可他已经死了！"

"这一点我们并不确定。我不相信奥图尔，他就是个浑蛋。"

"你能听听你自己说的话吗？你是在说要去外面追查一个死掉的杀人犯。你知道这听起来有多么愚蠢吗？"

这是我们吵得最厉害的一次。我抓起我的包和外套跑了出去，重重

----

① 南茜·茱尔：二十世纪六十年代美国系列侦探故事中的主人公，是小镇上小有名气的少女侦探。——译者注

地摔上了身后的门。我必须告诉妈和爸。他们有必要知道。我给身在梅奥的妈打了电话，可她姐姐说她去做弥撒了。这并不奇怪。自从失去安妮之后，妈就像着了魔一样一天到晚往教堂跑，每天会做两到三次弥撒以祈祷安妮能平安回来，一旦缺席就会愧疚不已。我搭了公共汽车去爸家。

爸去年夏天被裁员了，现在每天晚上都拿着他的失业救济金去喝酒。我并不认为他真的是个酒鬼，他去酒吧只是排遣孤独。没了同事和家人，他非常孤单。他常随身带着晚报假装在看报纸。他因为不能很好地阅读感觉十分羞愧。我想正是因为这个，安妮上学时他才会对她如此严苛。他不希望安妮像他那么失败。

我敲了敲门没人回应，不用多想就知道应该去斯坎伦酒吧找他。他见到我很高兴，或者说，是周五下午的三品脱健力士让他非常开心。

"我美丽的女儿啊，"说着，他甩开一只胳膊搂住我，"她漂亮吧？"他对着酒吧男招待说道，后者尴尬地朝我点了点头。

也许我应该等到他清醒的时候再把发生的一切告诉他。自从伊冯娜把跟她儿子有关的信息告诉我以来，我没有把任何的进展情况告知我的父母，现在，我拉着爸在酒吧的一张角桌旁坐下来，把有关安妮的最新情况全部告诉了他，只省去了奥图尔对我所做的那些下流的暗示。

爸听完后，有一阵没有说话，接着他的肩膀开始抖动起来，眼眶也湿润了。他说道："都是我的错。我本该让她留下那个孩子的，本该把她们安全地留在家里的。"

我们被一个身穿条绒夹克的年轻小伙子给打断了。我留意到他一直和其他几个人坐在旁边的桌子旁。

"你们还好吗？"他温柔地说。我又是慌乱又是难堪，爸爸也深吸了一口气忍住了抽泣。

"谢谢你，"我说，"我们没事，只是些家务事。"

爸伸出他的手说："抱歉，我们很好，只是有点私事。卡伦，这位小伙子在我申请补助的那个失业救济处工作，就在这条路上。孩子，你叫什么名字？"

"劳伦斯，"那人说道，"抱歉打断你们，我只是注意到你有些难过。"

被他打断我有点生气，可当他跟我握手时，我看了看他的脸，那上面写着真诚的关心。

"卡伦，这位劳伦斯一直对我很好。卡伦是我的女儿。"

"你好。"

"你好。这样，我还是不打扰你们了。抱歉。"他退到一旁，重新加入了刚才那一桌人，我想那应该都是他的同事。

"对不起，亲爱的，但这实在太令人震惊了。即便这么长的时间过去，我仍然觉得有一天她会厚着脸皮走进这里，还找我要钱。我想，在我内心深处，早就已经知道会是这个结果。奥图尔说那男的已经死了？好吧，我想，这也算是一点安慰了。"

当听到爸这么说，我意识到奥图尔说的应该是实话，那个嫌疑人的确已经死了。我从伊冯娜那里了解到，如果詹姆斯·穆尼觉得有值得怀疑的理由，他一定会自己继续跟进这个案子的。穆尼是两年前才去世的。而据奥图尔所说，那个嫌疑人已经死了五年了。那他是怎么死的？他被埋在哪里呢？更重要的是，如果他真的杀害了安妮，那她的尸体又在哪里？

"我觉得你母亲会接受不了。你能不能别告诉她？"

爸说得没错。妈有她的信仰作为保护，无论这种信仰有没有事实依据。我没有理由告诉她实情，毕竟这样做于事无补。

我把爸送回了他家，给他煮了咖啡。我问他我能不能留在我的老房间住一晚。是我们的老房间，我和安妮的。他听了抬起了眉毛。

"你跟德西还好吗？"

"我不想说这个。"

"他打你了吗？他要是敢碰你一根手指头……"

"没有，不是那样的。我明天就回家。我只是需要一点点空间。"

我找了件妈以前的旧睡袍，然后走进了那间卧室。我打开收音机，以免让自己想起从前安妮是怎样用她鲜活的个性点亮整个房间的。电台里又在播放那首歌了，那首 Feed the World①。几周前在伦敦有一场为埃塞俄比亚饥民募捐的大型演唱会。最近电视新闻里全是关于这场饥荒的报道。新闻里播出了一些录像片段，里面那些孩子身材瘦小，四肢骨瘦如柴，肚子却鼓得像气球。我们也举办了一场慈善时尚秀来筹钱。其他一些模特去参加了伦敦的那场"拯救生命"②演唱会。我跟德西说过

---

① 歌曲名，直译为《拯救这世界》。

② 1985 年 7 月 13 日，在英国伦敦和美国费城同时举行了名为"拯救生命"的大型摇滚乐演唱会，这是一场横跨多地区的演唱会，活动旨在为发生在埃塞俄比亚的饥荒筹集资金。——译者注

想找两张门票并去那边过个周末，可是他又老调重弹，说要存钱买房，还准备要孩子。

我结婚太早了，伊冯娜说得没错。而我们之间的问题并不是年龄差距造成的。德西快要让我窒息了。他并不是适合我的那个人，这一点我早就心中有数，只是不愿承认罢了。抛开安妮的事不谈，他总想知道我的模特工作在哪里进行，是什么样的场所，会穿什么样的衣服。他要求拍摄一结束就给他看拍摄现场的拍立得照片，甚至还想认识伊冯娜。目前为止，我都成功地把他搪塞了过去。我感觉现在要对我的婚姻采取措施为时已晚。我必须得想办法再次爱上我的丈夫。

我想过要打电话告诉他我在哪里，可这意味着我又得起身下楼去门厅里用电话，而且会打扰到爸。拉开窗帘时，我低头看了看下面的街道，有一瞬间，我感觉好像看到了爸的失业救济处那个人正仰头看着我们家，可他马上就沿着街道走掉了。

第二天，我回到了家里。德西怒不可遏，吼道："你可以给我打个电话的。我都担心死了。有人失踪是什么滋味，别人不知道，你还不知道吗！"

我本来已经做好了道歉的准备，可这句话把我逼急了，我说道："我没有'失踪'。你要是真的担心，可以给我爸打电话啊。还有，安妮也没有'失踪'，她是被谋杀了。警察很多年前就知道了，他们只是觉得这事没有重要到非告诉我们不可。"

德西抓住我的肩膀要抱住我，我没有抗拒，因为我知道自己什么也做不了。

"对不起，亲爱的。"

"没关系，我们还是忘了这件事吧。"我说着，只不过，我并不打算就这么忘掉。

接下来的几个星期，手头的几份工作让我相当忙碌，不过我查到了其中一个亲眼见过那辆老捷豹车的女孩，还跟她见了面。她曾经跟安妮一起住在那栋合租房里。我记得她在巴格特大街上的那家 H. 威廉姆斯工作，于是我在那里找到了她。她对我冷若冰霜，还说如果当初她知道那房子里都发生了些什么勾当，她是绝对不会住在那里的。我猜她指的是卖淫的事。她说她已经把知道的一切都告诉警察了。先前我施展魅力，成功地从一个体味浓重的高端旧车经销商那里弄到了一些旧车宣传册，然后全拿给她看了。我们把范围缩小到了一九五〇年至一九六〇年期间生产的捷豹轿车。她说她只见过那个司机两次，但他看上去"很富有"，穿着细条纹西服，头上一顶软毡帽拉得低低的遮住了眼睛。她记不清他有什么其他特点了：他身材普通，印象中也没有络腮胡或是唇须。因为没有看见他的脸，所以她猜不出他的年龄。她说在大约六个月的时间里，她常见到那辆车停在房子旁边的拐角处，但不常看见那个男人。一次她正好看见他下车，还有一次是看到他在门口跟安妮道别。虽然她后来继续在那里住了一年，但自从安妮失踪后，她就再也没见过那个男人或是那辆车。我问她是否见过其他男人进出安妮的公寓，她回答说没有，她说她想当然地认为安妮是在别的地方开展她的"业务"。

　　我跟在德西的汽修工身后追问他那个维修老爷车的朋友，可他告诉我德西已经告诉他不必操心这件事了。德西又在擅自替我做决定了。这一次，我没有跟德西商量，坚持要拿到那个人的电话号码，他的名字叫弗兰基，在桑特里有一间修车厂。我打电话问他是否可以跟他见面问他一些问题，说我在找一辆特别的车，要在拍摄照片时使用。他并不如我希望的那样有用，一直忙着跟我调情。据他估计在都柏林大约有二十辆车符合我的描述。他只维修过其中两辆，一辆是汽车博物馆的，另一辆的主人是奥法利郡的一位八旬老人。他给我提供了其他一些专门修理旧车的汽修工的姓名和电话。

　　凭借这些我没有取得更多的进展。其中一个汽修工跟我兜了半天圈子，但他们都没能给我提供什么有用的信息。我陷入了困境。德西开始对我的行踪和我在做什么产生怀疑，我讨厌对他撒谎。

　　九月的一个星期六的清晨，德西躺在床上伸手过来摸我，我突然意识到，我不能继续跟他在一起了。昨天晚上，他拿着我们家电话账单明细质问我上面的号码是谁的。我甚至都不知道我们的电话账单上会有通话记录明细，我从来没想过要去查看。我说了谎，很拙劣的谎，然后他跟我对质说他已经查过那些号码，发现全是些汽修工和汽车经销商的电话。我们又争吵起来，他又一次指责我愚蠢、固执、无理取闹。为了维持家庭的和睦，我道了歉让了步，然后我们互相亲吻之后就和好了。可第二天早上醒来时，我却感到非常生气。其实我更多的是在气自己，气自己没有坚持自己的立场。我转过身去躲开了他的亲吻。

　　"这样下去不行，德西。我的意思是，我们之间不能再这样下去了。"

"唉，卡伦，别这样。真的，我已经都忘了。"

"是啊，可还是会有下一次的。我已经厌倦了。你一天到晚都在查我，还总是不事先打招呼就突然出现在我工作的地方去接我。"

他坐起身来，一只胳膊支着上身。

"你是因为我的货车觉得难堪，是吗？"

"天哪，德西，根本不是这么回事。你甚至没意识到你一直在控制我。还查我的通话记录？我的天哪。"

"你要是能跟我说实话我就不用去查了。"

我的挫败感越发强烈，嗓门也越来越高地吼着："我怎么可能跟你说实话，因为你总是走极端。你根本就是在命令我忘了我的姐姐！"

"又是这档子事。天哪。"

他下了床走进卫生间，我等着他，听着他尿完长长的一泡尿，很庆幸能有点时间让自己稍微平静一下。等到他回来的时候，我已经冷静下来，做好准备面对即将到来的狂风暴雨了。

"我不想再跟你在一起了。"

接下来的事发生得太快我毫无准备，我只看到他的手一瞬间朝着我的脸呼过来。我感觉到一阵风抽过我的脸颊。就在最后一秒，他把手放了下来，所以他并没有碰到我。德西的拳头很听话。如果他打算伤害我，他完全可以做到。可德西不想伤害我。情况恰恰相反。

他哭着求我，跟我道歉。他说他仰慕我，没有我活不下去。他非常害怕我会像安妮一样走错路。从前我在干洗店工作时，他知道我每天朝九晚五人在何处，也知道我跟哪些人打交道，可他很担心我做模特，为了陌生人穿衣打扮。他不知道我每天都见些什么样的人。

《太阳报》上曾经有些关于模特和毒瘾问题的文章，但他不明白，都柏林不同于伦敦。我也听说过伦敦的超模们吸食可卡因和饮用香槟，就好像这些快要过时了一样，但都柏林完全像是另一个世界，至少要落后十年。大多数女孩都是刚走出校园的中产阶级人群，不是在等着嫁人就是在挣钱上大学。她们比我年轻，连抽烟都要对父母隐瞒。从来没人给过我毒品，甚至香槟也没有。我曾经跟德西解释过这一切，可他对安妮的执迷并不比我少，只不过形式不同而已。他害怕他的妻子会变成一个吸毒者，一个妓女，一个谋杀受害者。他说反正离婚是违法的，我告诉他，我要离开他并不需要一纸文书。

那天晚上，打包好一个行李袋，我搬回了我爸家。爸爸很生气，可我跟他保证分手是我提出的，一听到这个，我感觉他开始有些暗暗高兴我能回家。

"爸，我不会回去的。"

"当然了，干吗要回去，这里明明就有个好好的空房间。"

安妮离开后的这些年里，我父亲变得比较和蔼了，不过虽然和蔼，却有潜在的酗酒问题。

德西频繁地打来电话，还直接到家里来想跟我讲和。可我此时的感受，除了愧疚和对未来的恐惧，更多的则是释然。我不用再为自己的行踪和举止做任何解释了，我不用再找理由解释为什么现在不是怀孕的好时机了，我不必再上交自己的收入存进"购房基金"。我之前贡献的那部分德西可以留着。我不想从他那里得到任何东西，只希望能结束我们的关系。当我在电话里告诉妈时，她非常生气。

"你找到这么个好小伙子还不珍惜。我们家的名声被玷污得还不够吗？"她认为我是被模特工作给扭曲了思想，无论我说什么都无法转变她的想法，"他对你那么好，你却这样回报他。当初听说模特这档子事，我就知道迟早会出乱子。"

我搭火车去梅奥见她，可她整个周末都待在巴利沃恩的教堂里，无疑是去为我不朽的灵魂祈祷了。当她终于开口跟我说话时，她开始责备自己当初离开爸爸给我做了不良示范。

"这真的跟你没有关系，妈。真的！"

她握着手中的念珠，将它们拨得咯咯直响。

搬回家住这个安排很适合爸，因为我可以在经济上分担一些家用，还可以打扫一下卫生，这些事男人们总是不注意。他把这个情况告诉了他在失业救济处的那位朋友，可劳伦斯对此似乎非常理解，还说这不会影响到爸的救济金。我现在收入很高，还可以时不时额外给爸一些钱，虽然我知道他可能到头来还是会在斯坎伦酒吧把钱都花掉。我跟爸说得很清楚，我只是暂时跟他住一段时间，等一切尘埃落定之后，我会去租一个自己的住处。不过就目前来说，我需要短暂地沉溺一段时间，想想自己的未来，想想我应该怎样去继续寻找杀害安妮的凶手，即便他已经死了。爸不喜欢谈论她。我想，是因为他心里的愧疚。

我跟爸一起去过几次斯坎伦酒吧，失业救济处那个叫劳伦斯的人经常和他女朋友在那里。他对爸非常亲切，甚至是很恭敬。跟他一伙的其他人一直待在酒吧的另一头，不怎么跟我们来往，不过劳伦斯总是会过来打个招呼。

一天晚上，他把我介绍给了他女朋友。我立刻就喜欢上了布丽吉特。她非常害羞和胆小，我的内心总是为这样的人感到同情，因为就在不久前我也是那个样子。她的一只眼睛患有严重的斜视，所以她总是把头侧向一边。我还记得当我还是个孩子的时候，总是想藏起自己的红头发。劳伦斯说她是个业余摄影师，于是我们就时尚摄影的话题愉快地畅聊了一番。我说如果她想组一本作品集的话，只要她愿意，我随时乐于为她担任模特，她却笑了起来，说那只是个业余爱好罢了。不过，劳伦斯倒是很鼓励她，跟她说应该接受我的提议。她一直说她不可能来麻烦我，不过我坚持留下了她的电话号码，说我下个星期会给她打电话。他非常支持布丽吉特把自己的爱好发展成一份事业，他的态度我很欣赏。他们之间的关系似乎非常轻松而愉快，这正是我想要的那种状态。

在四月一个阳光明媚的星期日下午，我在斯蒂芬绿地跟布丽吉特碰了面，那天她整整用掉了三卷胶卷。我喜欢她拍摄的作品。她不仅没有一名专业摄影师所配备的各种设备，而且连一间工作室也没有，但她知道如何去平衡树木之间透射出的自然光，也懂得怎样把一只优雅地滑入镜头的天鹅考虑到构图中去。相机背后的她比平日自信很多。她让我尽量不化妆，并穿上白衣。她带了一条长长的白纱，用来披在我肩上或是作为面纱。她很清楚自己需要什么效果，我也非常兴奋，想看她拍出的照片是什么样子。劳伦斯也来了。他带了野餐来，还帮着布丽吉特摆弄她的东西，甚至还时不时把她扛到肩上以取得更好的拍摄角度。

照片全部拍摄完之后，我们铺开毯子，一边吃着苹果和火腿三明治，分享着一壶茶，一边看着人们来来往往，恣意享受一个快活的夜晚。这一整天都非常美好，可紧接着一切都被破坏了。

我看见他走近，但他穿着 T 恤和牛仔裤，我一开始没有认出来。从前每次见面，他都穿着西装。当着布丽吉特和劳伦斯的面，他扯着嗓门说："哟哟哟，这不是红发牢骚鬼吗？"

"奥图尔。"

"叫我德克兰。现在都开始搞三人行了，是吧？"

"我只是在跟朋友一起野餐。你没有什么重大犯罪需要置之不理吗？"我也不知道自己哪里来的胆子这样去讽刺他，也许是因为我觉得自己有了后盾。

劳伦斯注意到了我们语气中的敌意，他站起来向奥图尔说："你有事吗？"

奥图尔看着他："我认识你吗？"他说话的语气非常吓人，劳伦斯也畏缩起来，回到了草地上坐着。

"你想干吗？"我说。

"只是跟一位未来的囚犯打个招呼而已。我很惊讶，这样一个夜晚，你竟然不在运河那边。你去那边生意会好得多。"

"滚开！"我对他怒吼道。

接着，他悠闲地吹着口哨，得意扬扬地走开了。

"那人是谁？"布丽吉特说。

我难堪极了。我不该想着跟他争个高低输赢的。眼泪涌了上来，我看到劳伦斯静静地凝视着我。布丽吉特挪过来伸出手臂搂住我，接着，就在那样一个公园里，当着这两个我并不熟悉的人，再加上周围转过头来看是谁在哭泣的那些陌生人的面，我压抑多年的沮丧如同溃堤的洪水一样倾泻而出。布丽吉特开始折起毯子，并对劳伦斯说："带她去尼瑞酒吧吧。我收拾好东西就跟过去。"

我不假思索地跟着他离开公园，来到了格拉夫顿大街。他牵着我的手臂，温柔地领着我朝着那间酒吧走去，他什么也没问，我努力让自己冷静下来。他递给我一张刚洗过的手帕。来到酒吧，劳伦斯把我安顿在一个角落里，然后去了吧台。等他回来时，布丽吉特也到了。

"那个人是谁啊？"布丽吉特说。

"卡伦要是不想说就不必说了。"

"他……他是本应负责调查我姐姐失踪案的警长，可他根本就没把她放在心上。"

在我和德西的整个婚姻里，我们似乎一直生活在一个气泡里。我们几乎不跟任何人交往。我们满足于只有我们两个人的世界，只是偶尔跟隔壁那对夫妇一起喝一杯。德西不喜欢我晚上去城里见朋友，因为他觉得那样不安全，即使是偶尔有几次我去了，他也会在十点夜晚才刚刚开始时就把我接回去。于是过了一段时间之后，我的朋友们也不再邀我出去了。在我离开他之后，我意识到我连一个属于自己的朋友也没有了。从前在干洗店里跟我要好的那些女孩仍然跟德西共事，但自从开始跟着伊冯娜工作以后，我就很少跟她们联系了。那都是我的错。所以，说真的，我没有可以倾诉的人。但如今，在这个酒吧里，我面前有两个我的同龄人，而且是好相处又正派的人。劳伦斯看上去要比布丽吉特出色许多，但显然他并不介意。布丽吉特则是个跟我一样的平凡女孩，做着一份办公室工作，想要进一步发展自己的爱好。我感觉我可以信任他们，于是便把一切都告诉了他们。

我一边向他们讲述安妮的故事，一边观察着他们的面部表情。我把一切都和盘托出，包括她在学校期间学习上如何困难重重，还有她怀孕的事，以及圣约瑟夫后来如何夺走了她的宝宝玛妮，还有她的毒瘾和卖淫问题，加上她失踪和可能被谋杀的事，还包括奥图尔和他那恶心的态度，还有我对那辆旧车所进行的调查，以及穆尼认为凶手是个备受关注的人，而且在谋杀案后不久就去世了。

布丽吉特吓得目瞪口呆，但劳伦斯的反应让我很意外。我刚开始讲述时，他一直盯着他的酒，可随着我慢慢说下去，他的肩膀开始颤抖，到最后，他抬起头来，眼里满是泪水。

"我的天哪，这实在太糟糕了！"布丽吉特抱着我说，"我从没听过这么可怕的事。我都无法想象你这些年是怎么应付过来的。我的老天！"

劳伦斯只是说："我真的非常、非常抱歉。这实在是……骇人听闻。我非常抱歉。"

"请别这样，"我说，"这不是你的错。这是场悲剧，但我就是无法释怀。警察没兴趣帮我，所以我得自己解决。"

"老天哪，我们会帮助你的，对吧，劳伦斯？"布丽吉特说，"我们办公室有电话，可以趁午餐时间给其他的修车厂打打电话，对吧？另外，劳伦斯，你整天待在图书馆，你能想想办法怎么去查找报纸档案吗？看看有哪位大人物在安妮失踪的几个星期后去世了。"

我根本没想过还可以这样做。劳伦斯点点头，然后又起身去了吧台。

"你别介意，他是个很敏感的人。不过我们会帮你的，我保证。我真不敢相信那个警长竟然那样跟你说话，就好像你是……"

"是妓女？"

"真是个彻头彻尾的浑蛋。你应该投诉他，或者给报纸写信，反正得做点什么，知道吗？"

"我当时就投诉过了，却被无视了。而现在我的经纪人认为如果我把这些事公之于众，会危害到我的事业。但假如像你说的，你们两个能帮我的话，那就太好了。"

"我们当然会的。"

劳伦斯端着酒回来了。我举杯敬了安妮一杯酒，他们也跟我一起举了杯。很久以来，这是我第一次感觉自己有了朋友，有了同盟。

13. 莉迪亚

"他不可能认出你来。当时你比现在要胖二十五公斤，而且年轻五岁。"

"他想不起我是谁，但他认出我了，我知道他一定认出我了！"

劳伦斯一直对我保守着秘密，这让人深感不安。一天晚上，他跟布丽吉特一起出去后，面色苍白浑身颤抖地回到家。他承认他跟那个死掉的妓女的父亲交上了朋友，更糟糕的是，他坚信安妮·道尔的妹妹正在亲自调查安妮的失踪案。劳伦斯非常害怕，因为她已经接近了真相。

"她会发现凶手就是爸爸的。她知道得已经很多了。"

他把布丽吉特和那个女孩留在了酒吧。我想要弄清楚她都知道些什么。劳伦见到的那个警长奥图尔，就是多年前在阿瓦隆门前查问他的那个人。看来他的副手穆尼曾经怀疑过安德鲁，但在安德鲁死后这件事也就不了了之了。

"可你究竟是怎么认识这个女孩，认识她父亲的？你为什么不离他们远远的？他们不是你该交往的那种人。"

劳伦斯听了我的话很惊讶，我意识到我应该注意下自己说话的方式。

"妈妈，你还不明白吗？我们应该尽一切可能去帮助安妮·道尔一家。爸爸杀了她，她就埋在我们厨房的墙外，而我还在她的坟墓上面压了一块混凝土板子还装了个该死的鸟池上去。我努力想忘掉这些，原本大多数时候我都好好的，可就在一年前，安妮的爸爸到我们救济处来登记，我认出了他，然后慢慢对他有了一些了解，妈妈，他是个正人君子。"

我递给劳伦斯一杯威士忌。

"亲爱的，你真的不应该跟这些人来往，这些吸毒者、妓女，跟他们为伍有失身份。你明白吗？"

"那跟谋杀犯呢？也有失身份吗？"

我非常愿意跟劳伦斯解释他的父亲不是个普通的谋杀犯，他只是在重压之下犯了个错误而已，而那个女孩根本就无关紧要。就算她还活着，也不会对这个世界有任何贡献。如果她父亲靠失业救济金过活，那么她的家人显然也都是些游手好闲之徒。当然我并不是说她不配活着，我完全没有这个意思，可谁又会真的怀念她呢？

"劳伦斯，无论发生什么，你一定要记住，你父亲是个好人。我相信这只是个愚蠢的意外，只不过结果不幸导致了死亡而已。你父亲召妓女这件事我非常怀疑。他根本不是那种人，而且他很爱我，这你是知道的。你千万不能把他当作一个杀人凶手来看待。谁知道那女孩被牵扯进什么样的麻烦里边了？她不是个海洛因吸食者吗？海洛因是一种非常非常可怕的毒品。很可能是你父亲想帮助她。他经常帮助别人，但对自己的慈善行为从来不声张。我相信她死的时候他一定只是在想办法帮助她，也许她是死于吸毒过量，而他把她埋在这里只是为了避免引起丑闻。"

劳伦斯坐在那里看着我。我知道他认为我只是不肯面对现实而已，我知道他对我的话一个字也不相信，但我也知道，为了我他会顺从我的意思。

"可是妈妈，这个叫卡伦的女孩，也就是安妮的妹妹，她是不会放弃的。她迟早会发现的。而且她是那么……"

"你一定要想办法阻止她。"

"布丽吉特已经说了我们会帮助她了。"

"既然如此，你正好有机会给她提供错误的信息，把她指向错误的方向。"

"妈妈！"

我生气地提高了嗓门。我很少这样做，我告诉他："劳伦斯，我是想保护你。如果这件事败露，你会坐牢的。"

他意识到我说得没错，所以闭上了嘴。于是我换成柔和一些的语气。

"亲爱的，我们一起来想想。安妮·道尔已经失踪近六年了吧？"

"对，五年半。"

"可是没有任何证据证明她已经死了对吧？"

"据我所知应该没有，但有个警察认为爸爸……"

"别管那个。她有没有银行账户或是邮局储蓄账户，你知道吗？"

"不知道。怎么了？"

"因为我们可以让她复活，以她的名义给她妈妈寄封信。"

"什么？"

我一边说着，一个主意一边在我脑子里形成。安妮没有死，也许她决定要整理好自己的人生，戒掉毒品，然后搬到一个没人认识她的地方重新开始。她在乡下过着正常的生活，但不想跟人联系，以免想起她从前的生活。这简直简单得惊人。当劳伦斯冷静下来后，他也看到了这个主意的明智之处，虽然他说这样很残忍。但再残忍也比不上安妮·道尔对我们所做的事。

"可是劳瑞，让他们以为她还活着不是更好些吗？这对他们会是非常大的宽慰。我们是把他们的女儿还给了他们，这是种仁慈善举。她会给他们写信的。"

对于劳伦斯跟道尔一家交朋友这件事，我改变了主意。人们不是说吗，知己知彼才能百战百胜。我鼓励他跟他们多接触，获取他们的信任，在实施我们的计划之前，要尽可能多了解安妮，与此同时，他可以给他们提供一些假消息。他已经答应了要去《爱尔兰时报》办公室查一下一九八〇年十一月十四日之后那几个星期里曾刊登过的讣告。他可以趁机把安德鲁的名字从他查出的名单中略去。他可以控制卡伦的调查，在表现出同情的同时，又不可过于热心。也许他可以假装对卡伦个人产生了兴趣。

然而，对于这个建议他似乎感到很不安。

"我不能那样做。她是布丽吉特的朋友，而且布丽吉特一直在问我什么时候能跟你见面，问我什么时候去阿斯隆见她父母。"

"阿斯隆？我的老天。"这时，我突然想起了什么，"其实，我觉得你应该去。你可以从那儿寄出安妮的信！阿斯隆简直太完美了，从那里寄出的信可能来自任何地方。那地方正好在全国的正中心。"

他眉头紧锁。我异常兴奋。这是一项需要我和劳伦斯共同完成的任务，这无疑会更加拉近我们的距离。

在接下来的几个星期里，劳伦斯和布丽吉特经常跟卡伦见面，一起讨论她查到的有关安妮的线索。我鼓动劳伦斯把他获得的信息全部带回家来，我们可以结合两个人的智慧来决定如何最大程度地利用这些信息。跟我推测的一样，安妮没有那种存款数额一直没动过的储蓄账户，体现不出她已经死了，同时也没有任何证据表明她没有搬到其他地方重新开始她的生活。我们得做成像是她走得很匆忙的样子。劳伦斯带回家的最关键的一样东西是一本旧日记，上面是她可怕又孩子气的字迹，就像个半文盲写的。我看得出安妮把安德鲁付给她的钱做了登记，列在了字母J的下面，大概是表示法官。那小贱人估计一直都知道他是谁。卡伦把这本日记托付给了劳伦斯，好让他去查上面的地址和电话号码。本子里面夹着一封信，是安妮写给她送去领养的一个孩子的，当我看了这封信，我对她仅有的一点同情也荡然无存了。她曾经怀过孕，而且是意外怀孕。她知道安德鲁和我迫切地想要并愿意花钱买个孩子，可她居然已经送掉了一个。她可真是个可悲的东西。

不过，这个本子给我们提供了塑造一个新安妮·道尔所需要的一切。我开始以安妮的身份写信，还用上了她那种书写和语法错误，可是我发现我写出来的笔迹缺乏说服力。劳伦斯重重地叹了口气，接过了我手中的笔。原来，他非常擅长伪造字迹。他说卡伦称她母亲为"妈"，于是推测安妮一定也是用的同样的称呼。于是我来说，他来写。

> 亲爱的妈：
>
> 很抱歉过去几年让你担心了，但我遇到了些麻烦，就是高
> 利代（贷）、堵（毒）品之类的，我不得不冲（匆）忙离开，
> 去一个心（新）地方从（重）新开始我是人生。我知道警察在
> 招（找）我，但我在警方那边也有些麻烦。所以这些年一只（直）
> 在多（躲）着，不过妈我现在改好了，也过得很好，你要是
> 看见我会为我交奥（骄傲）的。孩子的事情之后我大（太）
> 伤心，我努力想忘己（记）她，可你也知道爸是什么样的人。
> 他觉得大（太）丢人。我希望他一切都好。告诉他不要担心我，
> 我很抱歉带来这么多麻反（烦）。告诉卡伦我也爱她。我爱
> 你们大家，但我现在的生活好多了。别来召（找）我，因为
> 这样没有意乙（义）。我不会回来的妈，但我在这里非常开心。
>
> 爱你的安妮
>
> 我现在用的是令（另）外的名字了。

劳伦斯对其中一些内容有些拿不准。他坚决反对提起她父亲觉得她
丢人的事，可毕竟我们得考虑真实性。高利贷的那部分是我的主意，这
样能把那本日记里的大额资金解释为欠款，而不是她从安德鲁那里收的
钱。警察曾经下流地暗示可能有个客户付钱给她让她做一些变态的事。
劳伦斯想把这封信写成给卡伦的，可我觉得这样说不通。每个孩子最亲

近的都是自己的妈妈，而不是其他人。他希望能在信中更多地提到卡伦，但我指出安妮这么没文化，写信一定非常困难。她绝对不会写任何多余的话。一句爱的宣言应该足以满足那个妹妹了。

我能感觉到这一切让劳伦斯备感压力。我再三安慰他说我们这是在做一件善事，告诉他他是个好人。他已经变成了一个非常帅气的小伙子，就像他爸爸年轻时候一样。这只是人生中我们需要共同跨越的又一个难关而已。

14. 劳伦斯

我爱上了一个人。这是我第一次彻头彻尾地坠入了爱河。我不知道这是不是因为她和安妮之间的关系。我倒宁愿认为我无论如何都会爱上卡伦。在斯坎伦第一次见到她和她父亲时,我的胸口就猛然一颤,好像心脏要跳出来似的。她跟我从新闻剪报上所熟知的那个蓬头垢面的女孩没有丝毫相似之处。

原来,当时她正把有关安妮的坏消息告诉她父亲。她对他说话的时候如此温柔,眼里充满了关切,一下子触动了我。我跟布丽吉特坐在酒吧一角,观察着这个不可思议的女人,猜测着她究竟是谁。

当格里跟我介绍说她是他的女儿时,我的胸口又是一颤。我父亲究竟给她造成了多少痛苦?她抬头看着我笑了笑,我根本不知道我们对彼此说了些什么。那天夜里我跟踪他们回到了格里的家,还差点被卡伦发现我正仰头隔着窗户凝望着她。

卡伦和布丽吉特很快就成为密友,这让情况变得更复杂了。我时常听到关于卡伦的消息,她去了哪里,在做什么。卡伦对布丽吉特表现出的兴趣让后者受宠若惊,也让我很妒忌。当然是妒忌布丽吉特。我发现自己很难不去比较这两个女人,我还在继续跟布丽吉特交往,但真正的原因是，如果不这样，我就见不到卡伦了。可是我开始对布丽吉特变得急躁、不耐烦，但我从来不会当着卡伦的面这样。卡伦在的时候，我是个十足的绅士。我就像条宠物狗一样围绕在她们身边，我非常了解卡伦脸上那偶尔一闪而过的痛苦是什么原因造成的。我理解她内心埋藏的悲伤，对她痛失亲人的心情我感同身受。

从布丽吉特那里，我得知卡伦觉得她的模特事业有些荒唐。她很感谢这份工作带来的收入，但她并不觉得自己很美。这在我看来太奇怪了。她美得惊天动地。当卡伦和布丽吉特并肩坐在一起时，我忍不住联想到《美女与野兽》。卡伦从来不会拿自己的美貌装腔作势。她刚跟她丈夫德西分居了，不过仍然用的夫姓。我很惊讶一个跟我同龄的女孩竟然已经有前夫了。据布丽吉特说，卡伦觉得自己结婚太早。她并不怨恨她前夫，但是希望他不要再给她打电话，不要再试图跟她重修旧好。

接着有一天，布丽吉特给卡伦拍完照之后，我们在公园里野餐，奥图尔警长从旁边经过，当着我们的面羞辱了卡伦，然后她把安妮的事全告诉了我们，比我从前所知的要多得多。现在我知道为什么那条手链上刻着"玛妮"两个字了。卡伦几乎已经接近真相了，当布丽吉特答应我们会帮她的时候，我紧张得快吐了。我一下子慌了神。我必须告诉妈妈。

我母亲对于所有问题都有解决办法。她显然对爸爸的所作所为完全处于否认抵触的情绪中，但妈妈最关注的是如何保护我。她打算让卡伦和她的家人以为安妮还活着，这计划令我十分震惊。这似乎太过阴险残酷，可我知道妈妈并不是这样的人，而我也希望能给他们一家带去些安慰。况且这样能让我免受牢狱之灾。

我从前的伪造技术得到了善用。我不能告诉妈妈我爱上了卡伦。社会阶级对我母亲来说太过重要。我甚至从没带布丽吉特来见过她。

我想，从阿斯隆寄出安妮那封信这个主意是合理的。如果在收到信之后他们去寻找安妮的话，他们一家就得找遍整个宽广无垠的内陆地区。

布丽吉特原本已经放弃让我去见她家人了，所以当我主动提出时，她非常高兴。准备工作提前几个星期就开始了。登门拜访的日期很巧合地被安排在了七月安妮生日那天。布丽吉特和她妈妈每天通信商量着到时候的"安排"。布丽吉特有两个妹妹，都住在他们家那栋有三间卧室的房子里。在我去拜访的这两个晚上，她们两个会共用一个房间，布丽吉特睡楼下的沙发，而我则睡在布丽吉特小时候的卧室里。布丽吉特说我们要假装都还是处子之身。她妈妈显然心里紧张得如同一团乱麻。我吃鱼吗？因为他们星期五一贯吃鱼。他们换掉了窗帘来解决卧室的通风问题。我会跟他们一家一起参加周日早上的弥撒吗？我会跟布丽吉特一起去当地的疗养院看望她的祖父吗？整个行程都被一一安排妥当。我感觉自己像是要去觐见皇亲国戚一般。我不知道布丽吉特是怎么跟他们说的，不过显然我的到访计划引起了一阵轰动。我讨厌这么大惊小怪。我极力克制自己不要对布丽吉特的兴奋劲感到恼怒。

我母亲觉得我要离开两晚很不合理。

"两晚？在阿斯隆吗？你在那儿能干什么？"

"我不知道，妈妈，可是周五晚上去，周六就走，会很不礼貌。"

"我从来没去过阿斯隆。"

"你哪儿也没去过。"

她气呼呼地说："你只需要寄出这封信而已，要不然搭周日一早的公共汽车回来？"

"我试试看吧。"

"再多带件毛衣吧。乡下总是很冷。"现在可是七月。我想她怎么也应该出过都柏林吧。

星期五下班后，我们搭公共汽车出发前往阿斯隆，车上还有许多农村移民沿着这条路线去往中部地区，或是更西边的戈尔韦，他们肩上扛着一袋袋脏衣服，进行着他们每周一次的回乡之旅。我把那封信放在衣服内兜里，准备一有机会就寄出去。布丽吉特为我两小时的车程准备了三明治，还买了糖果，按计划大巴中途会在金尼加德停车让大家上厕所。随着我们渐渐驶出城市，她的相机一直咔嚓按个不停，一路上她兴奋地聊着天。

"你知道吗，在都柏林以外的地方，晚餐被叫作喝茶，而午餐叫吃饭。而且人们在每一餐，还有两餐的间歇，甚至睡觉前都会喝茶。约瑟芬十四岁，非常吵闹，不过你不用回答她的任何问题，莫琳正在准备高中毕业考试，所以她整个周末都会泡在书本里。爸爸不会多说什么，但妈妈是非常虔诚的教徒，她会想知道你的教区牧师是谁等。"

自从爸爸死后，我和妈妈就不再参加弥撒了。我们一直不喜欢去。我们的教区牧师来过家里叫我们回去参加，我们保证说会去，不过后来因为各种事情始终没去成。

"这样啊，那你可别告诉妈妈这个！她会犯心脏病的。"

当我们在阿斯隆下车后，一个人从车站的人群中钻出来，她裹着头巾，穿着一件扣子扣到脖子处的雨衣，一个手袋（塑料的）挂在她的胳膊肘上。她用力地抓住布丽吉特的肩膀紧紧抱住她，然后转过身来面对着我。

"你一定是劳伦斯吧。我们很高兴你能来，很高兴，非常高兴！我今天早上还跟布丽吉特的父亲说呢，我说，终于能见到布丽吉特的男朋友了，这太好了，不是吗？我对布丽吉特的父亲说，毕竟你们已经稳定交往了挺长一段时间，挺长一段时间了呢。"

她很紧张。我猜通常情况下，处在我这个角色的小伙子才应该是接受考察的人，可就目前的情况来看，她显然觉得被评判的人是她。我所有的紧张感都烟消云散了。

"很高兴见到你。我经常听她说起你呢。"这也许是实话，不过我只记得布丽吉特在车上跟我说的那些。

高夫太太抱歉地说要走十分钟才能到家，当我提出要连布丽吉特的包和我的一起拿的时候，她赞叹不已道："你现在就是个真正的绅士，真正的绅士就是你。"

他们的房子是一栋灰色的房屋，在一条狭窄的街道上，夹在一排灰色房屋的中间。一扇木质的前门像哨兵一样竖在一扇窗户旁边，上方另有两扇窗户俯瞰着我们。每一扇窗户前面都挂着窗纱，虽然这房子没什么东西值得人好奇往里看的。

布丽吉特家房子的内部并没有改善我对这里的印象，只能用单调乏味、平淡无奇、苍白无趣和狭小局促来形容这个家给人的感觉。我一向很清楚自己家住的是一所大宅子，但我没想到小房子会感觉如此……怎么说呢，如此小。站在前门，就能看到房子的后墙。房子里有一间前厅，一间后厨房，右边是一道狭窄的楼梯。到处都是布丽吉特拍的照片，有的照片被裱在客厅的相框里，有的被用透明胶带粘在厨房里的冰箱门上，还有的被塞在了墙上镜子的镜框里。我们把行李包放在了楼梯底下，然后被领进了厨房，厨房里充斥着浓烈的煮白菜的味道，从午餐时间起就一直在我的小肠里打转的鸡蛋三明治差点倒灌上来。"赶紧进来避避寒，水刚烧开不久，你喝杯茶。"这是个陈述而不是邀请。旧炉灶旁边有一把满是污渍的后背笔直的扶手椅，我被迫坐在了上面。这显然是"父亲的椅子"。

两个相貌平平的女孩，也就是布丽吉特的妹妹们，正坐在厨房案桌上写作业。高夫先生这会儿在斯拉尼酒吧，不过七点半会回来"喝茶"。为了等我到达，喝茶的时间被推迟了。

最小的妹妹看了我一眼，然后责备地对布丽吉特说："他明明就很好看啊，你却说他很胖！"于是莫琳往她的脚踝踢了一脚："乔西！太没礼貌了。"

"我曾经非常胖。"我回应着来缓解慌乱的气氛。

"对啊，你有点胖，不过还不是特别胖。我还以为你会是个大胖子呢。"乔西说。

"乔西！"布丽吉特、莫琳和高夫太太异口同声地喊道。

"我只是在重复布丽吉特跟我们说的话而已。她说的他很胖而且很贵气。"

布丽吉特一脸尴尬。

"姑娘们，你们去楼上写作业吧。"她们的妈妈说道。她们结伴走开了，嘴里抱怨着在楼上学习太冷了。"穿件套头衫！"高夫太太在她们身后喊道。

布丽吉特跟我坐在煮白菜水冒出的蒸汽里，高夫太太跟我们说着话。

"那个，劳伦斯，听布丽吉特说你工作非常出色是吧？"

我彬彬有礼地回答着她的问题，但心里有一股火在慢慢升腾。看来布丽吉特虽然从来没有当面提起过我的体重问题，但她其实也用这个来评判过我。她喜欢的本该是我这个人。她表现得很爱我的样子。是，她刚遇见我时我还很胖，可她的家人对我的第一印象竟然是这样的。我心里感到一阵屈辱，同时还有怨恨。布丽吉特长得也不怎么样。她根本比不上卡伦。

高夫先生七点半准时到家时，饭菜已经上桌了。这是个传统的家庭。高夫先生上下打量了我一番，用力地跟我握了握手，然后一直盯着自己的鞋子，几乎没怎么说话。这会儿厨房案桌上铺上了一张白色的桌布。

"我们只有在圣诞节才铺桌布呢！"乔西大声叫道，接着她在桌子底下被踢了一脚，"哎哟！"她大叫了一声。

几个月以来，这是我第一次感觉胃口大开。我把分给我的食物吃了个精光。接着给我的第二份、第三份、第四份也被我一一消灭了。看着最后一勺土豆泥被舀进了我的盘子里，高夫先生开始注意我了，而高夫太太则起身去另给我再炸了一份鳕鱼片。我装作没有注意到他们惊讶的表情。吃甜点的时候，我吃掉了半个巧克力瑞士卷，只剩下另外半个给这一家人去分，等所有碗盘被收拾干净后，又上来了茶水，我询问有没有饼干可以吃。于是莫琳被派到商店去买饼干了。这下就连乔西也吃惊得说不出话来了。现在布丽吉特可以议论她的胖子男朋友了。

喋喋不休的问话简直让人想发疯。我喜欢看什么电视节目，平时都看什么报纸，有什么喜欢从事或者关注的体育运动？我的回答全与这家人的期望格格不入。这次拜访进展很不顺利。为了避免更多尴尬的对话，他们打开了电视机调到《九点新闻》。阿尔斯特某些地区仍然在反对《英埃协定》。安德鲁王子在英格兰迎娶了一个胖女孩，而克里斯·蒂伯的那首《红衣女郎》①破了某个纪录。"还弄破了好些唱片机呢。"说着我笑了起来，可他们一个个都一脸困惑，根本没听懂这个笑话。新闻结束后，高夫太太提出到了颂念《玫瑰经》的时间了，于是全家人都双膝跪地，手里握着一串串念珠。高夫先生不想让我感觉自己被遗忘了，于是递给我一串"富余"的黑木念珠。我跟着这家人一起嘟哝着念着经文，但我很明显地表达出自己不太习惯这种仪式。即便在我父亲还活着的时候，我们家除了周日弥撒，也没有其他任何虔诚的宗教活动了。讽刺的是，印象中父亲好像从来没去忏悔过。而他，是最需要忏悔的人。

那时候，想到我爸爸，我便把自己那个杀了人，又不诚实的家庭和布丽吉特的家庭做了个比较，我并没有感觉自己家高人一等，而是意识到这样一个全家跪在一起祷告，还对一个陌生人敞开欢迎的大门的家庭是愉快而单纯的。我刚才的行为那么过分，而且还不肯花心思好好跟大家相处，这实在让我很惭愧。布丽吉特正好迎上了我的目光，于是我真诚地对她报以一个微笑。

---

① The Lady In Red，克里斯·蒂伯创作的一支单曲，发行于 1986 年。

194

当大家都上床睡觉后，我们有了一点短暂的独处时间。"别耽误太晚了！"高夫太太在楼梯上喊道，显然她是担心要是没人监督我们可能会干点什么。

布丽吉特又往壁炉里扔了一卷干草皮。

"劳伦斯，你为什么……为什么要在他们面前那个样子？你就不能配合一下吗？难道你不想让他们喜欢你？"

"布丽吉特……"

"不，别打断我，你为什么要那样吃东西？我从来没见你吃过这么多。你为什么那样做？你没看见我爸爸都不够吃了吗？我不明白。"说着，她的眼里泪汪汪的。

我要怎么解释自己内心的那股恶意呢？我要怎么告诉她，我是在为她说我胖，为她有一个正常的家庭，为她不是卡伦而报复她呢？我为什么要对这样一个从未伤害过我，一直对我那么好的女孩如此恶毒呢？

我摇摇头说："对不起。"

"我……我爱你。我也希望他们能爱你。"

可怜的布丽吉特。她爱我。她那只正常的眼睛快要看穿我的灵魂。我伸出手抚平她的头发，然后吻了吻她的嘴唇。

"等明天，我会更加努力的。我保证。"

那一晚在布丽吉特儿时的卧室里，我睡得并不好。我在担心什么时候才能有机会单独溜出去寄出那封信。我的胃里直犯恶心，鸭绒被又满是疙瘩。布丽吉特搬走后，这个房间就被莫琳占用了，不过很显然，这个家庭素来与特权或是财富无缘。家具都很廉价，新窗帘也十分单薄。房间里的一切都是功能性的，没有空间来做任何的装饰，只有书架顶上的一个水晶雪球，也许是之前某次圣诞节的礼物，还有就是几幅必须挂上的圣像。这间屋子里没有暖气，不过它位于前厅的正上方，所以楼下壁炉的余热让冷空气稍微没那么刺骨，高夫太太还很周到地准备了一个热水壶。他们尽了最大努力让我能感觉舒适些。我下定决心第二天一定要做个更好的男朋友。

星期六开得很顺利。早餐时，高夫太太在我的盘子里高高地堆上了许多培根和香肠，不过我喝了一升左右的水来减轻自己的食欲，而且也没有再像前一晚那样狼吞虎咽了。布丽吉特聊起了她的新朋友卡伦，还给她妈妈看了一些她给卡伦拍的照片。

"哎哟，这女孩还真是漂亮得不得了呢。瞧这张照片，都可以上杂志了，是吧，莫琳？"

的确如此。这不是专门摆拍的照片，却是拍得最美的一张。这是一张特写，照片中卡伦坐在斯蒂芬绿地那张毯子上，手里正在拧开水壶的盖子。她听了我说的某句话正哈哈大笑。她美丽的秀发跟身后树木盎然的春绿形成鲜明的对比，她看上去非常自然毫不做作。当时正好是被那个警长打扰之前。布丽吉特以为其中一张照片在一两周之前丢失了。其实它被藏在了阿瓦隆，就在我的写字台背后那面墙上的一个洞里。

高夫先生礼貌地问起了我们当天有什么安排。布丽吉特说我们要去看乔西的板球比赛，然后去城郊的一家疗养院看望她的爷爷。我开心地笑着，仿佛我没别的事情要做似的。我能感觉到他们渐渐对我产生了好感。对我而言，这并不太难。他们本来就比较慷慨大方，可我意识到我很难有机会独自跑去找邮筒。

　　站在一块卡莫奇球场边缘，我在严寒中挣扎着保持温暖。这项运动在我看来跟其他所有运动一样，都平淡无奇。一群汗流浃背、满脸通红的好斗的年轻人挥舞着球棍在泥地里跑来跑去。比赛结束后，我们带着乔西去了一家咖啡店。

　　"你最好了，是吧，劳伦斯？"

　　"是的。"我表示赞同。

　　"你今晚又打算吃那么多吗？如果是的话那妈妈就得再去趟商店了。"

　　"乔西！"

　　"我只是问问而已。"

　　"不会的，我也不知道我昨晚是怎么了。我想我可能有点代谢紊乱。"

　　"代谢……什么？"

　　"乔西，请你别再找劳伦斯麻烦了。"

　　我编了个半真半假的故事，说我的身体无法计算所需的食量，这就意味着有时候我会极度饥饿，不过我向她保证这种情况很少发生。

　　"天哪，来这里第一晚就发生这种情况，你一定觉得很丢脸吧。别担心，晚一点我会跟妈妈解释的。她只是担心家用钱撑不过这一个星期。"

　　"对此我真的很抱歉。"

　　布丽吉特对我充满了感激。

　　之后，我和她朝着罗斯康芒路步行了半小时去见她爷爷，沿路经过了两个邮筒。可我不敢停下来。这是一座公立的疗养院，十分阴冷。布丽吉特的爷爷坐在一张高背椅里，他跟旁边其他一具具躯壳一样，都曾经是一个个鲜活的人。布丽吉特给他手上的黄褐斑和旁边的茶水车拍了照。爷爷认不出布丽吉特是谁，但布丽吉特耐心地跟他说着话，回答他不断重复的相同的问题："你是彼得吗？爸爸呢？你要回家了吗？彼得在哪里？"

布丽吉特向他介绍我道："爷爷，这是劳伦斯，我的男朋友。"

然而爷爷一直没有转过头来看我，直到我们准备离开时，他突然莫名其妙地转过来看着我，在盯着我看了几秒之后又转回头看着布丽吉特。"我不喜欢他。他有点不对劲。"他停了一下之后，又开始重复道，"彼得在哪里？你要回家了吗？"

布丽吉特对他的话一笑而过："他不知道自己在说什么。"可实际上，他说得没错。

结束后，我提出要自己去城里简单逛一圈，可布丽吉特坚持说她爸爸准备明天早上带我去转转，然后伸出胳膊挽住了我。看来我是躲不掉了。

那天晚上，在喝茶，或者说吃晚餐的时候，我热情地跟他们聊着天，并且很小心地注意自己的食量。大家都很努力地隐藏自己如释重负的心情。他们放松到一定程度后，就开始问一些比较关键的问题了。

"你们在一起有多久了？"莫琳问道。

"到九月就满两年了。"听到布丽吉特的回答我很惊讶。真的已经有这么长时间了吗？

乔西开始哼起《结婚进行曲》来。这一次，大家都没有理会她。高夫先生按照他每周六晚上的惯例去了酒吧喝上几杯，玩玩飞镖游戏，我们其他人则坐下来一边看电视，一边喝喝茶吃点饼干。我再次克制住了自己。

第二天早上，我们很早就被叫起来去参加弥撒。这被看作一件大事。女孩们很早就起床来打理好头发，高夫太太把所有鞋子都擦得锃亮，包括我的。得知我没有带西装来，她努力掩饰着自己的失望，不过为了安抚她，我系上了一条高夫先生的尼龙领带。根据传统，我们在弥撒之前不能吃饭。等我们到达教堂时已经十点半了，我早已饥肠辘辘。往返教堂的行程都是集体行动。我的情绪在不断恶化。

回家路上，家里的女人们匆匆忙忙地一起离开了，只留下我和寡言少语的高夫先生，他提出要带我去城里转转。我难以拒绝，感觉自己像被突然袭击了。我们沿着灰暗的街道一直走着，穿过了香农河，在长长的沉默间隙，他时不时给我指指这个那个。"那是图书馆……那个是城堡。"高夫先生不是个天生健谈的人。

在给我指了指河岸边他常去的当地酒吧之后，他说道："你有什么想问我的吗？"

"对不起，你说什么？"

他重重地叹了口气道："你有什么关于布丽吉特的问题想问我吗？"

我惊恐地意识到，他是在等着我请求他把布丽吉特嫁给我。他们都在等着。我假装没听懂，问："你刚刚说那些兵营是什么时候建的？"

他没有理会我假装出来的无知，说道："高夫太太和我也是在你们这个年纪结婚的。"

我一直还不知道他们叫什么名字。他们总是称呼对方为爸爸或妈妈，要么更正式点就是先生和太太。

"可我才二十三岁。"

"就算是这样，如果你找到了合适的女孩，就不用再耽误下去了。"

我不确定该怎么回答，于是选择了沉默。我们当时正站在河坝的闸门旁。他无缘无故地用两只鞋子踢着地面，鞋尖都刮坏了。记得我当时心想着，高夫太太那么认真擦的皮鞋，都白费了。

"布丽吉特这姑娘相貌比较特殊，人也不算很聪明，不过她有一颗善良的心和美好的天性。而且她是我的女儿。如果你不想娶她，就该放她走，这样她可以去找一个愿意娶她的人。"

很意外他的口才竟然这么好。我能感觉到他的窘迫感正无形地蔓延开，从他涨红的脸传到了我通红的脸上。

"高夫先生，我并不想伤害她……"可他已经大步走到了前面。他已经说完了准备好要说的话，我们的"聊天"和城镇参观之行都已经结束了。此时原本正是我离开去寄信的好时机，可刚才发生的事太出其不意，以至于我只知道急匆匆地去追他。

吃饭时的气氛糟透了。显然女人们本来已经准备好等我们回来就庆祝一番了。面如死灰的布丽吉特说她头疼去楼上躺下了，没有跟我们一起吃饭。高夫先生一言不发。已经饿坏了的我把面前的食物吃了个精光。高夫太太要再给我添些，我也接受了，直到所有食物都一干二净了。要不是旁边有人看着，我会把盘子都舔一遍的。

"他的代谢有点问题。"乔西帮忙解释说。

高夫太太忙着开玩笑道："做弥撒的时候你看见尤娜·克劳利了吗？她的头发漂亮吧？不过我不喜欢她走去前排椅子那样子。那里离她原本那排太远了，而且她才刚嫁进那家六个月而已。他们向来觉得自己高人一等。她会很想赶紧生个孩子的，法瑞尔家会想要个儿子来继承他们在城里的名望……"

莫琳时不时插句话，指出她妈妈的思想太古板了，而乔西则一直盯着我的盘子，每看到我往盘里添食物就用手指推推她姐姐。

差不多到了该去汽车站的时间了。高夫太太上楼去看布丽吉特有没有好些，我去了自己的卧室收拾行李。隔着单薄的墙壁，我能听见布丽吉特在抽泣，而她妈妈在严厉地跟她说话。

我一直在厨房里等着，然后高夫太太过来说布丽吉特还是感觉不太舒服，暂且打算留在家里。她道歉说她这次不能陪我去车站了，因为她还要去拜访别人。我对她的热情招待表示了感谢，她跟我握了握手，却没有看我的眼睛。莫琳站在楼梯顶上朝我挥了挥手。高夫先生的握手很无力，不过他咕哝着说了句"再见，祝你好运了"，我想，他是松了口气，庆幸他在这场闹剧里的角色终于可以谢幕了。

乔西跟着我来到了街边。"你根本配不上她！"说完，她大哭着跑了进去。

我在车站旁边寄出了那封信，然后上了公共汽车，心里很高兴这场煎熬总算是结束了。

那天下午回到家时，车道上有一辆我不认识的车。我走进屋，看见妈妈和一个男人站在门厅。

"你好，你一定是劳伦斯吧。"这个人身材高大，大约六十岁，穿着讲究，一身休闲的游艇俱乐部风格，整个人潇洒又自信。

妈妈向我介绍了他。她似乎有些心烦意乱，说道："劳伦斯，来见见马尔科姆。"

他身上有种熟悉的感觉，可我想不起他是谁。我对他彬彬有礼，可站在走廊里实在有些尴尬。我们聊了五分钟的天气和《英埃协定》之后他就离开了。

"你这周末过得怎么样？"

"你呢？"

"还不错，很愉快，我跟马尔科姆出去吃了午餐。"

"出去？"

"是啊，你不在这里我感觉特别孤单。"

"对了，你是怎么认识马尔科姆的？"

"他……他是个朋友。我是在……在圣约翰遇到他的。"

"什么？"

"他是个精神科医生。他今天来是以私人身份，作为朋友来的。"

原来这就是他看上去很熟悉的原因。妈妈在精神病院的时候，我见过他一两次。于是我放心多了。她露出了一个她最擅长的假笑。妈妈谈起他很显然有些不自在，她很快转移了话题。

"那封信你寄出去了吗？"

"寄了。"

"有人看到你吗？"

"没有，很顺利。"

我到厨房去烧水泡茶，然后注意到窗户上的百叶窗不见了。

"亲爱的，我们总不能永远生活在黑暗里。我们得放下过去朝前看。"妈妈站在我身后说道。她慈爱地揉了揉我的头发，就像我小时候那样。

"你奶奶要来吃晚饭。亲爱的，你应该去梳洗整理一下。我都能闻到你身上的柴火味。这也太落后了吧！"

大约六点的时候，电话响了起来。是布丽吉特。

"我还在阿斯隆。我都尴尬得没脸见你了。"

"布丽吉特，我很抱歉。我没想到你在期待……"

"求你别这么说，我的感觉已经够糟糕了。"

"可我们还这么年轻，我还完全没有考虑过结婚……"

"那你为什么想见我的家人呢？你一定知道这对我意味着什么吧？"

"我只是……"

"什么？"

"我不爱你。"

我能想象，听到这话她那只斜视的眼珠子都快翻到天上去了。

"你什么意思？"她的声音非常尖厉。

"我很抱歉。"

"什么？你是要跟我分手吗？我知道最近我们之间有些怪怪的，你整天都忙着帮助卡伦。"

"不是因为这个。"

"我只是觉得你有点，你知道的，你对这件事投入了太多感情，不过我可以告诉她你需要休息一下了。你不必……我们不用现在就结婚，但不能因为这个就……"

"布丽吉特，我没办法……"

"求求你不要抛弃我。"

"我很抱歉，布丽吉特，我真的很抱歉，你值得拥有一个比我更好的人。"

我轻轻挂掉了电话，然后给自己倒了杯酒。我回到厨房找到妈妈。傍晚的光线还很亮。那个鸟池被燕子围得密不透风。

"我刚刚跟布丽吉特分手了。"

"天哪，她是不是非常难过？"

"是的。"

"可怜的布丽吉特。"

她的确很可怜。我感觉如释重负，但同时也很担心跟卡伦见面多少会有些尴尬。我知道，她和布丽吉特是知心好友。我在等待着看那封信到达皮尔斯大街后会发生什么。

15. 卡伦

　　安妮简直太让我气愤了。我不敢相信她竟然那么残忍。在这近六年的时间里，我和妈、爸一直在担心她发生了什么事，都快担心死了。我们一直被最大的恐惧笼罩着，可她居然一直以来都安安稳稳地待在乡下某个地方，过着她秘密的新生活，根本就不在意我们。她把我们扔到一旁自生自灭。父母的婚姻已经被她拆散了，可她甚至都不知道也不在乎。

　　收到信之后我一眼就认出了信封上的字迹，虽然信是写给妈的，可我还是赶紧大叫着让爸下楼来。当我跟他解释了那封信是安妮寄来的，他差点晕过去。爸的阅读能力不行。"快打开。"他说。

　　这简直是一种背叛。信里没有地址，没有联络方式，据信中所说，她现在换了个名字，这样我们就找不到她了。我知道安妮可以非常疯狂，非常具有破坏性，可我从没想过她竟能如此自私。

　　爸哭着给妈打了电话。她立刻搭下一班火车赶了过来，泪流满面的同时又很高兴。"至少她平安无事！"她不停地这么说着，可我发现自己无法从中得到任何安慰。我在脑子里翻来覆去想了很久，是的，我想我宁愿她已经死了。这样也许会显得我是个坏人，可是我那么爱她，她却骗了我们所有人。我从来没有被人拒绝过，可我自己的亲姐姐居然宁愿不认识我。

我们检查了信封和信纸，却没发现任何特别之处。这封信是在七月二十日那个星期天从阿斯隆寄出的。我们逐行逐句地仔细读了这封满是拼写错误的信。至少这一点还跟从前一样。我和爸遭到了毁灭性的打击，妈却觉得这样很合理。她说这证明了一切都是爸的错，而不是她的。我并不在乎到底是谁的责任。我伤心的是，整封信里只有六个字提到了我，就好像我是最后临时补进去的。她已经忘了我。我们讨论了一番是否要把这封信交给警方，可妈说不行，因为如果她在离开之前就已经被警察盯上了，那么之前的罪名可能还在等着她。

"我们该怎么办？"妈说。

"不怎么办。不管她。反正她不想要我们。"爸穿上了他的外套，不用猜我们也知道他要去哪儿。

妈留了下来。我在猜想她和爸这次会不会和好。我考虑过要不要给德西打电话，因为我需要人安慰，可我知道他一定会沾沾自喜地指出我之前的调查完全是白费力气。那天晚上，妈睡在我的房间里，睡在安妮的床上。凌晨时分，我们听到爸从楼梯上摔下去的声音。第二天，我近几天的工作都取消了。伊冯娜想知道原因，可我不想解释。真相太让人丢脸了，而且这也让她儿子成了个笑话。对于那个杀人嫌犯，他一直弄错了。于是我声称自己病了。

我给布丽吉特上班的地方打了电话，可她也不在，于是我又试着打给了劳伦斯。我把事情都告诉了他。听完后他沉默了好一阵。我想他是有些气恼。他跟布丽吉特花了好几个月的时间来追查当时的讣告和旧车登记信息。我浪费了他们的时间。

"晚一点要不要见个面？"他说。

"也许吧。布丽吉特呢？我听说她今天没上班。"

"没有，她……在……跟她家人在阿斯隆。我们在凯霍酒吧见？五点半左右行吗？到时候你再详细跟我说。"

我都忘了布丽吉特是来自阿斯隆的了，可听到那个地名又让我很生气。你怎么能这样，安妮？我给公交公司打电话查询了时刻表。我收拾好一个小行李包，跟妈说我去凯霍酒吧见一个朋友，然后从那里直接出发去阿斯隆找安妮。

"卡伦，我不知道……她似乎很坚决……她不想被找到。"

"那我们想要的呢？难道你不想见到她吗？"

"我想，我当然想。可是……也许你是对的。如果我们都能一起去看看她该多好，对吗？"

"正是如此。好了，我还是先找到她再说吧。"我把客厅里那个装着安妮照片的银色相框放在了行李包最上面。

"不过，亲爱的，你要小心点。你可别让人觉得她麻烦缠身。她如果现在生活得很好，肯定不想牵扯出她的过去。"

"我会说我找到了这张照片，想物归原主。"

我跟劳伦斯见了面。我一再向他道歉，抱歉让他浪费了那么多的时间来寻找"杀害"我姐姐的"凶手"。

"拜托你，不要这样。至少她还活着，而且还很快乐。"

"还很残忍，很自私。"

"可她一切平安，你难道不开心吗？"

说着这些，他就那样看着我。我又一次注意到他眼中的关爱。我低下头忍住想哭的冲动，可他伸出手臂轻轻搂住我的脖子，然后吻了吻我的头顶。我不情愿地挪开了些。那一瞬间，我有些糊涂了，可在我还没来得及反应之时，我们就被德西打断了。他抓住我的胳膊一把把我从凳子上拽了下来，凳子也跟着倒在了地上。

"你是谁呀？"

劳伦斯站起来面对着他说："我是她的朋友。放开她。"

"德西，拜托你别这样，你在这里干什么？"我甩开了他的手。

"你妈打电话把一切都告诉我了。她跟我说你跟个'朋友'约在这里。你就是因为他才离开我的吗？"

酒吧里的人都停下来盯着我们。

"我想你该走了。"劳伦斯说。

"她是我老婆。"

"已经不是了。"我说。

"对于安妮，我从头到尾一点也没说错。她一无是处，整天只会惹麻烦，而且她从来没有在乎过你。我在外面等你。"

酒吧招待正要过来把德西弄走。他把双手举到空中，表示他不想惹麻烦，然后就被护送到了门口。

"对不起，我得去跟他谈谈。"

"卡伦……"

"劳伦斯，你能把布丽吉特在阿斯隆的地址给我吗？我打算搭七点的大巴。"

"你……什么？"

"我必须得找到她。布丽吉特在休假吗？她怎么在阿斯隆？"

"找安妮？可信上不是说她想一个人待着吗？"

"没错，不过她别想这么轻易就脱身。能把布丽吉特的地址告诉我吗？"

他在我的记事本上写下了地址，说道："卡伦，我很抱歉。"

走出酒吧，我跟德西正面对质。我大发雷霆："你休想再这样对我。你这样只会丢自己的脸。我不是你的私人财产。我已经离开了你，而现在我很确定自己当初的决定是正确的。劳伦斯是我的朋友，一个能够理解安妮对我的意义的朋友。他女朋友刚好也是我的朋友。我们之间什么也没有，而且就算有，也跟你没有任何关系。"

"我看你们那样子可没那么单纯。你的朋友都会吻你吗？"

压力和愤怒让我浑身发抖，不过我强忍着走开了。

直到后来在去阿斯隆的大巴车上，我才开始回想那个奇怪的吻和他对我说他很抱歉时那个语气。我觉得劳伦斯是真心为安妮对我的背弃感到抱歉。又或许他是很抱歉自己吻了我，即便他那个吻那么单纯。如果说那个吻有任何意义的话，我并不知道那到底意味着什么，不过可以确定的是我喜欢那个吻。我喜欢劳伦斯双臂搂住我给我带来的安慰。我喜欢他充满关爱的眼神。我感觉他能理解我，尤其是理解安妮的事。他倾尽全力来帮忙，丝毫不怕麻烦。周末他曾去过乡下的修车厂，而且还非法调用了社保档案文件来调查安妮领取的失业救济金一共有多少钱，并将这些数据跟她的记事本中所记录的金额进行比对。当然，布丽吉特也有帮忙，不过我觉得她并没有这么上心。劳伦斯是真心在乎的。可即便是有这种想法都让我感觉很内疚，好像背叛了布丽吉特。

那个星期三的深夜，我在阿斯隆下了车，冒着大雨一路走到了布丽吉特家门口。我本应该先查一下她父母的号码，事先打个电话。她母亲领着我来到了前厅。她说话那种紧张而匆忙的感觉跟布丽吉特一模一样。

"我是从那张照片认出你的！你是布丽吉特的朋友卡伦吧。赶紧进来避避雨！她打电话告诉你了吗？你能来真是太好了。她简直是伤心欲绝！你等一下我去叫她下来。你先喝杯茶。"说完她就走开了，然后我听见她朝楼上大声喊着布丽吉特。

我彻底糊涂了。她究竟在说什么？布丽吉特为什么会伤心欲绝？

当布丽吉特出现在我面前时，只见她脸色苍白，眼眶发红。她见到我十分惊讶。

"卡伦，你在这里……你是怎么知道的？"

我们互相交换了最新的消息，我这才意识到劳伦斯为什么一直回避我的任何关于布丽吉特的问题。他三天前就已经和布丽吉特分手了。我试着忘掉那个吻，先专心安慰我的朋友。我跟她解释说我们收到一封安妮的来信，邮戳显示寄件地点是阿斯隆。

"什么？可我记得你说她已经死了啊。我们还一直在找那个杀害她的家伙呢。"

"我弄错了。她就在这里。或是这附近某个地方。我明天就去找她，不过我现在该走了。我在街尾找了个提供住宿和早餐的地方。"

高夫太太端着茶盘急匆匆地走了进来。"妈妈，卡伦可以住这里吧？她已经找了个带早餐的住处，但她能不能留下来？"

"当然可以了。我们欢迎还来不及，欢迎还来不及呢。你能来真的太好了。我们仍然可以像周末那样安排，莫琳和乔西可以睡一个房间。"

"哦，不用了，谢谢，我不想给你们添麻烦。"

"别说了，姑娘。没事的，一点也不麻烦。哎呀，布丽吉特，她本人还更漂亮呢。你饿不饿？一定饿坏了吧？我这就去给你做个三明治。布丽吉特，赶紧给我们的客人把火点上。这里太冷了。说真的，你都想象不到现在正是盛夏呢。"说完，她就像一阵充满紧张能量的旋风一样飘走了。

布丽吉特和我相视一笑。我用他们家的电话取消了预订的旅馆和早餐。

"我从没跟我妈妈说过安妮的事。她不会理解的……你知道的，关于毒品和……那个东西的事，所以她以为你来这里是因为劳伦斯甩了我。"

"没关系，我能理解。我不会提起她的。"

她抱歉地告诉我她明天没办法去帮我找安妮，因为这个镇子太小了，她父母会发现的，而她不想跟他们解释说我是那样一个人的妹妹，一个……她找不到一个礼貌的词来形容。我对安妮的怨恨再次加深了，对布丽吉特也有了一丝不满。

布丽吉特和我靠着壁炉一直坐到了深夜，一开始在聊安妮的事，可话题总是不停地转到劳伦斯身上。布丽吉特请了一个星期的假，因为她还没有准备好在救济处面对他。我不明白为什么劳伦斯一直不从家里搬出来。这有些奇怪，当然，我自己也搬回家跟爸住一起了。可是，在离开德西之前，我已经搬出家里很多年了。我试着不经意地问起劳伦斯。

"你觉得劳伦斯有没有把安妮的事告诉他妈妈？他爸爸已经死了，对吧？他的妈妈，是个什么样的人？"

"我从来没见过她。这本身就是一种信号了，不是吗？我是说，如果他真的对我感兴趣，早就把我介绍给他妈妈了。我真是个傻瓜。"

劳伦斯跟布丽吉特在一起接近两年，却从未带她去见他妈妈，这的确很奇怪。

"我想她是有那种病……你知道吧，就是跟幽闭恐惧症正好相反那种。"我从未听说过幽闭恐惧症。布丽吉特跟我解释了一下。显然，菲茨西蒙斯太太从未出过家门。

"什么？从来没有吗？"

"这个嘛，她倒是会出门去个商店之类的，不过她从没在外面过过夜，从来不会外出过周末。"

"那房子什么样？"

"我从没进去过。这一点我也早就该意识到有问题了，是吧？他一定是觉得我不够好。不过我很好奇，于是有一次我特意路过那里。我站在大门前甚至都看不到房子。从大门处有一条非常宽阔的大道通往房子入口。我猜那房子一定非常大。"

"别傻了，他才不是因为你不够好而甩了你的！"

"反正，他最近几个月行为都很古怪。绝对是这样的。我是说，他一直有点奇怪。"

"你指什么？"

"你知道吗，在我刚开始跟他约会的时候，他块头非常大……很胖。他自从开始减肥，就变得十分烦躁不安。即便在上班的时候，他也一直很神经质。留在我那里住的时候，他每晚只睡大概三个小时。然后随着时间推移，他越来越战战兢兢，可最近的几个月，他简直就是……"

"怎么了？"

"怎么说呢，忽冷忽热的吧？然后他就提出要来见我的家人。我想他是在见到他们以后，觉得他妈妈绝对不会认可。"

我有种不安的感觉，劳伦斯甩掉布丽吉特可能是因为一个完全不同的因素。我还记得，当他把我拉过去拥抱我的时候他皮肤的味道，还有他的嘴唇印在我头顶的感觉。我又回想起我和布丽吉特去看电影或者逛街时，他总会跟着我们一起。我有时候还觉得自己像个电灯泡，可或许布丽吉特才是我们之中的那个电灯泡。

布丽吉特又一次失声痛哭："我该怎么办？"我们仔细谈了谈这件事。她觉得劳伦斯不会重新考虑他们之间的关系。最后一次通电话时，他曾非常坚决地表示绝对没有回头的可能。她说，她必须面对现实。布丽吉特打算申请调去别的救济处。她不想每天面对他。

我想要告诉她那天晚上早些时候我跟他见过面，可不知为何我没有说出来。我们并没有必须见面的理由，我们本可以通过电话交流。我知道，没有告诉她这件事就代表着我背叛了我们的友情。我也知道，这对我而言意味着某种开始。对劳伦斯而言同样如此。

第二天早上，我见到了布丽吉特家的其他人。他们都很亲切。最小的妹妹乔西问我要我的照片。"我还从没见过上过杂志的人呢。"她说。

我感谢他们的热情招待，然后拥抱了布丽吉特，跟她约好在我搭大巴回家之前再跟她见一面。然后，我就出发开始了寻找安妮的征程。我告诉商店老板，还有酒吧和咖啡店店主，说我在汽车站找到了这张装在银色相框里的照片，想知道他们是否认识照片中的女孩。这是我唯一能想到的理由。由于安妮的兔唇，说不定人们会记得她。在案子初步调查期间，她的照片在新闻报道中出现的时间只有几天。全国其他失踪的年轻女性每年都会有呼吁寻人的消息，新闻报道也会有所更新，不过我想，正是因为安妮的背景，她的案子从未重启调查。

我问到的人中，有一些觉得她看上去很眼熟，"除了嘴巴"，不过大部分对她完全没印象。在一家理发店里，我提到这可能是张老照片，她说不定已经改变了头发的颜色。发廊老板怀疑地看着我，我才意识到自己编的理由有多么奇怪。威尔士王子酒店的接待员提建议说，由于阿斯隆是来自科克、利默里克和西方的旅客的汽车换乘点，所以这个女孩有可能来自任何地方。

阿斯隆是个很小的镇子，四小时以后，我已经走访完了镇上的每一家商户，包括在罗斯康芒路和戈尔韦路上的那些。当我在镇郊的一座加油站给人们看那张照片时，其中一个人指出说我早上已经拿那张照片去过她的珠宝店了。"你为了查一个陌生人可是费尽周折啊。"她的声音中透出一丝怀疑。可这时候的我根本就不在乎这些。

我去了警察局，直截了当地问有没有人认识照片上这张面孔。警察们都耸了耸肩膀，不过他们坚持要留下这个相框和照片。他们说，这个相框还值点钱，还说要是有人丢失了这相框，一定会到他们这里来挂失的。我这主意太蠢了。

三点，我在一家咖啡店跟布丽吉特见了面。

"运气不佳？"

"没错。"

"抱歉，不过这情形的确相当于大海捞针。她可能住在镇外面几英里远的某个僻静的地方，靠近马林加或是巴利纳斯洛。她有可能在任何地方。"

我对安妮的怒气还没有减弱。这几个小时，我拿着安妮的相片在满是雨水的街道上四处奔走，这给了我一些时间来思考如果我有机会跟安妮面对面，我会对她说些什么。我甚至无法想象自己见到她会觉得高兴，哪怕她平安无事。我想要给她一巴掌，为她让我们经受的这一切。

我在一个电话亭里给家里打了个电话，然后把坏消息告诉了爸妈，不过我说我一周后会再回来，我要去马林加继续寻找。如果有必要，我会找遍全国。我一定要找到安妮。她还欠我们一个解释。

那天晚上回到家，我跟父母一起吃了晚餐。我们都没怎么说话。爸很生气他的银色相框被警察拿走了。我们还有很多她的照片，她失踪的时候我们冲印了成百上千张。他在意的是那个相框。

"那是我后来专门买的，就在她……"

"她逃走之后？"我接过话说。

"是的。"

第二天早上，伊冯娜极其兴奋地打来电话。

"希望你已经好些了。因为有人要去罗马了，猜猜是谁？"

"我好多了，谢谢你，不过罗马是怎么回事？"

"是一款新的香水，叫作镀金。他们想让你做镀金的形象代言人！"

"妒忌？这作为一款香水的名字可真是奇怪。"

"是镀金，镀金。还有，他们想让你下周六去罗马。我就知道你早晚会大放异彩。我一直相信！你明白这意义有多么重大吗？"

这很令人激动，可是我已经计划要去马林加了。可接着我就意识到自己有多么愚蠢。我有机会可以去罗马，可我竟然还在想着为了安妮而拒绝？我可以等，安妮也可以等。反正她都等了六年才告诉我们她还活着。

"这太棒了！"

"你的护照准备好了吗？"

德西和我去年夏天去过马恩岛，所以我的护照是新办的。伊冯娜说我应该去下她的办公室了解更多的具体情况。

那天晚些时候，当我带着获取到的各种信息离开伊冯娜的办公室时，我有种冲动，想要打电话给布丽吉特告诉她这些好消息，不过这样也许会显得我是在向她炫耀。我很想告诉某个人。我想要告诉劳伦斯。

我给他工作的地方打了电话，把寻找安妮却一无所获的事告诉了他。他的声音听上去充满关切，让人备感欣慰。我还把我去罗马的行程告诉了他。

"哇！这简直太好了。罗马啊。"

"你去过吗？"

"没有，从来没去过。我母亲不喜欢旅行，所以我们从没去国外度过假，说起来甚至连国内也没有过。"

我还没来得及反应，话就脱口而出："跟我一起去吧。"

电话那头停顿了片刻，接着，他答道："好。我去。"

16. 莉迪亚

在我被关在圣约翰精神病院期间，马尔科姆是我的精神科医生之一。他曾见过我最糟糕的样子，也就是半昏迷而且毫无反应的状态。他为我做过一对一的治疗。他知道我不愿与他人交往，知道我的流产经历，也知道我曾一直迫切地想再要个孩子。当然，他并不知道我的迫切感强烈到了何种程度。即便处在药物引起的虚弱状态下，我也从没跟他说过安妮的事。那会是对安德鲁的背叛。然而，我很信任马尔科姆。我想爸爸应该会很喜欢他。我甚至还把戴安娜的事告诉了他，还跟他说了我是如何在我们九岁生日那天把她淹死的。说来好笑，因为我从没把这些细节告诉过安德鲁，只跟他说她悲惨地溺亡了。马尔科姆坚持认为我当时还是个孩子，不应该为我在那个阶段并不理解的事情感到内疚。马尔科姆无法接受我是蓄意杀死她这个说法。他愿意相信我最好的一面。

四年后的一天下午，我在花店遇到了他，他小心翼翼地跟我打了招呼，还称赞我看上去状态很好。他邀请我一起喝杯咖啡。我很确定这是违反医患关系规定的，可我不在意这个。我喜欢被人仰慕。何况，他现在已经不是我的医生了。现在，我只会时不时去看看我的全科医生而已。我已经平稳地度过了更年期，而药物帮我保持情绪稳定和头脑冷静。

马尔科姆的德国妻子几年前去世了。我们现在都是单身。我们试探性地开始约会。他会和我做爱，而我则会闭上眼睛把他想象成安德鲁。劳伦斯不在的时候，他有时会来家里。跟他的事我想对劳伦斯保密。我需要让劳伦斯知道，这世上我最爱的除了他别无他人。

可马尔科姆的问题在于，他总想着要治好我，哪怕我并不需要被治疗。除了之前的心理疗程，我从没提起过戴安娜，然而，当我们约会时，马尔科姆总会时不时提到她。一天晚上晚餐结束后我们回到阿瓦隆，他突然问起那个池塘在哪里。我以为我冷冷地闭口不答就能打消他的好奇心，可他仿佛完全没有察觉到我的态度有多么冰冷。

"你真是我遇到过最有意思的病例之一。你竟然能把这么强烈的愧疚感对自己的丈夫隐瞒这么久，算算有二十多年了吧？我觉得把这些事憋在心里是非常不健康的，你应该找人聊聊。当然，不是跟我聊，不过，如果你能好好谈谈这件事，你会很惊奇地发现这能给你带来多么强的自由感。这或许能够让你得到解放，让你能够外出过夜，出门旅行。我敢肯定这就是你所有问题的根源所在。"

"我只是你的一个病例吗？这就是你眼里的我吗？"我试着不去理会他的话。我走开去拿托盘端咖啡，可当我回到餐厅时，他不见了。前门大开着。我在后花园里找到了他。

"我找不到那个池塘。"他说。

我指了指顶上竖着一个鸟池的那片隆起的区域，说道："后来爸爸把它填平了。趁咖啡还热着，赶紧进来喝吧。"

他拉着我的手臂一边往屋里走，一边欣赏着我们经过的那片灌木丛。

"你不一定非要谈论这件事，莉迪亚，不过我认为那对你有好处。"

当劳伦斯准备去阿斯隆过周末的时候，我知道自己会非常孤单，于是我邀请马尔科姆星期六过来跟我住。

午餐时，他带着一位意外来宾到了家里。她老了很多，可我还是一眼就认出了她。我一直保持着自己的身材，对自己的外貌也引以为豪。她和我同岁，可她花白的头发留得很短，脸上满是皱纹，身上深蓝色的衣服没款又没型。我注意到她脖子上的十字架，然后意识到她是个修女。

"艾米·马隆。"说着，我抓住走廊里的餐具柜，我的双膝无法再支撑住我的身体，我倒在了地上。

当我醒来时，马尔科姆正拿着一个靠垫往我脸上扇风，艾米也还在那里。

"喝杯甜茶吧，亲爱的。我知道这对你来说震动很大。"

艾米目睹了我坐在我姐姐的胸口，一点一点地磨灭她的生命。

"唉，米切尔，你应该事先告诉她一声的。要是知道你还没有让她做好准备，我是不会来的！"

我坐起身来，摆摆手让他们不必再服侍我了。"请坐。"等我缓过劲来，我坐在沙发上，喝了一杯甜死人的茶。

"看样子，莉迪亚，你还记得艾米，你当然还记得。她现在是玛德琳修女了，在洛雷托修道院。我带她来是要跟你谈谈。"

"马尔科姆，你怎么敢这么做？我不想……"

"玛德琳修女知道那不是你的错，对吧，修女？"

我从他们面前走过，径直去了酒柜，他们在我身后慌乱地唠叨着。

"我们当时还那么年幼，莉迪亚。我们都只是孩子，你不可能知道戴安娜会死。那是个意外，无论如何也不能怪你。那是上帝的意愿。仁慈的上帝绝不希望你感到内疚。你从没想过要让她死。"

"瞧，看到了吧？我就知道让你们两人见面是个好主意，这样你们就可以聊聊那一天，解开多年的心结。"

"我永远也忘不了那一天，求上帝保佑她的灵魂。那是一次失控的孩童之间的争执，你不可能知道她会死。莉迪亚，那只是一次无法预料的意外，你知道吗，我每天晚上都会双膝跪地，为你和戴安娜祈祷。"

"我留二十分钟给你们可好？等我回来时，也许玛德琳修女可以在那个旧池塘所在的地方带我们一起祈祷？你觉得如何，莉迪亚？"

我没有转身面对他们，而是仰头喝光了一整杯白兰地，然后又添满了杯子。

"请你们离开。"我说。

"可是，莉迪亚，玛德琳修女大老远从斯莱戈来看你……"

"走。"

"我真的非常非常抱歉，莉迪亚。我不知道你事先不知情。米切尔先生，请送我回车站吧。"

"没有必要……"

接着，我和艾米都对他发了火，然后他们在一阵尴尬中一起离开了。

后来马尔科姆打来电话，不过被我挂断了。我喝光了瓶里剩下的白兰地，然后想起劳伦斯不知怎么样了，不知道他有没有想我。我猜想着布丽吉特的家会是什么样，我很清楚她家绝对无法跟我们家相比。我拉起了厨房的百叶窗，望着外面戴安娜的坟墓。我知道那里面是安妮，可我更愿意把那想成戴安娜，想成她坐在池塘边，正朝着我招手，召唤我去外面陪她一起。我也举起手挥了挥。我爬到凳子上，把百叶窗扯了下来。我换上了原先的窗帘。劳伦斯只能自己慢慢习惯了。

第二天，马尔科姆来阿瓦隆向我道歉。我连门厅都没让他进，不过我容许他觉得自己也许有一天会得到原谅，所幸这时候劳伦斯回到家打断了我们。马尔科姆跟他寒暄几句之后就离开了。劳伦斯的任务完成得很成功，那封信已经被安全寄出了。

到了晚上，劳伦斯接到一通电话，然后跟我报告说他已经跟布丽吉特分手了。我就知道他们之间不会长久。我很意外他们能坚持这么长时间，不过我想，见到那些人单调乏味的生活让他开了眼界。他一定是意识到自己不可能跟布丽吉特那样的人在一起。现在一切都平息了。

我的婆婆埃莉诺要到家里来吃晚餐。她这个人守时得让人很恼火。如果她被邀请七点来，她一定会提前到，然后在外面的门廊徘徊半天，直到门厅里的大摆钟响起，才会按响门铃。安德鲁去世后，无论我有没有邀请她，她都坚持每个月来一次，所以到最后我被迫把每个月的最后一个周日变成了定期接待她的日子。我总会确保那天劳伦斯也在家。毕竟，她并不是来看我的。

她很高兴劳伦斯一年多的时间里一直在减肥，就好像他是全靠自己成功的一样。我看得出她很喜欢他，不过他仍然对她有很强的戒心。他跟我说过我住院期间她是怎么对待他的。他对她的爱当然不像对我那么多。我不打算告诉她马尔科姆的事，这是明摆着的。每一次来访，她都会停下来看看壁炉台上每一张安德鲁的照片。自从劳伦斯"发现"安妮的事以来，他一直想把所有照片都收起来，但我坚持要保持原样。埃莉诺经常对我们所住的这栋凉风嗖嗖的巨大的房子提意见，暗示说这地方对我们两个人来说太大了。她常常说我一定很孤独，说我一个人在这里面待着一定很无聊。很明显她是想要搬过来住。最近她身体越来越虚弱，我想她是觉得基利尼的那座乡间小别墅有点太偏远了。

"而且劳伦斯总有一天会搬出去的。对吧，亲爱的？"

"但愿如此。"劳伦斯说。

"也许你还会有自己的孩子。我什么时候才能见见这位叫布丽吉特的女孩呢？"

我看到劳伦斯尴尬地扭来扭去。

"我也不知道。"

"你喜欢她吗，莉迪亚？她配得上我们帅气的劳伦斯吗？"

"没人配得上我们的劳伦斯。"说完，我转移了话题，免得他难为情。

我以为有那封信就足够了，可以给一切画上一个句号。可她的家人就是不肯放手，这让我十分恼火。在引导道尔一家偏离方向这方面，劳伦斯做得很好。他假装帮助安妮的妹妹，然后接手了她的调查中真正关键的部分。他告诉她说查不到安德鲁那辆车的记录，说那一定是障眼法。我告诉他应该去找些戴软毡帽的人的照片，可劳伦斯不同意把嫌疑栽到其他任何人身上。那封信本该为整个诡计画上一个句号。可如今，安妮·道尔的妹妹对她怒不可遏，想要找到她当面对质。真是荒唐。

接着，劳伦斯突然宣布三天后他要去罗马度假。从前他在卡迈克尔公学上学的时候，曾经参加学校的橄榄球之旅去过马赛，但之前他从没表达过想出国的意愿。我告诉他这是无稽之谈，我们根本负担不起，可他尖锐地向我指出我们家是他在挣钱。那时候劳伦斯已经进入了救济处的管理层。是金子总会发光的。可即便如此，他的薪水仍然比不上安德鲁的三分之一。我无法理解他为何突然做出这个决定，而且为什么是罗马？

"我只是需要休息一下。"

"你是一个人去吗？"

他停顿了一下，回答道："对。"

"可是为什么呀，还有，你要去多久？"

"一个星期。"

"整整一个星期。"这时我感觉自己已经歇斯底里了。我从来没有自己一个人待过一个星期。

"我跟你一起去。"

"不行，妈妈，你讨厌旅行，你讨厌离开这所房子。你为什么会想去罗马？"

"我自己一个人在这里要怎么办？"

"就像你平时一样啊。"

"就我自己吗？"我真不敢相信他竟然这么自私。

"妈妈，"他试着换了一种温和些的语气跟我说话，"妈妈……有时候我觉得……你一直过着一种非常受庇护的生活。你一直受到别人的照顾，可这世界已经不同了。大多数女性都进入了社会，坚持自己的工作，为自己的权利而奋斗，可你似乎根本不想独立。你并不是不好……而且你一点错也没有，你只是……太特殊了。"

"太守旧？"

"有一点。如果你不想那就不必去改变了，可我现在过着新的生活，而且我喜欢这种状态。"他停了一下，"你可以给你的朋友马尔科姆打电话。我相信他会很乐意陪你的。"

我别过脸去。

"没事的，妈妈，你可以有……有朋友。他看上去是个很不错的人。"

"我们……我们之间不是那样的。"

"既然如此，那你不如请奶奶过来住上几天？我敢肯定她收到邀请会很高兴的。她一天到晚都在暗示我们。"

"唉，劳伦斯，要是奶奶来了，我们就再也赶不走她了。她根本就不喜欢我。"

"妈妈，我总有一天会搬出去的。我不可能一辈子跟你住在一起。也许真的可以考虑让奶奶搬来住，也好有个伴什么的。如果她卖掉那座小别墅，所得的收益可能会由你和费恩叔叔平分。你考虑一下吧。"

我已经考虑过了。我已经跟埃莉诺谈论过那栋小别墅，以及如果她去世，小别墅将如何处置。她和我之间已经有了一种共识。我一直以为劳伦斯也心中有数，知道他会一直跟我住在一起，就像我一直跟我父亲住在一起一样。他根本没有任何搬出去的必要。最近这些关于安妮·道尔的事情，还有劳伦斯跟她家人之间的牵扯，是个非常大的错误。我开始觉得劳伦斯不再相信我了。

他不顾我的反对，制订好了出行的计划。他留下了将要落脚的酒店的电话。他鼓动着我，让我如果觉得孤单，就给马尔科姆、费恩和罗茜，或是埃莉诺打电话。在他出发的两天前，他从前的女朋友在晚餐时间来到了家里。

"你好呀，菲太太！"她说话一如从前那般粗野，"劳伦斯说你下周会是一个人在家，所以在他不在期间，我会时不时来家里检查你一下。"

我惊恐地看着劳伦斯，问道："检查我？"

劳伦斯盯着自己的膝盖，不敢抬头看我的眼睛。

"是啊，你知道我现在是个护士了吧？或许能派上用场。"

海伦听说劳伦斯和布丽吉特分手了似乎很高兴："她根本就不适合你，劳瑞。我都不知道你怎么忍得了她那只斜眼。"

"她的……什么？"

"你还没见过她吗，菲太太？她跟你说话的时候啊，你根本就不知道她到底是对着你在说还是对着天花板。太好笑了。"

劳伦斯一直跟一个容貌丑陋的女孩交往这件事让我很不安。他怎么能这样？他应该知道美感对我来讲有多么重要。难道我没给他做个好榜样？

海伦继续闲扯道："我的意思是，你刚开始跟她约会的时候，你还是个胖家伙，所以你们可以算是半斤八两。可你公平地通过自己的努力减了肥。你现在看上去已经正常了。"

这女孩的粗俗程度实在令我震惊，可她称赞劳伦斯的时候太含糊其词了。他看起来棒极了，就像他父亲一样。我觉得没有理由告诉劳伦斯他的减肥成功离不开我的辅助。八个月前，当他认认真真地开始训练计划时，我觉得我可以帮帮他，于是把药片碾碎放在了他的食物里。是苯丁胺①。这些药是我住院期间为了缓解我的嗜睡症而开的，不过副作用是抑制食欲和精力骤增。在我开始跟马尔科姆约会以后，要弄到一本处方笺并根据自己的需要随意填写并不是什么难事。在劳伦斯去阿斯隆的前一周，我暂停了他的药物，因为我觉得食物可以作为对他的奖赏，奖励他实现我的愿望，也就是安妮那封信的事。布丽吉特的家人怎么看他根本无关紧要。我不知道他在罗马会怎么样。帮劳伦斯保持身材的人是我。就让他在罗马暴饮暴食一番吧。这也许能给他点教训。

我对海伦渐渐产生了好感。她可以成为我的盟友，或许将来我会用得上她。

劳伦斯出发前往罗马的前一晚，他回到家，鼻子流着血，指关节也擦破了。我的第一反应是松了口气。他声称是被抢劫了，可奇怪的是，他的钱包和他外公的表都还在，而且他拒绝报警。他把自己身上清理干净，给海伦打了电话寻求医疗方面的建议，不过我看得出他脸上会留下瘀青。他用茶巾包上一些冰块，然后放到了眼睛上。

---

① 苯丁胺，一种能降低食欲的药物，副作用有流汗、失眠、嘴唇干燥等，长期服用可能出现心率上升、感觉异常、认知异常等症状。——译者注

"真是太遗憾了，亲爱的。我知道你很期待这次假期。"

"什么意思？"

"我敢肯定这种情况你是可以申请退款的。"

"我还是会去的。"

"可是，亲爱的……"

"妈妈，我要去。我没事。"

为什么是罗马？为什么是现在？是谁打了我儿子，为什么要打他？劳伦斯为什么要对我保守秘密？

17. 劳伦斯

在登机口，我想看看报纸，可头条上都是关于全国部分地区特大洪灾的消息，以及反独立暴徒占领莫纳汉郡多个村庄的新闻，这些对我来说毫无意义。我一遍又一遍地反复读着这些报道，努力阻止自己的大脑去回想昨晚的惊险经历。

当时他已经在救济处外面的员工通道出入口等着我了。他揪住我的衣领一把把我推出去撞到了墙上。

"她是我老婆，离她远点。我只警告你这一次。"

他直直地给了我迎面一拳，不过我在最后一瞬间转过头，才没被他打断鼻梁或是颧骨。我看得出德西对这一拳的效果并不十分满意，但所幸他认为自己已经达到了目的，就转身离开了。萨利把我扶了起来。她想报警，不过我坚称自己没事。我绝不可能让警方将我和卡伦一家挂上钩，警方之中可能有人知道我父亲曾被怀疑是谋杀安妮的凶手，一旦报警可能会引起他们的警觉。

"这是怎么回事啊？"

"我哪里知道！"我说道。不过现在，我比从前更加坚定了。卡伦绝不能回到这样一个禽兽身边。即便我们之间什么事也没有，我也会保护她，不让她受到他那种男人，或是我父亲那种男人的伤害。

听着机场广播通知航班晚点，我注意到气氛似乎有了某种变化，周围的人都开始坐直身子然后转过头去。我心烦意乱地抬起头想看看他们都在注视着哪里。卡伦正朝我款款走来。她比我上次见到她的时候更美了。她身穿一件简单的白色衬衣和一条层层叠叠的天蓝色丝绸裙子优雅地走上前来，面容清新稚嫩，我们全部无法移开自己的视线。她的一只脚踝上系着一条金链子。她走过来准备坐到我旁边。

"劳伦斯？"

"你好啊。"

"你的脸怎么了？"

"工作时出了个小意外，一个存放账目的架子倒下来砸到我身上了。你看起来气色真不错。"这话实在太过轻描淡写了。我能感觉到坐在附近的其他男人散发出来的妒意。就连女人们都在朝这边看。

"你有没有跟布丽吉特说你要跟我一起去罗马？"

"没有。"

"我也没有。"

她看着我，我真想伸出手摸摸她的脸，可我控制住了自己。我得让她觉得在我身边很安全。我希望她感到安全，没有什么比这更重要了。

"卡伦，你都经历这么多了，而我也需要一个假期。我们就把一切抛到脑后，好好享受这次罗马之行吧。"

她微笑着说："我们不要提起安妮，或是德西。"

"或是布丽吉特。"

她一脸忧愁道："她是我的朋友，我感觉自己在背叛她。"

我假装自己动机很单纯，说道："我们又没做什么。我从没去过罗马，我一直想去看看，这次刚好是个不错的机会。"

她有些尴尬，点点头说："你说得对。我们又没犯什么错。"

我的恐惧感渐渐消散了，卡伦就在我旁边谈笑风生，时不时还碰碰我的手臂，就好像我们一直是非常亲密的朋友。我们登机后，她凭借着美貌让空中小姐同意我更换座位，这样我们就能一起坐在头等舱了。卡伦这趟行程的所有开支都是免费的，她被安排下榻在一家五星级酒店。而我的预算则非常紧张，我住的酒店根本就不带星。她给我们各点了一杯杜松子酒，虽然此时才是上午十点。

卡伦将在罗马为一本意大利时尚杂志进行为期三天的拍摄。她显然很热爱她的工作，如果你愿意称之为工作的话，反正我觉得这听起来更像一次悠长的假期。

"可你根本就不了解！"她哈哈笑着说，"一天到晚在旁边干等着，还要摆一些非常不舒服的造型，穿一些在身上缝起来的衣服，不是顶着高温就是冒着严寒。你试试在一月的爱尔兰海滩上拍一季夏装系列，就知道这工作到底有多么光鲜了。"

当她问起我的工作和生活情况时，我尽量避免过多谈及我住在家里的事，而是更多地吹嘘自己的管理工作。

"其实相当枯燥。"我抱歉地说。

"可是你工作前景应该不错吧？既然你负担得起出国度假，一定资历相当深了吧。"

我是从银行提取了一笔贷款。

原来卡伦第二天才有工作，所以等我们到达罗马之后，她有一整天的空闲时间。这简直就像一个长久以来的幻想终于要变成现实。

"我讨厌一个人出行。我要合作的团队都是意大利人，我根本不认识他们。今天我们一起过吧？我也从没来过罗马，我们一起去游览一圈吧。"她把手放在我的胳膊上来鼓动我答应她。可我哪里还需要什么鼓动。

我们从传送带上取下行李箱，走出机场那一刻，一股我从未感受过的热浪迎面袭来。卡伦招手叫来一辆出租车。"车费我来报销。"她这话让我松了口气，因为我本打算搭大巴。我们说好直接去我的酒店放下我的行李，然后去离市中心更近的她的酒店。这趟车程让人大开眼界。每个角落都能看到各种纪念碑、建筑或是雕像，它们就好像是直接从我的历史教科书里走出来的。看着它们就这么伫立在一群群游客之中，让人不免有些担心。

我们停靠在了我的"酒店"门前，就在特米尼中央火车站后面的一片半废弃区域。这地方位于一条下坡路的顶部，顺着两层陡峭的楼梯爬上去就到了一个狭小的接待区。我迅速把我的行李箱扔进了我那难以形容的房间，然后顺着有些倾斜的走廊一路跑进了位于走廊尽头的卫生间，我擦拭了腋下，用止汗喷雾长长地喷了四下，然后换上了我最好的短袖亚麻衬衫。

我在镜子前照了照自己，有那么一瞬间，我惊奇地发现，镜中好像是我父亲在看着我。家里的餐具柜上有一张他的照片，照片中他和他的橄榄球队正参加一场晚宴舞会，他头发梳得溜光，下巴轮廓分明。他的左眼下方也有块瘀青，是在比赛时激烈的身体对抗中受的伤。至少从视觉上，卡伦和我还不算很奇怪的一对。有那么一瞬间，我感到很遗憾，我父亲没能活着看到我现在的样子，可我不愿意在这个时候想起他，不想毁掉这一刻，于是我把这个念头抛在了脑后。卡伦还在出租车里等着，所以我在出来的路上几乎是把钥匙扔给了前台接待员马里奥。马里奥叫住了我。"你妈妈来过电话了。"他说着，听上去就像比萨广告里的角色一样。

"我妈妈？"我尴尬地说。

"是的，你得赶快给她打个电话，可以吗？"

"谢谢你。晚点吧，我晚点打。"

"不现在就打吗？"他对我有些失望。

"晚一点吧。"说着，我后退朝着楼梯走去。

他不以为然地摇摇头。我有些担心。这是妈妈的典型作风。真该死，她就不能有一天不盯着我吗？她是不是打算每天给我打电话？长途电话会花掉一大笔钱的。明天我再给她打电话。此时此刻，我要跟我的模特朋友卡伦一起在罗马享受一天的观光之旅。

她让我很意外。我想我之前是想当然地觉得一个劳动阶层的女孩不会对文化感兴趣。她对艺术史了解颇多，我们出发去罗马人民广场上的圣玛利亚奥古斯丁教堂看了一些卡拉瓦乔的画作。我上学时没有修过艺术科目，对艺术史和艺术家一无所知，但她聊起这些时，却有着饱满的热情和独到的见解，还能指出他是如何运用光影的。我试着透过她的眼睛来看这些作品，即便在我这种外行看来，这些作品的美也毋庸置疑，但她的这种热爱更让它们显得激动人心而且意义深远。我买了些观赏过的作品的明信片，很后悔自己没有带相机。布丽吉特之前让我彻底打消了摄影的念头。卡伦很意外我竟然没有带相机，不过她在镜头前待的时间太多了，倒是很高兴能过一天没有相机的生活。后来，我很遗憾没有在罗马留下一张卡伦和我的合影。

谢天谢地，博物馆和画廊里很凉爽。户外的阳光酷热难耐，我感谢上天没有让我在减肥之前来这一趟，不然这么炎热的天气和大量的步行我根本吃不消。下午，我们坐在西班牙台阶上吃了街头小吃，喝了冰凉的啤酒，还参观了科索大街上所有美丽的教堂及其华丽的附属小教堂。来到这条街的尽头，一座巨大的建筑伫立在我们面前。等我们走近之后，我才意识到这座纪念碑有多么庞大。"那是什么啊？"我问道。

查阅旅行指南之后，卡伦跟我解释说那是卡比托利欧山脚下的维克托·伊曼纽尔二世纪念碑。"这太疯狂了是吧？"她说，"罗马人认为它很丢脸。他们觉得它太大而且华而不实。全是白色大理石啊！太美了不是吗？"

到了七点，我们都累得筋疲力尽。我们回到了她的酒店，她回房间梳洗整理的时候，我就在极其华丽的洛可可风格大厅里等着。等待期间我喝了杯啤酒，比我预计的多花了好几千里拉。

当她走出电梯时，所有人都停下来看她。她的头发高高地盘在头顶，就像我们先前在梅迪奇别墅内的壁画上看到的密涅瓦①一样。她身穿一

---

① 密涅瓦，罗马神话中的智慧、战争、月亮女神，也是手工业者、艺术家的守护神。——译者注

件用深蓝色丝绸制成的简洁的长直筒连衣裙，腰间系着一条绳子式的腰带。她看上去就像雕像上的人走下来变成了真人一般。我注意到，罗马这座城市到处都是容貌出众身材姣好的女人，可卡伦脸上的点点雀斑、闪耀着红色光泽的头发，和一双摄人心魄的碧绿眼珠让她在人群中格外耀眼。难怪他们会想让她上他们的杂志。在这里，卡伦的相貌是独一无二的。

"你看上去真美。"我说道，可她并没有太在意我的赞扬。她已经习惯了。她好奇地看着我，然后从她的包里拿出一个小粉盒，用一块粉红色的海绵在我眼睛下面轻轻地点了几下。

"我有没有弄疼你？"

一点也不会。她把镜子转过来朝着我，在化妆品的遮盖下，我脸上伤痕的红肿不太明显了。

我们走到外面，进入了嘈杂的罗马的夜晚，现在略微凉快一些了，我们路过一群群跟在一把绿伞后面的美国游客；然后是卖冰激凌的推销员、沿街兜售宗教纪念品的小贩，还有一小伙意大利人，个个衣着整洁得体，说起话来双手比画个不停。

我们沿着街道朝纳沃纳广场漫步走去，一路经过了许多满是游客的餐馆，可卡伦带着我远离了主干道，沿着一条侧边小巷来到了一扇嵌在墙上的不知名的门前。

"是酒店礼宾让我来这里的！"她说道，我怀疑地看着这扇门，上面没有任何餐馆的名字，只有一块写有数字的彩绘瓷砖。走进门，我们来到了一个宽大的草木葱郁的中庭。高大的伞状松树环绕着三座圆形喷泉，每一座都跟一座微型特雷维喷泉一样华丽—白天我们曾被夹在拥挤的人群中匆匆瞥见一眼。水从一个个目光呆滞的石质滴水兽的口中流出来。九重葛的叶子上沾了从喷泉溅出的水花而闪闪发亮。

一个头发染得很失败的小个子男人不知从哪里冒出来迎接我们。

"这边请。"他朝一个角落给我们指了指，我们跟在他后面，只见树木后面出现了一条拱形柱廊，一侧是庭院，另一侧则是忙碌的厨房。沿着这条柱廊摆放着一排简单的木桌，桌上铺着纸质桌布，桌子大多都被年长的人占据了，全是意大利人。我们是唯一的两个游客，他们本可能会对我们感到反感，不过他们显然都被卡伦征服了，于是都友好地朝我们点头打了个招呼。美貌真是走遍世界的通行证。我靠着我的常用语手册破译了菜单，跟预计的一样，上面包括了比萨和意大利面，但也有茄子、意式干酪和洋蓟，对我来说都是异域风味。

我有种强烈的冲动，想要把菜单上的一切风卷残云般装进肚子里，但在卡伦面前只能极力保持进餐姿态的优雅。她吃饭时，自然是跟你想象中模特吃饭的样子一样，如同小鸟啄食一般，一边还不停地抱怨着不敢多吃。她坦白说很想多吃些，可她现在正在节食，不敢让体重涨上一丁点。看着她还半满着的盘子被撤走，我心里暗暗觉得可惜。我决定等晚一点我自己一个人的时候，再去找些街头小吃。

我想不出自己一生中还有比那更美好的一天了。我们轻松地交谈着。我们没有太多共同爱好，但这无关紧要。她倾听着我对时事和书籍的观点，而我对流行明星、演员和时尚也有了更多的了解，我们都能够调动对方的兴趣。然而，话题还是不可避免地转移到了安妮身上。

"不找到她我绝对不会放弃。即便是要我去求助媒体，即使这意味着要颠覆她现在所谓的新生活我也在所不惜。她本该适当跟我们联系，这是她欠我们的。一封糟糕的信根本不足以弥补这六年带给我们的伤害。她几乎毁了我们。"

我试探着说："你就算放手又能怎么样呢？别找了，忘了她吧。"

卡伦的眼中闪着泪光，说道："我做不到。我爱她。我知道她也爱我。这中间一定有蹊跷。我总忍不住觉得她是被迫留在那里了。这根本就解释不通啊。"

我不知道该怎么回答，于是什么也没说。

"很抱歉，这美好的一天被我给破坏了。这一天太完美了，对吗？"

"是的。"

我付了账，我努力不让自己表现出惊慌，不去想怎么熬过剩下的一个星期。

到了十点，她打了个哈欠，于是我提出陪她走回她的酒店。

我们漫步在一条条街道，我琢磨着是否应该牵她的手。我们一路走着，她的手就随意地挨在我的手旁边，只有几厘米的距离。这算是一种邀请吗？借着晚餐时的酒劲壮胆，我想这也许真的是个机会，可我正要行动时，她突然转过身来。

"明天跟我一起吃早餐吧！十一点才会有人来接我。"我欣然同意了。分别前我们轻轻地互相亲了一下脸颊。我感觉有那么一瞬间，我们本来可以真正地接吻，可我退缩了。我为什么会犹豫？那一刻我最想做的事就是跟着她走上她酒店的大台阶，但我不知被什么绊住了脚步。

"明早见。"说着，她的手指缓缓离开了我的肩膀。

我慢慢地返回我的酒店，一路上思索着自己究竟是怎么了。我在一家小比萨店停了下来，然后一个人吃掉了一份非常大的比萨。店主都被我的食量给吓住了，我开始担心自己从前的食欲又卷土重来了。

特米尼中央火车站后面那些街道和小巷，早些时候看上去那么热闹，此刻却染上了一种不祥的色彩，起初，我以为是自己的不良思想引起了这种氛围的变化，可接着，我注意到了那些女孩。她们身穿与她们年龄极不相符的超短裙和短小的 T 恤，还有超高跟鞋，三三两两懒洋洋地凑在一起。随着我渐渐靠近，女孩们朝我吹起口哨来，我这才意识到她们是妓女。一个一脸凶相的男人身穿一件皮夹克，坐在不远处的一辆梅赛德斯里，正审视着他的货物。显然他就是皮条客。女孩们对我发出阵阵嘘声，在我后面跟了有几米远。她们试着用好几种语言跟我搭讪，其中包括英语，但我一直埋着头，双手也塞在裤兜里。我知道自己看上去没什么值得打劫的价值，所以毫发无伤地通过了那里。

这次遭遇让我很不安。我脑子里唯一能想到的只有安妮。她竟然把自己的身体当作冰激凌一样随意出卖给别人。我回想着坐在梅赛德斯里的那个男人。他是在那里照看她们的吗？他会善待她们吗？会打她们，会杀她们吗？

当我回到酒店时，还是马里奥在当班。

"你现在给你妈妈打电话，可以吧？她打了四个电话了。我的老天。我帮你拨电话，可以吗？"

"谢谢你，不过我还是明天早上再给她打吧。"

"不现在打吗？"

"不了。太晚了，明天吧。"

他深深地叹了口气。我想他绝对不会让他母亲等着他回电话吧。

"还有一条信息，是位女士，名字是海伦。"

"海伦？什么时候的事？"

他似乎不太愿意告诉我。

"半小时之前。"

天哪，一定是出什么事了。

"我要回我的房间了。你可以在五分钟后帮我往都柏林打一通电话吗？"

"好的。是打给海伦还是妈妈？"

我没有回答他，一步两级地爬上了楼梯，心里担心着将会收到什么样的消息。

回到房间，我用颤抖的手拿起听筒。我没心情理会马里奥的无礼行为，厉声对他喊出了我家里的号码。他立即帮我拨通了。海伦接起了电话。

"海伦！你在那儿干什么？妈妈还好吗？"我听她说了句"是他"，然后听到抓握听筒的声音，另一个人接过了电话，只听那一头人声鼎沸。

"哦，劳伦斯，你去哪里了啊？我们一整天都在想办法联系你！"我的母亲情绪激动，说话上气不接下气的。

"怎么了？什么事这么重要？"

"亲爱的，你别太难过，是你奶奶，她今天早上去世了。你费恩叔叔和罗茜婶婶也在这里。发生这种事情实在太令人难过了。我真的觉得你应该回家来，当然，决定权还是在你。"

该死。该死。该死。

"好，我会回去的。"

"噢，那真是太好了亲爱的。我知道你一定会回来的。海伦去旅行社给你订了明天早上的第一班飞机票。"

"她……什么？"

"她帮了非常多的忙。你要跟她说话吗？海伦！"妈妈放下了听筒，海伦又接了起来。

"你奶奶的事我很抱歉，劳瑞。我知道她是个厉害的老古董，不过怎么说她也是你奶奶。"

"谢谢。你给我订的明天的航班是几点的？"

"是早上九点二十的。你可以去机场取票。没问题吧？"

我给马里奥打电话让他早上帮我叫早，告诉他到时候我要退房。他听说我要取消一周的预订很生气，不过当我告诉他我奶奶去世了，我得回家陪我妈妈时，他立刻表示理解。我请他打一通电话给卡伦的酒店。那边的接待员拒绝帮我转接，坚持说是卡伦要求不要打扰她。我猜还真有"美容觉"这回事。我让接待员留下一个口信，向卡伦解释我必须回爱尔兰，并道歉说我没法履行共进早餐的约定了。

我躺到床上，回想着我人生中刚过去的这四十八个小时里所发生的事。昨天，奶奶还活得好好的，卡伦的丈夫对我进行了人身攻击，而我跟卡伦在罗马共度了一天，现在正躺在床上。我是真心为菲茨奶奶感到难过。虽然她很无礼，但我想她一直是真心为我好的。我小时候，她对我的宠爱惹得妈妈都妒忌。

我知道葬礼之后我不会再回罗马了，机票实在太昂贵。

谢天谢地早上不是马里奥当班。一个安静的女孩给了我一杯加了巧克力粉的浓咖啡，还有一个羊角面包，然后在街上帮我叫了一辆出租车送我去机场。

我到家时，妈妈泪流满面地迎接了我。海伦为了陪她，昨晚住在了客房里。

"天哪，劳瑞，你的脸怎么了？"

我都忘了自己脸上的瘀青了。

"劳伦斯被流氓打劫了。"我妈妈说道。

后来，海伦为了"打劫"的事对我进行了一番拷问。她无法理解他们为什么没有抢走我的手表或是钱包。

"得了吧，劳瑞，究竟是怎么回事？"

"我上班时撞到架子上了。"

她一阵大笑。

"你可真是个白痴啊。那你妈妈怎么会觉得你是被抢劫了？"

"我要是跟她说实话，她会禁止我去上班的。你知道她一贯是什么样子。"

"你打算告他们吗？告你们救济处？"

"什么？当然不啊。"

海伦耸耸肩，说道："要是我就会。"

她当然会了。

海伦抓住我给了我一个拥抱。"天哪，"她低声说，"我还以为你奶奶会永远活下去呢。她可真是铁打的！"

海伦一整天都留在家里帮助我妈妈。她来道别前，甚至还做了些简单的家务。

"劳瑞，一共二十镑，谢谢。"

与其跟她争，还是拿钱打发比较简单。

奶奶是被邻居发现的，她是心脏病发去世的。也许是先天性缺陷造成的，跟我父亲的死因一样，然而就他的情况来说，杀了人所带来的巨大压力无疑也是一个重要诱因。妈妈虽然没少流泪，却很坚忍。她跟费恩叔叔和罗茜婶婶一起协调着葬礼事宜。罗茜婶婶说起，你每参加一个葬礼，都会让你想起所参加过的其他葬礼。可我只参加过一个。

"你知道吗，你父亲的葬礼我几乎完全没有印象了。我当时的状态太糟糕了！"妈妈说。

葬礼前，出于对奶奶的尊重，我请罗茜婶婶帮我用化妆品遮盖一下脸上的伤痕。罗茜想知道关于这次抢劫的细节。所幸葬礼车来接我们去教堂了，我得以省去过多的解释。

我们站在教堂最前端，奶奶的朋友和熟人上前来一一跟我们握手，含混不清地对我们表达着哀悼。奶奶的棺材是盖着的。显然她为了避免别人给她穿得不得体，早就表达过要盖着棺材的愿望。妈妈说他们把奶奶的粗花呢裙子和水貂皮披肩提供给了殡仪师。我觉得，这很不合适。在我看来，跟一只已经死掉的动物埋在一起，比把它穿在身上更可怕。

费恩叔叔和罗茜婶婶的家里混乱不堪，四处摆满了三明治，更糟糕的是，那里还挤满了各种年龄段的老人，再加上他们那八个惹是生非的孩子，出于义务，我不得不在那里张罗着，一天结束后，我开车带着妈妈返回家里。

"今天可真够累的！"她说着，但语气几乎有些愉快。她的愿望已经实现了，她那个指手画脚的婆婆终于不能再妨碍她了，而她的儿子也回到了家，回到了他应该在的地方。我的假期还没开始就夭折了，她都懒得假装为我感到难过。她没有问我在罗马的二十四小时是怎样度过的。跟卡伦共度的一天我可以埋藏在自己的心里。她没有注意我的情绪，或者说就算注意到了，多半也会觉得我是在怀念我的假期或是我的奶奶。她心情很不错，还闲聊着哀悼者的衣着，说着爸爸的哪些朋友来了，以及罗茜婶婶竟然能应付"这么多人"在她家里。她给我们俩各倒了一杯酒。

"我想我们现在算是有着落了。"她说。

我没明白她的意思，问道："什么？"

"我是说经济方面。埃莉诺去年跟我说她更改了遗嘱，要照顾我们。我刚才跟费恩说了，他很生气。我并不知道她的遗产究竟是怎么安排的，不过她绝对说过会让我们得到照顾。"妈妈对此非常开心。我从未意识到她竟如此唯利是图。依靠我的管理层薪水和她的遗孀抚恤金，我们过得还算不错，但当然比不上我父亲从前赚得多，所以即便我们能够支付各种账单，却还是不能像过去一样有太多富余的钱。我们不再拥有妈妈从前习以为常的豪华大餐和设计师定制服装。我并不怀念这些东西，妈妈却十分渴望。

"妈妈？"

"怎么了，亲爱的？"

"安妮的家人是不会放弃寻找她的。她妹妹已经去阿斯隆找过她了，她一有机会就会马上再回中部继续搜寻的。"

"唉，我的天哪，他们都是蠢货吗？"妈妈十分气恼，她的铁石心肠让我很惊讶，"简直太荒唐了。他们就不能放手吗？"

"如果我失踪了，你会不会放弃寻找我？"

"亲爱的！当然不会了！我只是想保护你，保护你父亲给我们的回忆。再给她寄封信去吧。"

"什么？"

"给那个妹妹。她叫什么名字来着？以安妮的身份直接给她寄封信，写一些能阻止她的东西。我们一起来构思。你得再回阿斯隆一趟把它寄出去。"

对于掩盖她丈夫的杀人史这件事，我妈妈表现得如此理性，如此冷漠。这让我惊惧不已。然而我又能怎么做呢？她是对的，这件事必须做，而且这也能给我安慰卡伦的机会。

"卡伦。她的名字叫卡伦。"

18. 卡伦

妈和爸可以算是和好了。他非常庆幸她能回来，所以他把自己收拾整理了一番，不再去酒吧，而且认认真真地出去找工作了。他一直非常想念她，这次下了决心一定要把她留在家里。德西也想方设法让我回家，而我妈妈也在尽全力帮助他。她一天到晚在我耳旁念叨："别犯下会让自己后悔一辈子的错误。德西·法伦是个好男人，而且他不是爱你爱到骨子里去了吗？"

我从罗马回来后不久，德西就找上门来，我没有理会他，他在街上追在我身后喊道："我把你那个失业救济处的男人给收拾了，他现在根本不会靠近你。"

我转过身问道："你做了什么？"

"我狠狠揍了他一顿，他自找的。"

我想起了劳伦斯眼睛下方的瘀青，当时他跟我解释说是上班时账目架倒下来砸到他了。"你这愚蠢的浑蛋，"我说，"他只是个朋友。"

"是，反正我收拾完他，他也不敢再妄想别的了。"说完，德西双手插在兜里，趾高气扬地昂着头悠闲地走掉了，就好像刚刚在赛狗场上发了大财似的。

我在脑中回忆着跟劳伦斯在罗马度过的那一天。那些时光是那么美好，但被迫缩短实在是很可惜。我回来后，他跟我解释了他奶奶去世的事，可我发现自己一直在想着他。我感觉对布丽吉特非常愧疚。那一天劳伦斯原本有很多机会可以吻我，他本可以握住我的手，对我表达他的情感，可是他没有。我觉得自己误解了那些信号，可我感觉从某种程度上我们已经纠缠在一起了。可每当我试着将我们之间的友谊再上升一度时，他都会温和地拒绝我，就好像那次我问他要家里的电话，他嘟哝着说我可以打电话到救济处找他。我现在才明白原来是德西吓退了他，又或许劳伦斯对我本来就不是那种喜欢。也许是模特工作让我过于自信了。

我给劳伦斯上班的地方打去电话，直截了当地问他德西是不是攻击他了。他怯怯地承认了。

"可你为什么不告诉我呢？"

"这会毁掉我们的旅行的。"

"我很抱歉，劳伦斯。"

"你不必道歉。这不是你的错，不过我拜托你，不要回去找他。"

"我……我不会的。"

"那就好。"

又是这种含混不清的态度，劳伦斯不希望我回到我丈夫身边。

我依然在寻找安妮，不过与此同时我也在找公寓。伊冯娜告诉我我在罗马的拍摄大获成功，我从来没赚到过这么多钱，在米兰和巴黎的工作机会也多了很多。伊冯娜很担心我会搬去伦敦，会换经纪人，如果不是为了继续寻找安妮，我的确可能会去。但同时，我觉得应该对伊冯娜保持忠实。如果不是她对我的发掘和培养，我如今肯定还在那家干洗店工作，还跟德西住在一起。我还没告诉她安妮还活着。我不想让她知道她儿子弄错了。

我从罗马回来那个周末，布丽吉特打来电话告诉我，这期间她已经调去了马林加的救济处，让我去那里找她，然后住在她的新公寓里继续去寻找安妮。我答应了要去，到那里的第一个周五晚上，我参观了她的新家。她的公寓位于一片新住宅区中的一栋合租房里，就在城边上。跟她合租的是两个女孩，正在电视上观看《相亲》。我们拿了瓶红酒回到她的房间，她为我准备了一张抽拉式床垫铺在地板上。我喝多了，把劳伦斯和我一起去罗马的事告诉了她。刚说完我立刻后悔了。

"他……什么？"

"我本来就是要去的，然后他说他也正好想休个假，所以就跟我订了同一个航班。这也说得过去啊。我应该提前告诉你的，可我不想让你误会。我是说，你们分手后的一天晚上我们两个见面喝了一杯……"我每说一个字都在越描越黑，"可我们之间什么事也没有，我保证。你是相信我的，对吗？"

那时候，我才第一次知道，有时候就算说真话也可能会感觉自己像个骗子。后来整个周末她都对我很疏远。第二天她说她感冒了，于是我只好自己去了镇上，拿着安妮的照片四处询问有没有人见过她。我得到的结果跟在阿斯隆基本上一样。安妮看上去有些像他们曾经认识的人。

她的嘴巴是怎么回事呢？我为什么要找她呢？这件事我有没有报警？这一次我没有做任何解释。

我浑身湿冷，垂头丧气地回到了布丽吉特家。那天晚上她几乎没怎么跟我说话。最后，我打破沉默，再次提起了劳伦斯这个话题。

"我早该知道的，"她说，"我真不敢相信自己竟然这么傻。有你在旁边的时候他总是会亲切得多，而且他还花那么多的时间和精力去寻找杀害你姐姐的凶手。我一直觉得这很荒唐，就像你们俩在玩侦探游戏一样。"

"这不是游戏！"

"你们两个把我当成傻子了。你可以骗自己说他对你没兴趣，可你好好看看我们俩吧。"她指了指我们身后的镜子，"换作你是他，你会选择谁？"

"求你了，布丽吉特，他从未对我采取过什么行动，我发誓……"

"给他点时间，他只是在等待时机而已。天知道，他只是不想做什么不得体的事罢了。你可是个有夫之妇。"她的语气中透着一股酸涩。

第二天早上，我极其痛苦地回到了都柏林。我告诉爸妈我要搬到自己的房子去住。妈哭着说我应该搬回去跟我丈夫住，可爸能够理解我。我警告妈不要再把我或是我朋友的任何消息告诉德西。我的新公寓就在阿庇亚大道上。

"可是，住在那附近的人我们都不认识啊。"妈说道。想到我要住在一个陌生的地方她非常不安。

"妈，我很快就会拿到钥匙，到时候你们可以过来吃饭。你会很喜欢那里的。"

后来那个星期的一天早上，妈妈一大早走进我的房间叫醒了我。她的双手都在发抖，她说道："又来了一封信，跟一个包裹一起来的。是安妮寄来的，寄给你的。"

我拿着包裹翻过来看了看，邮戳写着阿斯隆。包裹的外包装一角已经破损了，不过纸张还没有被撕掉，我能看到里面是一套装在透明塑料盒里的油画套装。

亲爱的卡伦：

几星期前我给妈写了封信，我想你应该厅（听）说了。我经长（常）想起你，我知道我应该给你和爸也写信。我知道我干了坏事，从家里逃跑，仍（扔）下你们为我担心，我一直想起我说要买给你却一直没有买的那套绘画套装。我知道我永远没办法米（弥）补给你们告（造）成的麻烦，但我希望你能有机会用上这套颜料。我厅（听）说有人在找我，我想应该就是你。如果你爱我，就不要管我，不要担心我，我很安全也很幸福，虽然我很想念你们大家，甚至也想念爸，我知道他并不想对我那么很（狠）心。

你还是让我自己做自己的事吧。有一天我可能会给你个惊喜去看你，不过请你别找我了。等我准背（备）好我会去找你的。

爱你的安妮

我把信递给妈，她读给了爸听。他看着信上的字迹，说了一句我头一次听到的话："真希望我认识字。"

"我难道没提过要教你吗？"妈说道，"你总是要面子。"

"以后不会了。"

他们拥抱着对方，就好像他们再次失去了安妮一样，但他们又重新找回了彼此。我不想打扰他们，于是回了自己房间。

她就在马林加，或是附近的某个地方。她一定在那里。某个人看过我拿着的那张照片认出了她，然后通知了她。我猜想会不会是彩票店里那个看似五十岁的家伙。他对这件事非常不自在。我不明白她为什么不愿让我进入她的生活。从她寄给妈的那封信中，我知道她现在有了新的名字，所以她应该已经为自己编造了一个与真相不一致的故事，当我想到这个，就觉得解释得通了。

我给布丽吉特打了电话。本以为她会对我冷若冰霜，可她听上去似乎比我想象的要释然。我把信的事告诉了她。

"她就在马林加，或是附近的某个地方。我留下的那张照片还在你那里吗？你能不能帮我留意一下她？"

"好的，我一定会的。我很高兴你就快要找到她了。"

"我现在可能不会去打扰她。她不想跟我有牵扯，不过我现在对她已经没那么生气了，你能明白吗？"

"当然。"

我们的对话停顿了一会儿。

"你见到劳伦斯了吗？"

我诚实地回答道："没有。自从我上次跟你谈过之后还没见过他。"

"是吧。"

"怎么了？"

"我想……我很抱歉之前怀疑你们两个。"

"没关系，一定是我们看上去有点奇怪。"

"是啊，我只是以为他想跟我和好。"

我深吸了一口气道："是吗？"

"乔西星期六在阿斯隆看到他了。我估计他可能想到我家去，可他还是差点勇气。他大概还不知道我已经搬到马林加了。"布丽吉特兴奋得喘不上气来。

"但是他根本没去你父母家？"

"没有，你知道他有时候会紧张成什么样子，而且自从上次之后，我也不能怪他。我昨晚给他打了个电话，还留了个口信，可他妈妈那个贱人估计根本就没告诉他。我明天再给他上班的地方打电话。"

我努力掩饰住声音中的失望。"太好了，这真是太好了。我真的很为你高兴。我说的是实话。"我撒谎说。

我没有给劳伦斯打电话，他也没有打给我。我搬进了我的新公寓，我整理着纸箱和行李箱，仔细打量着我的新家，我看了看跟安妮的信一起从阿斯隆寄来的那套颜料。这些全是油画颜料。安妮都忘了我讨厌用油彩了。我又拿出那封信。包裹的外包装我都留了下来。我看了看之前装颜料的那个透明塑料包装。这套颜料跟克拉克美术用品店橱窗里那个古董颜料盒有着天壤之别，不过她也许只是选了她买得起的东西而已。我又看了一眼邮戳，阿斯隆，日期是三个星期前的周六。我有些疑惑。劳伦斯不是……已经……

随着我在脑海中回想一个个细节，我感到有股热气渐渐上涌，直到我感觉自己的头快要爆炸了。问题突然间变得无比明显。这些信难道都是劳伦斯寄的，不止这一封，就连第一封也是？他会不会是根据我借给他的那个记事本模仿了安妮的字迹？我还记得他跟我和布丽吉特说过他从前被迫帮学校的其他男生伪造成绩单的事。他非常擅长这个。他一定是用心记住了我告诉他的每一个关于安妮的细节，然后利用这些来说服我安妮还活着。我给他上班的地方打去了电话。

"劳伦斯吗？"

"嘿！"

"嘿。"

"你还好吗？"

"挺好的，我只是有点事情要问你，我希望你能百分之百诚实地回答我，好吗？我是想说，如果你回答说是，那也没关系，我只是需要确认一下。"

电话那头沉默了。

"劳伦斯？"

"好的。"

"你是不是假装我姐姐写了那些信？"

19. 劳伦斯

　　我让我妈妈以为安妮的第二封信也是她说我写的，可她的版本太缺乏人情味，太冷酷无情，完全不同于我所了解的安妮的性情，于是我撕掉那封信又重新写了一封，用了一些我觉得卡伦需要听到的词句。我记得卡伦曾经说起过，安妮失踪前曾打算给她买一套颜料，于是我买了一套放进包裹里。我知道这样可以给安妮的故事增添一些可信度。卡伦知道安妮依然爱她一定会安心许多。这对我来说很重要。

　　那个周六，我搭上了前往阿斯隆的大巴，我从门罗先生那里得知布丽吉特已经调动到马林加了，所以我不可能会遇到她。任务很简单：到站下车，直接去邮局，然后回车站坐同一辆大巴返回都柏林。

　　妈妈急切地等着我回来，她有消息要告诉我。她去逛街，给自己买了一整套新衣服。酒柜里多了些昂贵的红酒，冰箱里还放着烟熏三文鱼。

　　"那栋小别墅是我们的了！"她高兴地喊道。看样子，是奶奶把她的小别墅留给了我们。而房子里的东西，包括一些很漂亮的古董家具和重要的画作则留给了费恩叔叔和罗茜婶婶。八年前，我父亲鼓动着他妈妈卖掉了她位于博尔斯布里奇的一栋有四间卧室的维多利亚式的宅子，在基利尼的一个山崖顶上买了一栋独立的小别墅。剩余的钱都被他拿去让帕迪·凯里投资了，结果血本无归。妈妈打算卖掉小别墅，然后把钱全花在我们早就已经负担不起的那些奢侈品上。她表露无遗的欢喜劲再次让我感到很诧异。那些伪造的信件对她没有丝毫影响，她甚至都没问问我这趟行程怎么样。

过了几天，费恩叔叔和罗茜婶婶一起来到了家里。我彬彬有礼地迎接了他们，可费恩叔叔根本没心情管这些细节。

"关于我母亲的遗嘱，我希望你能做符合体面的事。"他对着我说道。

妈妈插嘴道："这可是埃莉诺的遗愿。难道你想说她脑筋有问题？"

"不是，可你一定也能看出这有多么不公平。是安德鲁败光了我们的家产，你却成了仅剩下那点东西的唯一受益者。"

"她把房子里的东西留给你了啊，你又不是什么都没捞着。"我母亲在试着讲道理。

罗茜婶婶怒视着我，说道："你欠我们的。"

他们为什么都看着我？妈妈轻描淡写地反驳他们道："你不是打算跟我们争夺遗产吧，费恩？要把我们拉上法庭，让整个家族出洋相吗？"

"当然不是，可劳伦斯这么大了，已经可以自己做决定了吧？"

我不明白他的意思，问道："我？为什么是我？"

费恩叔叔怒视着我妈妈。"你还没把真相完整地告诉他，是吧？"他转身对着我，"我母亲把她的小别墅留给你了，劳伦斯。不是给莉迪亚，只给了你。她说，是为了帮你独立。"

妈妈挑衅地说："是啊，劳伦斯可没有理由要把这些收益跟你分享。"

罗茜婶婶怒不可遏地说："那是你跟他说的吧，莉迪亚。好了，劳伦斯，你怎么想？你是打算卖掉房子把钱据为己有，还是打算像个体面人一样跟我们分？"

妈妈站在我身后，双手放在我肩上，说道："我觉得你们这样威逼我儿子屈服实在太不像话了。我必须请你们离开了，现在就走。"

妈妈把他们送出了家门。

"他们真是胆大包天！他们以为自己是谁啊，竟然想指手画脚教我们怎样处置遗产？你父亲要是看到事情变成这个样子一定会大发雷霆的。别管他们，劳瑞。那栋小别墅是我们的，我们可以想怎样就怎样。"

"是我的，那栋小别墅是我的。"我纠正她说。

"当然了，亲爱的。"她说着，对我露出最灿烂的微笑。她继续大声责骂着费恩叔叔和罗茜婶婶。

"妈妈，这事你怎么能不告诉我呢？"

"别小题大做了，劳伦斯。说跟不说有什么区别？"

"可是妈妈，这不公平。他们至少应该得到那栋别墅一半的钱。"

"为什么？他们为什么要得到任何东西？埃莉诺非常清楚自己在做什么。费恩和罗茜养得起他们的八个孩子，如果养不起，那他们就不该生这么多。"

我知道妈妈很忌妒罗茜婶婶能够成功生育八个孩子。

"我们也过得很艰难啊。你知道我一向不喜欢抱怨，可是我希望我们能重新过上从前习惯的那种生活。当初你父亲去世时，所有人都想让我卖掉这栋房子，搬去一套脏兮兮的小公寓，我知道让你来承担住在这里所需的开支是一份很重的责任，但现在你可以轻松一些了。这都是你自己挣来的，亲爱的。"

那天晚些时候，海伦过来了一趟。自从海伦在奶奶的葬礼期间那么"乐于帮忙"之后，妈妈和她现在已经相处得很融洽了。我甚至感觉妈妈想让我们重燃少年时代的旧爱。她特意让我们单独待在一起。

"奶奶在她的遗嘱里把她的小别墅留给我了。"

"哇！真的吗？这太好了。你有自己的家了！"

"这倒未必，妈妈要卖了它。"

"等等，你奶奶把别墅留给了谁来着？"

我这时候才反应过来。之前，我一直觉得我们应该卖掉那房子，然后把所得的收益跟费恩叔叔平分，可海伦让我意识到另一种可能性。

"这可是你自己的家。不用房租的！那是栋什么样的房子？"

我一边给她描述，一边渐渐意识到那房子有多完美，完全就是我所需要的。奶奶特意强调那是为了帮我独立。

"那房子位置相当偏远，在基利尼一条林荫大道尽头上的一条巷道里。里面有一间宽大的卧室延伸出去俯瞰山崖。别墅里还有一间大客厅，可以看到多基岛和海湾的景色。厨房有些陈旧。旁边没有邻居。别墅一侧靠着一条铁路，除此之外，就只有悬崖和大海了。"

"去你家办派对喽！"海伦说着，她完全没抓住重点。

在罗马，卡伦告诉我她要搬出她爸的房子。她对自由和独立生活的追求让我十分钦佩。我也是时候该这么做了。我很意外卡伦收到信之后一直没有给我打电话，不过我正忙着为我们的未来筹划着，为她和我的未来。

那天晚上，我告诉妈妈我那个周末就要搬出去，到小别墅去住。我丝毫没有绕圈子。我几乎面不改色，告诉她我需要像个独立的成年人一样生活，而她将很快发现这对她也有好处。我解释说我仍将继续负担她的各种账单和支出，也会每周至少去看望她一次。她可以随时按照自己的意愿在家招待马尔科姆。我很确定，我不在家他会自在得多。

妈妈哭着求我留下来，但我并没有急着安慰她。我感觉很内疚，但我不能再对她妥协了。我需要她容许我长大。她回了自己的房间，那天晚上再也没有出来。

大约晚上十一点，我敲了敲她的房门想跟她道晚安，没有人回应。我推开门，她衣着整齐，四肢摊开躺在床上。

"妈妈？"接着，我看到了两个空药瓶。

我对她叫喊着，抬起她的头。她还有呼吸，但十分微弱而不均匀。

"天哪！妈妈！你这是……"我非常清楚她做了什么，也知道原因。

"别管我，"她含混地说，"我只想睡觉。"我把她拖到浴室，打开了所有窗户，把她放在地板上。我一只手捏开她的下巴，用一支牙刷戳她的喉咙，直到她开始干呕。见她开始呕吐，我又把她翻过来趴在马桶上。

"妈妈，我得叫辆救护车来。"

在干呕的间隙，她尖叫着："不行，不能叫！他们会把我送回那里的！"

我知道她指的是圣约翰精神病院，也知道她的担心是对的。我把她留在那里继续吐，飞奔下楼拨通了电话。

"你好？"

"海伦，是我，劳伦斯。"

"是你啊，都什么时候了……"

"你能来我家吗？就现在。有急事。"

"为什么，发生什么事了？"

"你能过来吗？求你了。我妈妈吞了些药片，很多药片！"

她终于听出了我声音中的急切，问道："她还有意识吗？"

"有，她正在呕吐。"

"好，这就好。好吧，我十分钟后到。"

海伦真是太了不起了。等我解释完妈妈做了什么，她就完全接手过去了。她没有理会我妈妈的抗议，把卧室和浴室里的所有药物都拿走之后，才终于把她放到了床上去睡觉。我们一直陪着我妈妈，直到她睡着后，我们才下了楼。

"别担心，她今晚不会再折腾了，她至少十二个小时没法动弹。她为什么这么做？"

"我跟她说我要搬出去。"

海伦真心同情地看着我。

"你应该叫辆救护车的。"

"他们只会把她送回圣约翰精神病院。"

"好吧，也许那就是她该去的地方。"

这时候，我终于忍不住了，我的眼泪夺眶而出，我开始啜泣起来。

我的哭相不怎么文雅。我的肩膀上下起伏，哭得又难听又难看。海伦去酒柜给我倒了一大杯威士忌。

我感激地接过酒杯，一口就喝下一半，感觉一股热流贯穿了全身。

"我向她承诺了不会让她回那里去。"

"我的天，劳伦斯，这种承诺你根本遵守不了。"

"我必须做到。"

"你不用这样。"

"海伦，你不明白。她现在只有我了，照顾她是我的责任。"

"那你对自己的责任呢？你自己的生活怎么办呢？难道为了阻止你妈妈自杀，你就要一辈子都住在家里吗？"

"我没有想到她会如此难以接受。我知道她很难过，可我以为她最终会明白这样是最好的安排。她的精神状态这几年都已经很稳定了。她还有个男朋友……"

"他会照顾她吗？他对她好吗？我是指，他会娶她然后搬进来住吗？这有可能吗？"

"我不知道。我不认识他。他是个精神科医师。"

海伦大笑起来，经历了刚才的情绪发泄和恐惧，我也大笑起来。那感觉就像是松开了一个气压阀一样。然后，我们的笑意渐渐退去了。

"我该怎么办？"

海伦沉思了一两分钟。

"你绝对不想让她再回到精神病院去对吗？"

"不想。况且，我们根本负担不起那个费用。"

"你雇得起我吗？"

"你？你指什么？你不是在圣文森特医院有份工作吗……不是吗？"

"没有了，上周他们把我解雇了。他们发现我偷了很多安定。"

我怎么就一点也不意外呢？

"海伦！为什么啊？"

"我也不知道。这真的很蠢。我应该偷些安非他命或是其他能让你'嗨'一下的东西。安定只会让人情绪低落。一个月前我去参加一个派对，所有人都想要这个药，可那些该死的蠢货太贪心了把它当聪明豆一样吃，几乎所有人都睡着了。简直是场灾难！"

"那你打算怎么办？"

"我不知道。我没被他们撤销从业资格就已经很幸运了。我本来打算去应聘个疗养院的工作，不过我可以来这里工作吧，可以吗？"

"什么？"

"就几个星期而已，等到她情况稳定就行。我手里还有些安定，近期她可能只需要这个，我可以帮她控制剂量……"

"海伦，我妈妈甚至都不太喜欢你啊。"

"这个嘛，她比以前要喜欢我得多了。而且，她还有其他选择吗？你会放弃工作来照顾她、看护她吗？"

这办法似乎有些激进，可海伦说得没错。我并没有多少选择的余地。

"你不能搬进来住，只是在我上班期间看护她。"

"可以。"

我们一直待到了凌晨三点，商量好了一个酬劳的数额。其实她收的钱比我预想的要低。"友情价。只收现金。"她说。

我跟她聊了聊工作。我们聊到了我们从前那段失败的关系，她承认当初对我过于残酷。我也坦白说自己当时对她并没什么好感。

"浑蛋。"她说道。她跟我说了她过去六年里交过的九个男朋友。"我交往过的蠢货不止你一个。"她对我的减肥成果表示了赞赏。我放松了戒备，把我跟布丽吉特分手以及没有求婚的事告诉了她。跟料想的一样，海伦觉得这非常好笑。她劝我一定要搬出去，一定要独立生活。

"这会对你有好处的。对她也好，可以让那个叫马尔科姆的家伙参与进来。"

我对海伦那天晚上的陪伴无比感激。

第二天，我没有上班，我小心地跟妈妈解释说接下来几周海伦会来照顾她，并跟她保证在她情绪稳定下来之前，我不会搬出去。她泪流满面，十分羞愧，一遍又一遍地向我道歉。

"我真的很对不起。我怎么就这么没用呢？我怎么会是这个样子？"

"你不是没用，妈妈，一点也不会。你只是还没准备好让我搬走。我应该给你些时间让你慢慢接受这件事。"

"求你别走！"

"等你好些我们再讨论这件事。你需要我给马尔科姆打电话吗？"

"不！别告诉他。他只是……别告诉他。"

"好的，我不会的。可是妈妈，你为什么……他是已经有家室了吗，是因为这个吗？"

她很惊讶，说道："不，当然不是。"

"你从不谈论他。我在家的时候，你从不让他待在这儿……不过等你好些了，我希望能正式跟他见个面，可以吗？"

她点点头道："马尔科姆是……他是……我只是想把他分隔开，把他和我生活中的其他部分分隔开。"

"可是为什么呢？"

"他了解我……太了解我。"

"你难道不……不喜欢他吗？你还想继续见他吗？"

"我想，他是个好男人。只不过……他知道……"

"知道安妮·道尔的事吗？"

"不，当然不知道，我从未把那件事告诉任何人，只是……"她的声音渐渐听不见了。

我完全不知道她在说什么，只是猜测她可能觉得跟他在一起，她的隐私会得不到保护。不过，如果是这样，她为什么还要继续见他呢？这根本解释不通，可更多的问题只会加剧她的不安，于是我没再追问。

我回想起当初海伦在我父母面前是怎样一副满不在乎的态度，于是有点担心让她照顾妈妈会是个巨大的错误，可没想到当她进入护理角色以后会变得截然不同，她礼貌、恭敬，而且充满关爱。一天晚上，我下班回到家，发现她和妈妈在厨房里一起给植物换盆。她说话轻声细语的，当妈妈手中的花盆快要掉下来时，她轻轻用手稳稳地扶住了妈妈的手臂。她要是能一直这样就好了。后来我对海伦这样说道。

"是啊，我是个好演员，是吧？我都该得奥斯卡奖了。"

短短的几个星期，妈妈和海伦就变得非常亲密。谁会想到呢？海伦说马尔科姆打过几次电话，可妈妈拒绝跟他说话。据说，他听上去很担心。

"我们该不该把之前发生的事情告诉他呢？"我问海伦。

"不行。这是她自己的事。她如果不愿意就不用见他。"

"可他显然很在乎她啊。"

"是啊，可问题是她在不在乎他呢？"

在上班的地方，我成了办公室八卦的主角。女孩们都怪我把布丽吉特逼走了。伊芙琳和萨利不明白为什么申请调职的人不是我。我试着解释说布丽吉特想离家近些，但他们跟她聊过，知道我跟她已经分手了。

"她真的对你很有帮助，"简说，"你看，你从跟她约会以后就开始健康饮食了。光靠你自己是不可能做到的。"

我抗议说我的确是靠自己做到的。他们指责我太不知感激。我利用职权，命令他们全回自己的办公桌去。布丽吉特给我家里打过电话，还往救济处打过几次，想跟我和好。她告诉我乔西在阿斯隆看见我了。我断然否认了，说乔西一定是认错人了。那天下午，她又打来了电话。她说她再次确认过了，乔西非常肯定她看见我了。

"天哪，布丽吉特，到此为止吧，好吗？我们不可能和好了。我没有去过阿斯隆。我根本不爱你。"挂掉电话，我发现简在我敞开的办公室门外看着我。她一脸厌恶地摇了摇头。

过了些天，有一天我下班到家一个小时后，马尔科姆来了家里。妈妈正在楼上休息。

他不想进门，只是尴尬地站在门口。"我很抱歉，我只是想……我很担心她。"他解释道，"她一直没回我电话，我想我可能什么地方冒犯了她。"他看上去真的很不安。

"没有，我可以保证这跟你没有任何关系。她只是需要点时间。"

"她有没有……有没有看医生？"

"她被照顾得很好。"这是事实。

"劳伦斯，我……我从没想过要取代你父亲的位置，这一点你明白的，对吧？我绝不会介入一对母子之间。"

"当然不会了，我明白。等她好些了，我们一起吃个饭吧。"

"真的吗？那真是太好了。我非常喜欢她。"

我看得出这是真话。我向他保证过几周会给他打电话。他看上去松了口气。

我妈妈渐渐好些了。她把之前过量服药的事当作一次小小的行为失当，说自己"做了件很蠢的事"，但坚称绝不会再那样做，她说她是听我说要搬出去有点反应过度了。"我只是从来没有独自生活过……"她仍然不想让我离开。

我终于开始怨恨我妈妈了。她的情感绑架将我完全困住了。海伦一直是个很好的朋友，虽然我们约好要保持联系，但在她离开后，我还是很想念她。我们之间没有丝毫的男女之情，但意外的是，她竟然成了我的患难之交。

然而，我时常想起卡伦，不知道她收到第二封安妮的来信是什么反应，接着，有一天她打电话到救济处找我。

"你是不是假装我姐姐写了那些信？"

我停了一阵，试着预测我的回答可能会有些什么后果，但我已经厌倦了这些阴谋诡计、厌倦了欺骗，已经无力继续说谎。我在乎的是什么对卡伦最好。如果她现在发现是我父亲谋杀了她姐姐，发现安妮就埋在我家后花园，如果她知道她的调查终于可以结束了，会不会获得安宁呢？这会带给我安宁吗？

"是的。"我答道。

她长出一口气，接着说出了一句最出人意料的话："我想我也爱你。"

20. 莉迪亚

　　劳伦斯告诉我他要离开家。我绝不能允许这种事情发生，他永远只能留在我身边。他觉得我精神错乱了。我感觉他有时候跟我说话的方式，就好像我是个孩子一样。为了我们的利益着想，我决定利用好他对我精神状态的认识。他疏远我已经有一段时间了，而且他遮遮掩掩的，非常可疑。为了掩盖安妮·道尔的事，他身心俱疲。我告诉他一定要忘了这件事情，可他一直耿耿于怀。

　　该死的埃莉诺，她利用她的临终遗言和遗嘱占得了上风。她跟我说她会照顾好我们，可她把我排除在外只照顾了劳伦斯一个人。她一直很喜欢他，还经常批评我的育儿方式，可即便当我从她的律师口中听到"帮他独立"这句话时，我仍然没想过劳伦斯会离开我。我只料到了会跟罗茜和费恩有一番争执，他们贪心地生了八个孩子，所以想要得到他们的"合理份额"。我本打算去时装店买衣服，那里的人还记得我的名字。我打算带劳伦斯出去见识一下什么叫精美大餐和高档名酒。我们客厅的丝质窗帘也该更换了，还有走廊、楼梯和楼梯平台上的地毯。壁炉台上方的墙壁已经出现了一条裂纹，我浴室里瓷砖的釉面也快磨坏了。爸爸是绝对无法容忍这样的瑕疵的。我们终于有机会可以将一切恢复到从前了，可劳伦斯打算违抗我。

　　这次自杀未遂只是权宜之计，但我必须采取点行动了。我并没有真的服下任何药片，不过我喝了大量的水，这样当他发现我时我才能吐出点东西来，我就知道他一定会及时发现我的。我知道劳伦斯绝对不会送我去圣约翰精神病院，所幸他保持住了冷静，打了个电话给海伦。在那之后，我对海伦有了全新的认识。海伦明显很喜欢阿瓦隆。她要到家里来并不需要太多借口。之前埃莉诺去世的时候，她就给予了很多帮助。她有些粗野、缺乏教养，不过她很有趣，而且非常粗线条，况且她至少还有个拿得出手的名字。她妈妈，安吉拉·达西是个有名的诗人。她写的东西倒不怎么对我胃口，而她自然也是个非常放荡不羁的人。海伦从小就像杂草一样野蛮地长大这一点也不奇怪，不过也是她把劳伦斯去布丽吉特在阿斯隆的家里拜访的情况完整告诉我的。真是太好笑了，那个傻姑娘竟然真的以为我家劳伦斯会娶她，娶她那样一个既没教养又没有家世背景的女孩。我感觉把海伦留在身边会派上用场，因为比起我来，劳伦斯显然更愿意对她吐露心事。

　　不幸的是，这次"过量服药"只是暂时吓住了劳伦斯。他下定决心要实施他进驻埃莉诺的别墅的计划。为了让我对他的离开做好思想准备，他更频繁地邀请马尔科姆来家里，就好像马尔科姆可以取代安德鲁或是劳伦斯似的。

　　在艾米·马隆那次事件之后，我和马尔科姆都没有再提起这个话题。我明白无误地告诉他，如果我们要继续交往下去，他绝对不能再提起戴安娜的名字。劳伦斯没有告诉他药片的事，但马尔科姆怀疑发生过什么事导致我的心理健康出现了下滑，于是催着我去找专业人士看看。我坚称自己只是得了严重的流感而已。他和劳伦斯相处得很好，于是我让他去说说好话，让劳伦斯不要搬出去。

"莉迪亚，他都二十三岁了。你以为他会永远留在这里吗？"

"为什么不能呢？他所需要的一切都在这里，在阿瓦隆。"

"除了他的自由。"

"我不懂你什么意思。"

"像他那样一个年轻人，需要的是能把女朋友邀请到家里，而不用担心他妈妈在背后监视。"

"可他没有女朋友。至少我没听说过。"

"这正是我想表达的意思。他是个相貌堂堂的年轻小伙子。就算他现在没有女朋友，不久的将来也会有，你不是说你从没见过他上一个女朋友吗？叫布丽吉特，对吧？"

"不带她来家里是劳伦斯的意思。反正我从没禁止过她来这房子里。海伦从来都是想来就来啊。"

"我很意外你竟然能容忍她，她的行为实在很没规矩。劳伦斯居然还跟她交往过，这实在让我惊讶。"

"海伦其实还挺适合劳伦斯的。你看，你根本就不了解他。"

"我只知道他想要长大，想要离开家，而且我觉得他搬走对你也会有益处。我的住处离这里也就十分钟的路。只要你需要，我随时可以过来。"

我根本就不需要马尔科姆，但出于礼貌我没有这么说。我还有一个计划可以把劳伦斯留在家。这计划意味着我们会在经济方面付出惨重代价，不过我们也不至于会一无所有。

一天晚上，我出门去见了我的小叔子。费恩并不太欢迎我。

"莉迪亚，你想干吗？"他语气中的不敬之意实在不可原谅，不过我把对他的厌恶放到一边，直接跟他谈正事。

"费恩，我一直在考虑一些事，现在我明白我们想独占别墅是错误的。我愿意按照你的提议，把别墅卖掉，然后平分收益。"

他克制住自己没有当场跳起舞来。他叫来罗茜，然后我受邀留下来吃晚餐。那场面实在太壮观了。是，我一直很想多生几个孩子，可我的孩子会被养育得很好。八个孩子中有五个在家，其中两个十几岁了，像是在比赛谁能更加闷闷不乐一样。劳伦斯从来不会这样，直到他被迫换了学校，但那都是安德鲁的错。小一点的几个孩子在桌上爬上爬下，像野蛮人一样用豆子弹别人。除了豆子，晚餐的菜还有炸鱼条和土豆华夫饼，这对我完全是全新的体验。罗茜没有任何歉意。把盘子和孩子们都从房间里清理走之后，她说："莉迪亚，我很高兴你做了这个决定。你知道吗，要养活八个孩子，的确很艰难。我们真的很需要这笔钱。学校的学费都快压垮我们了。"

"是啊，当年我们不得不做出些牺牲的时候，劳伦斯也是不得已去了公立学校。"

"哦，对啊，我当然知道，不过钱都是被安德鲁拿去打了水漂，跟费恩一点关系都……"

"这些事我们就不要再提了吧。"费恩插话道，他一定注意到了我尖刻的语气。

"还有一个小问题，"我说，"劳伦斯很想一个人住在那栋别墅里，你们也知道，遗产是在他名下的。我试过去说服他，跟他说最好的也最公平的做法是他继续住在家里。"

费恩和罗茜交换了一下眼神。

"你究竟想说什么，莉迪亚？"

"是这样，我不想跟我儿子发生争执，所以我希望你们在对他施压的同时，不要把我牵扯进来。"

"啊，我的天哪！"罗茜说。

"罗茜。"费恩警告她说。

"这太荒唐了！"罗茜没有理会他，"你多少年前就该卖掉你那座陵墓了。那房子甚至都没有按揭需要还啊！把它卖掉就会有很多钱可以供你和劳伦斯去买几套非常不错的房子了。你一天到晚异想天开，非要守着阿瓦隆不放，给劳伦斯造成了多么大的压力，现在连劳伦斯都受够了。让那样一个年轻人硬着头皮把他懒惰的妈妈养在她的豪宅里，这是不对的。他想要离开，你却利用我们来逼他留下来。"

"罗茜！"费恩提高了嗓门。

我完全没有理睬她，转头对着费恩说："如果你能说服他，我们就都能得到各自想要的东西。"

罗茜怒气冲冲地离开了房间，摔上了身后的门。

费恩不慌不忙地轻声说道："你知道，我老婆说得没错。安德鲁那么仰慕你，他觉得你是他见过最美的人。他甚至能包容你的恐惧症，因为那意味着他几乎可以独占着你。为了能给你想要的每一件该死的东西，他那么努力，无论是钻石戒指、毛皮大衣，还是波酒店的午餐，可你永远也无法满足，对吧，莉迪亚？虽然我不赞成，但我妈妈在把别墅留给劳伦斯时非常清楚自己在做什么。如果不是你一直逼他，安德鲁也不会铤而走险。我妈妈是想把劳伦斯从你身边拯救出来。如果我们不是迫切需要这笔钱的话，我会毫不犹豫地把别墅让给劳伦斯，不过我会跟他谈谈的。你又一次得逞了，莉迪亚，你想要的没有得不到的。"

在他发表他小小的演说时，我已经拿好了我的包和外套。他跟着我走到门厅，走下他家这栋破房子门前的台阶。我没有停下来，径自离开了。

后来，费恩和罗茜没能说服劳伦斯放弃那栋别墅。我怀疑他们根本就没怎么努力。他们已经认定我是个恶魔了。我亲爱的儿子现在迫切地想搬出去。接着，马尔科姆又让我的处境变得更加艰难了。

目前劳伦斯还没有搬走，但他回家的时间越来越晚，有时候还会整晚不回家，也不做任何解释。我很小心，不去问太多问题，但我可以确定他是到外面鬼混去了。每个他外出的晚上，他都会先确保马尔科姆在家里，但有一天夜里，他大约九点就回到家，从他脸上我可以看出一定是出什么事了。他在厨房里找到我。

"跟我说说戴安娜的事吧。"他轻声说。

"什么？"

他从身后拿出一个装着她的照片的相框，然后放在了我俩之间的桌上。"跟我说说她淹死的那天。"他把我带到一把椅子前，示意我坐下。

"为什么？我不想……你在说什么啊？"

"我记得在我小时候，曾经向爸爸问起过她，他说她是在海滩淹死的。他说我绝对不能来问你，因为这会让你非常难过。"

"他说得对。我不想谈这个。"我打算站起来，可劳伦斯挡住了门口。

"我刚跟马尔科姆一起吃了饭。真不敢相信这个秘密你竟然瞒了我一辈子。他说我应该问问你。如果能好好聊聊这件事，真的能对你很有帮助。跟我说说戴安娜淹死的那天吧。"

"我不记得了，我当时还是个孩子。"

"他说你记得，他说你根本忘不了。他说她是淹死的，而你一直很自责。"

有那么一瞬间，我竟然很愚蠢地觉得也许马尔科姆是对的，也许分享有关那次意外的故事能拉近劳伦斯和我的距离。他已经很久没有这样温柔地跟我说话了。每个人都一直说那不是我的错，而劳伦斯又是爱我的。也许他的原谅正是我所需要的。

"戴安娜死后，我被送到乡下一个姑妈家。我不知道自己还有没有可能得到允许回家来。我非常孤独，非常恐惧。我从来没有这么害怕过。即使到了现在，在我去商店的时候，也仍会迫不及待回家来。那种被放逐的感觉对我简直是一种折磨。虽然只有十个月的时间，但对一个孩子来说就像一个世纪那样漫长。"

"妈妈。"劳伦斯深吸一口气，我的灵魂深处仿佛照进了一丝光亮。我要的原谅就要来了。"接着说吧，你可以都告诉我。我不会去评判你，也不会打断你。"

"那是在我妈妈离开以后。她并不是像我告诉你的那样，在我们还是婴儿的时候就去世了。她要是真的死了说不定还更好些。爸爸娶了个身份地位低于他的女人。妈妈跟我们的朋友的妈妈们完全不同。她吵闹又鲁莽，还会涂鲜红色的口红。"

我仿佛穿梭到了过去，就在这所房子里，回到了它曾经光辉的岁月。我的脑海中，听到了妈妈和爸爸在走廊里争吵的声音。

"爸爸花费了非常多的时间来教妈妈在社会中应该保持什么样的行为举止，可她仍会在我们学校运动会那天喝得醉醺醺的跑来跟其他同学的父亲们打情骂俏。她总是让我们失望。戴安娜为她感到非常丢脸，但我爱我们的妈妈。后来她跟一个水管工跑掉了，我就再也没见过她。她离开了我们。可是我依然爱她，我太傻了。她对我们的爱竟不足以让她留下来，对这一点我始终不太能够接受。她走后，一切都……都更加艰难了。家里的温情全部消失了。戴安娜说她很高兴妈妈走了。爸爸和戴安娜形影不离，而我被撇在了一边。在那两年间，一切都糟透了，我也一直很不听话，接着有一天，爸爸说我们可以办个派对庆祝我们九岁生日。我们得到了用孔雀绸制成的新裙子。我们的女仆汉娜和勤杂工汤姆装饰好了花园，看起来漂亮极了。那些樱桃树开满了花朵。花园里摆上了筵席，树与树之间还挂满了小彩旗。我们兴奋极了，我敢说那天到来前我们根本就睡不着。戴安娜和我邀请了班里的所有女孩，可是……"沉浸在回忆中，我不由得哽咽了，"只有艾米·马隆一个人来了。她告诉我们其他人的家长都不允许她们来，因为我们的妈妈是个荡妇。"

劳伦斯专心地看着我。我不能容许这一刻的温情消失，于是我对我的故事进行了一下加工，只是一点点而已。

"我没明白她的意思，但戴安娜说妈妈毁了一切，还说我跟她一模一样，说我很粗俗，就跟妈妈一样。她骂我是贱货，然后我们打了起来。我把她推进水里，然后她……撞到了头。我害怕极了。我到现在也仍然很害怕。所有人都说我应该原谅自己，可是……"

劳伦斯一脸困惑道："是在浴缸里吗？"

"不是，亲爱的，在池塘。"

"就是爸爸掩埋安妮·道尔的地方？"

我将自己的思绪又往前拉了几十年，一时间有点恍神，说道："是的，那是当时我能想到的最合适的地方了，那天晚上我们太惊慌了……"

劳伦斯瞪大了双眼盯着我，我这才意识到自己刚刚说了什么。我停下来，整理了一下自己的情绪，转身面对着水池，还有外面那漆黑一片的花园。

"是你选择把安妮·道尔埋在那里的？"他指着窗外那一片黑暗，"你早就知道？"

"什么？抱歉，我弄混了。我们刚刚是在说戴安娜……"

"你刚才说那是'你'能想到的最合适的地方。"劳伦斯从椅子上跳起来，"你早就知道了。天哪！"

"劳伦斯，你不能……"

"是你杀了她吗？"

"不是！"

"是你杀了她然后爸爸帮你隐瞒了下来？是这样的吗？"

"劳伦斯，请你冷静下来，你完全是在小题大做！我本来在说戴安娜，可你把我给弄糊涂了……"

这时他对我怒吼起来："别再骗我了！天哪，我不想看到你。"

"是她活该！她是个小偷是个骗子。她背叛了我们！"

他冲出了房间。

在妈妈离开后，还有在戴安娜死后，爸爸也是不愿看到我。我看着厨房案桌上方的镜子。我依然很漂亮，我很确定，可是没有人愿意看我。我听见劳伦斯在楼上摔打着东西，然后他手里提着一个行李箱跑下楼来，我在走廊里拦住了他。

"不要走，"我求他说，"我会死的。"

他停了一下，我以为自己劝住他了，可他的眼里满是泪水。他转身离开，重重地关上了前门。我听见车子引擎尖叫着挂进了倒车挡。他逃命一般驾车离开了我。

21. 卡伦

　　跟劳伦斯在一起与跟德西在一起很不一样。劳伦斯让我感觉自己是个独立的人，而不是安妮的妹妹，或是某个人的所有物或生育机器。他并不会要我随叫随到。他还从图书馆借了些他认为我可能会感兴趣的艺术类书籍。在我外出工作时，他会开车送我去机场，祝我一路平安，我回来时还会带着花去迎接我。我很快发现他并不像我猜测的那么富有，可我感兴趣的从来不是他的财富或者阶级地位。他把我介绍给他的同事，其中大多数我都在之前周五酒吧之夜见过了，那时他还和布丽吉特在一起。有的人对我还算不错，另一些则明显有些无礼。第一次作为劳伦斯的女朋友跟他们一起出去玩那天晚上，伊芙琳对我说："你还真算是个好朋友呢。"可我对她发誓说我从未想过要伤害布丽吉特，而且我们也没有背叛她。

　　劳伦斯站出来护着我。"这跟卡伦没有关系，"他坚持说，"我跟布丽吉特分手有很多原因。"

　　年龄大点的那个叫多米尼克的男人说："我的天，劳瑞，你这可真是超出自己的斤两了啊，懂我的意思吧？斤两，懂吗？"接着他告诉我劳伦斯曾经很胖。我记得布丽吉特也跟我说过这件事。这对我来说根本不重要。我自己也改变了很多。我曾经被寻求正义和复仇的思想给吞噬掉，是爱解救了我。我从不敢奢望能有这样一天。

劳伦斯在我的公寓住了几晚，然后准备搬进他继承的一栋别墅里，但他告诉我他妈妈的心理状态极度脆弱，而且非常依恋他。我坚持让他不要着急搬出去，要先确保她没事。他在想办法，想确保他离开之后她妈妈的男朋友马尔科姆会陪在她身边。然后为了那栋别墅，他和他的叔叔又起了一场法律纠纷，但劳伦斯坚持要自己留着那栋别墅。我们去那里看过几次。那房子很漂亮，刷着白墙，就像童话中的房子，不过房顶是用石板盖着的，而不是茅草。我很期待今后可以去那里看他，可以在海滩上漫步，可以惬意地靠着火堆，欣赏海湾的日落。

不出我所料，劳伦斯的某个同事把我们的事告诉了布丽吉特。我本该鼓起勇气亲自告诉她的，可是我们上一次说话的时候，她还非常肯定他在想办法跟她和好，于是我像个胆小鬼一样没有联系她。发现我们的事情之后，她给我打来电话隔着听筒对我哭闹叫喊了一番。

"你不是我的朋友吗！我什么都告诉你了。真不敢相信你居然会这么对我！"

"布丽吉特，我真的很抱歉，我们从来没打算要……"

"你们是不是早就背着我勾搭上了？枉费我为你做了那么多，你可真是个贱人。你甚至还来过我父母家，结果你一直在背着我见他……"

"可是我没有，我发誓。我们是很久以后才走到一起的。我从没想过要伤害你，我知道这看上去很不对，可是……"

她狠狠地挂断了电话。我们之间的信任彻底崩塌，再也无法修复了。

我感觉很内疚，因为不管怎么看，都是我背叛了朋友。可她用一种非常
残酷的方式对劳伦斯进行了报复，从那以后我对她的愧疚也打消了。一
开始劳伦斯并没有告诉我，是他的朋友简在酒吧里跟我说的。布丽吉特
把劳伦斯的照片寄给了他救济处的朋友们。都是他当初最胖时候拍摄的
照片，里面的他不是赤裸着身子就是在睡觉。在酒吧里，他对这事轻描
淡写地带过了，可我看得出他很尴尬。后来等我们单独在一起时，他跟
我说了这件事。

"她一天到晚都在拍照，可我从来不知道她趁我睡觉给我拍过照片。
救济处有些低层雇员在背后嘲笑我，还议论纷纷。我一开始还不知道怎
么回事，还是萨利后来告诉我的。"

伊芙琳已经把所有照片都集中起来扔进了垃圾桶。她还给身在马林
加的布丽吉特打了电话，狠狠揭了她的伤疤。

劳伦斯想对这件事一笑置之，我看得出，他的同事们很喜欢他。他
是个好上司，而且非常公正无私。私底下，他为此很难过，但我们决定
要迈过这道坎一起朝前看。他给布丽吉特写了一封信表达他的愤怒，并
告诉她她的朋友们都对她的所作所为十分不齿。在那以后，我们就没再
收到她的信了。

爸得知我在跟劳伦斯交往感到非常意外。他并不知道劳瑞已经跟布
丽吉特分手了。"他总是绕着弯子打听你，"他说，"现在一切都说得
通了。"爸一直很喜欢劳伦斯，他已经在马特尔医院新找了一份护工工
作，所以就不会再到劳伦斯的救济处去申请救济了。"没有利益冲突了。"
他偷偷笑着说。我没敢告诉我父母那些安妮的来信是劳伦斯写的。我觉

得他们不会明白他这么做是为了我。为了找出杀害她的凶手，他所付出的努力比任何人都多。他知道自己所做的一切都是徒劳的，他只是希望我们不要再伤心忧虑。没有人为我做过比这更加体贴和慷慨的事了。第二封信让爸获得了解脱，他已经准备好放下这一切了。

"她不是说总有一天会跟我们联系吗？希望能快些。"他说道，我知道原谅和希望已经足以给他支撑，虽然安妮永远也不会再走进这扇门了。

妈在收到第一封信的时候就已经接受一切。她赞成德西的意见，认为我们不应该再寻找安妮。德西说什么她都赞成。她对我跟劳伦斯交往很生气。"这是出轨，"她说，"在上帝眼中，你们还是夫妻，而且永远是夫妻。那男人除了对你好什么也没有。看看我和你爸爸，不是也重新在一起了吗？亲爱的，你怎么就不能再给他一次机会呢？你跟这个叫劳伦斯的家伙在一起，最后一定会受伤的，一定会的，我知道，他身上就是有某种东西让我无法信任他。根据你所说的，他住在一栋豪宅里，像他那样一个人怎么会对你这样的人感兴趣呢？他只是想找找乐子罢了，就是因为你现在是个模特而已。假如你还在干洗店工作，他绝对懒得理睬你。"

"闭嘴吧，波琳，别管她了。那个劳伦斯是个不错的小伙子。他在认识卡伦之前，就对我非常好。"

妈妈的话非常伤人，我的确想过，她所说的一定程度上来说也是事实，可劳伦斯会非常骄傲地让我挽着他的手，还到处向人介绍我是他的女朋友。他从来不会把我当成玩物来对待。

　　唯一的问题是他的母亲。我知道布丽吉特从来没见过她，也知道我跟劳伦斯交往的时日还不长，但我感觉我们已经心照不宣地对彼此做出了承诺。我跟德西还没有解除婚姻关系，而且年初的时候离婚法案公投又没有通过，所以我们根本没有结婚的可能，可他聊起那栋别墅的时候，就像是打算把那里当成我们的家，他还提到过将来要跟我一起去旅行。他找到了一些很棒的艺术课程，我可以去报名。我们之间绝不是一场露水情缘，可他从未提出过让我去见他母亲。他说起过她的各种恐惧症，还有她不善于跟陌生人相处的事，可我觉得她既然能去超市购物，就应该能够接受跟我见面。我想问他有没有跟她说起过我，可我害怕他的答案会让自己失望。如果布丽吉特当初都能感觉到劳伦斯的妈妈看不上她的家庭，那我跟她的处境是一样的。从社会等级来说，我和布丽吉特是同一阶层。或者说，我还不如她，因为我离开了我的丈夫，这使得我成了一个放荡的女人。

　　工作方面进展很顺利。我时不时会出差，现在没有德西监视我的一举一动，整天查我的岗，伊冯娜可以更自由地帮我接一些他不会同意的工作。我还是不愿意拍摄性感内衣，不过我接下了一份在昂蒂布角为英国《时尚》杂志拍摄泳装的工作。这一次我尤其紧张，因为其他女孩都是来自英国、斯里兰卡或是埃塞俄比亚的。在她们的蜜桃色、咖啡色和黝黑皮肤的衬托下，我的皮肤白得发青，可摄影导演说这正是他想要的。这次拍摄非常高雅，在造型团队的帮助下，我看上去棒极了，而且他们小心地帮我塞了些胸垫，让我的胸部大了几号。劳伦斯觉得这很好笑。

要是换作德西一定会勃然大怒的。

每次我回到爸妈家，都会有一封德西的信在等着我。一开始，信里全是道歉的话，还有恳切地乞求我再给这段婚姻一次机会的内容。接着，过了一阵子，信中的内容变得更实际了，比如修理烧水壶的账单寄来了，鉴于当时我还在那里住，所以修理费我也应该付一部分。虽然我们的购房基金仍然完全被他掌控着，而我曾经每周都往里面存钱，但为了息事宁人，也为了摆脱他，我还是给他寄去了一张汇票。再后来，信里只剩下了诋毁和谩骂。他说我让他丢了脸，他要报复。干洗店里的所有人看到杂志上我的照片都会嘲笑我，觉得我太不知天高地厚。他是我的丈夫，我没有权利离开他。最后，信中的言辞越来越不堪入目。他说我跟我姐姐一样是个愚蠢的婊子，说我会像她一样变成个妓女。如果我有一天因为在公共场合搔首弄姿被人杀了，他也不会觉得意外。他威胁我说要把我的故事卖给八卦小报，说我有个吸毒的妓女姐姐，我这才真的开始害怕他会做出什么事来危及我的事业。我知道他一直跟我妈有联系，所以我给她看了这些信，并警告她不要再给他提供有关我的任何信息或者我的住处地址。她十分震惊，也为之前站在他那边感到很内疚。之后，她见到了劳伦斯，被他帅气的外形和优雅的举止给征服了。她跟劳伦斯说话的时候还端起一副接电话时的腔调，被我跟爸调侃了一番。

我跟劳伦斯的关系从一开始就很轻松。跟他在一起完全不需要花费太多力气，不用精心打扮来讨好他，也不必改变说话的方式以获取他的好感。他无数次地跟我说我很漂亮，但他也跟我说过我很聪明，让人很感兴趣，也很有趣，我对他也是一样的感觉。我想，我们的约会算是非常普通的。我们会去看电影，去酒吧看音乐演出，偶尔会去外面吃饭，但我们从来不会没有话聊，我知道自己永远也不会厌倦他那张帅气的脸。

我们之间一切都进展得非常顺利，可紧接着一天夜里，劳伦斯突然给我打电话说他当天晚上已经搬到那栋别墅去了。他好像很生气，但又不愿谈论这件事。我很吃惊，因为那地方当时几乎什么家具都还没有。他说他这周会来见我，可当我打电话到他上班的地方给他留言时，他们却说他病了，于是那个周末我搭火车去了基利尼，然后爬上山到了那栋别墅。对于要怎么重新装修这所房子，劳伦斯已经有了许多打算。这地方很美。窗户上打着菱形的窗格，外墙上爬满了常春藤，前门两旁种着茂盛的玫瑰。我敲了敲铜质的门环，里面没有回应。我又敲了敲，最后，门后面终于传来了一阵拖着步子走路的声音，然后门被打开了一条缝。

"是我，劳伦斯。"

他不情愿地拉开了门。

"他们说你病了。你还好吗？"

"还好。"他把门拉开了点好让我进去。他还穿着睡衣，胡子也没剃，显然状态很不好。我跟着他走进了空荡荡的客厅。窗帘都拉得严严实实的，把海湾惊人的美景完全挡住了，空气中还弥漫着一股酸味。

"你看起来一团糟。去看过医生了吗？"

"我没事。"

他根本不像没事的样子。一张单人床垫和一床羽绒被铺在地板上，前面是被调成静音的电视机，周围全是薯片包装袋、麦片碗、蛋糕盒子和空的白兰地酒瓶。

"劳伦斯，怎么回事啊？"

他把我拉过去，头靠在我肩上开始哭。我一下子紧张起来。

"怎么了啊？"我紧紧抱住他想要驱走他的痛苦。

"我实在没办法……我妈妈……"他抽泣着。我闻到了他身上的酒气和汗酸味。

"你应该去洗个澡，把自己收拾干净。我去烧水。"

他点点头，朝着浴室走去。我在地板上的一个行李箱里翻找了半天，找出了一条干净的毛巾，然后穿过浴室里渐渐升起的蒸气把它挂在了毛巾架上。我来到厨房，里面到处扔着脏盘子和空的食品罐。我开始动手清洗，尽我所能把这里打扫干净。他显然是很仓促地搬进来的，因为这里连洗碗布或是洗锅刷都没有，只有一堆破了口子的旧盘子和陶器，都是他奶奶留下来的。

劳伦斯很敏感，有时还很情绪化，这些我心里一直有数，但我不清楚究竟发生了什么样的事竟然让他突然如此颓废。

再出来时，他已经刮干净了胡子，我拿了一套干净衣服给他。他转身背对着我穿上衣服，好像很难为情似的。

"劳瑞，无论发生什么事，你知道我是爱你的，对吗？这并不只是一句空话而已。"

"我实在是太累太累了，"他说，"我只想睡觉。"

"你刚才提到你妈妈……是吗？"

"这个我不能说。我不想见到她，永远也不想再见到她。"

"可她爱你啊。你总是说她太爱你了。"

"求你别问我关于她的事了，求你了好吗？我真的没办法说。"

"你愿意来跟我一起住几天吗？你想住多久都可以。"

他低下头道："我不值得你这样对我，我真的不配拥有你。"

回去的路上，劳伦斯让我开的车，他酒还没醒，等我们回到我的公寓，他径直去了床上，然后一睡就是十二个小时。

他始终没有告诉我这次跟他妈妈争吵是为了什么，但这无疑对他影响非常大。我无法想象究竟是什么事能让他这么生气，但老实说，我内心一定程度上感觉松了口气。他之前对她的那种依恋就连他的同事都觉得很奇怪。他们还为此开过他的玩笑，而他也一直为住在家里感到有些难堪。他在我那里住了一个星期，然后就回去工作了。他有个朋友，名叫海伦，在我飞去米兰为一款口红拍摄广告期间，海伦从他妈妈家里取来了一些他需要的东西。当我回来时，他已经正式搬进了那栋别墅。他回过阿瓦隆，租了一辆货车，把床、古董沙发、单人椅、桌子、地毯、窗帘，还有成套的餐具，都给搬了过去，他说这些东西从来没人用过，就算搬走也没什么分别。他说他家的阁楼多年来一直用防尘罩遮盖着。我帮他把箱子全拆了封，里面全是书、唱片、挂画和窗帘。一天，他的朋友海伦把其他杂七杂八的东西送了过来，我见到了她。当时劳伦斯去五金店买油漆了。

"原来你就是那个她啊。"

"对不起，你的意思是……"

"你别误会，我是说啊，他其实早就该搬出来了，可他妈妈现在确实非常脆弱。"

我以为我们之间有什么误会，便说道："你好，我是卡伦。"

"我是海伦。我是他的第一任女朋友。"她看上去很固执而且刻薄，居然绕过我大摇大摆地走进了客厅。她看了看四周：

"我认识他奶奶，就是这别墅原来的主人，你知道吗？她可是个彪悍的女人。"

"你要不要喝杯茶？"

"你已经跟他同居了？"

我有些难堪。我本是想表示礼貌，但我突然意识到自己说话的口气就像是这里的主人一样。

"哦，没有，我只是来帮劳伦斯的……正好水刚刚烧开了。"

"那就好。"她把箱子全扔在了电视机前，然后坐在了劳伦斯的扶手椅上。

我努力表现得彬彬有礼，说道："那个，关于他妈妈，我知道他们之前吵了一架，但不知道是因为什么。"

海伦眯起眼睛道："他没跟你说？我也不知道，但我想是因为他搬出来的事。他妈妈有精神病，不过我真的觉得他至少还是应该跟她保持联系，接一下她的电话总还是可以的。我每隔一天都会去那边。劳伦斯付钱雇我照看着她，可她不吃东西，也很少睡觉。她还不肯跟马尔科姆说话。你听说过马尔科姆吧？就是那个精神科医生。他说如果不尽快改变这种状况，她就得被送到精神病院了。"

"我的天哪，我不知道她的情况竟然这么糟糕。"

"她还躺在他的床上睡觉，该死的，劳伦斯真的得去看看她。他就是不肯听我的。没错，她的确是脑子非常不正常，可他这样对待她很不公平。她整天不停地哭，还说劳伦斯是她的一切。一个星期去看望她一次应该也不算太过分吧。"

"他也很难过，为了这次争吵，他也非常难过。"

"你完全不知道是什么原因？"

"一无所知。"

"有可能是因为你。"

"我？"

"是啊，他选择了你而不是她啊。你应该让他去看看她。"

"没人能逼他选择。我会劝他去看看她的。"

她靠在椅背上，问道："你跟劳瑞交往有多久了？"

"有几个月了。"

"是吗？你是怎么认识他的？"

她的问题都很无礼，都是在打探别人的私事，不过我也没打算遮掩，答道："我爸爸过去曾经在他们救济处领取救济。"

海伦得意地笑了笑说："莉迪亚知道这个可不会高兴的。"

"莉迪亚？"

"就是他妈妈。她是个势利眼。"

"她要是知道我跟我丈夫分居了，也高兴不起来吧。"

"老天！真的吗？难怪他们会吵架。"

　　海伦又待了一阵，想等劳伦斯回来。我们友好地聊着天，但我看得出她并不太喜欢我。最后，她不得不离开了。

　　"我并不是要伤害你，你看上去挺好的，而且你也很漂亮什么的，不过你跟劳伦斯，你们绝对无法在一起的。你们不是一个世界的人。"

　　"我想这跟你没有任何关系。"

　　"我认识他比你久得多。"

　　"他爱我。"

　　"这话倒是一针见血，不过仅仅这样是不够的。祝你好运吧。"她晃悠着出了门，顺手还从桌上抄走一瓶酒，"这是他欠我的。"

　　我心里极度不安。劳伦斯回来后，我逼问他关于海伦和她的那些话的事。

　　"别搭理她，她就是忌妒而已。你和我吗？我们虽然是在非常离奇的情况下走到了一起，但我们的结果很好啊。我们可不能让外人来搅局。"

　　我并不觉得在他的救济处申领救济算得上离奇，不过他的话的确让我得到了安慰。"你在五金店怎么耽误这么久？"

　　"我本来打算走着去，可我太累了不得不搭公共汽车去，结果等车等了很久。我一直感觉很疲倦而且特别饿。我努力想停止进食，但不知道为什么就是突然整天都疯狂地想吃东西，就像以前一样。"他坐到沙发上，抬起双脚，打开了电视。

　　我一直没跟他说起这个，但最近几个星期，劳伦斯看着越来越臃肿了。本来我确信这只是暂时性的，等他处理好跟他妈妈之间的矛盾，自然就会调整过来了。他变得不像从前一贯那么细心了，他现在喜怒无常，精神萎靡。

"也许海伦说得对，你应该去看看她。"

"看谁？"

"你知道我说的是谁，就是你妈妈。"

有时候，当劳伦斯不想讨论某件事时，他的眼睛似乎会放空，就好像他正在把自己封闭起来。

"不去。"

"听我说，我知道她不会认可我。海伦已经告诉我了。可如果她真的很痛苦，你应该让让步，劳瑞。她怎么说也是你妈妈啊。"

"不去。"

"劳伦斯……"

"你就闭上嘴别再提她了，行吗？"

这是劳伦斯第一次大嗓门对我发火。那一刻，他让我想起了德西，他也是这样欺负我让我逆来顺受。我没想过劳伦斯也会这样。我第一次开始怀疑自己是不是犯了个非常严重的错误。当然，他后来跟我道了歉，而且还加倍地对我好，也跟德西一样。不过我说服自己劳伦斯绝对不会变成那样。我需要他来证明我是对的，可看着他一天天表露出自己真实的样子，我感到深深的无助。

22. 劳伦斯

　　我的妈妈啊。我努力想回到工作中去，想回过头继续爱卡伦，想回归正常的生活，可我脑子里总会想起我妈妈。她年仅九岁时就杀死了自己的双胞胎姐姐，而她竟然能够将那段过去剥离开来，对既成的事实置若罔闻，好像一切从未发生过一样继续生活。也许那真的是场意外，可如果她不是蓄意为之，又为什么会对那件事讳莫如深呢？现在我已经知道她跟安妮的死有牵扯，这让我感觉一直跟我生活在一起的妈妈是那么不真实。我比任何人都要了解她，然而我根本不知道她到底是个什么样的人，更不知道她究竟能做出什么样的事情来。她可以转瞬间轻而易举地从情绪极不稳定转变成一个绝情、冷酷、不带一丝情感的机器人。当然，马尔科姆始终更愿意看到她的好，所以对于戴安娜的事，他姑且相信她，不过他对安妮·道尔的事一无所知。

　　我在脑子里反复回想曾经跟她的每一次有关安妮尸体的对话，并且问自己为什么我父亲会杀死安妮。我分析了她曾经用过哪些方法来摆布我，还回忆了在我父亲死前的几个月她是怎么对他说话的。原来她才是最强大的那一个，我父亲却被撕扯得四分五裂。他们是谋杀安妮的共犯，我知道那如果只是简单的意外，就根本没有遮掩的必要。我猜不出究竟是什么原因会迫使她或者他们两人去杀死一个手无寸铁的年轻女孩，可我忍不住一直想象着各种可能的情景，并把卡伦代入安妮的角色里。这让我备受折磨。我妈妈跟我父亲一样也是魔鬼，她甚至更加可怕，因为她竟然能够游刃有余地撒谎和伪装这么长的时间。我实在觉得难以置信。我那个温柔、瘦小而又脆弱的妈妈竟然杀了人，就算不确定是不是两个人，但可以肯定她至少杀了一个人。这就可以解释她的神经症，她的自命不凡，还有她为什么会害怕离开这所房子。这让我惶恐不已。因为如果我父母都杀了人，那我是不是也同样做得出来呢？

我反复无常的情绪弄得卡伦不知所措。我们之间进展得如此顺利，我不该那样对她发火。都怪该死的海伦横插一杠。我可以看到卡伦眼中对我的信任在渐渐消散。我竭力想弥补伤害，我们也努力过想回到往常，可我发现我难以控制自己的情绪，多年来我把身材维持得相对稳定，如今却发现自己的体重正在失控。我无休无止地处在饥饿状态。我努力通过运动来抵消增加的食量，可稍微一活动我就累得筋疲力尽。卡伦说我是意志消沉。对于我像气球一样越鼓越大的肚子，她并没有说什么，但当我脱掉衬衣时，却捕捉到了她脸上那一闪而过的惊讶和失望。我又一次感觉到了那似曾相识的羞耻感，当我们做爱时，感觉也和从前不一样了，于是我开始回避性爱，害怕这会让自己更加丢脸。

一个月来，卡伦容忍着这一切。她包容着我的坏脾气、我阴暗的情绪，还有我不断增长的腰围，但在她口中，我们不再是一个整体，我知道我就要失去她了。某种程度上说，我感觉到释然。鉴于我的家人对他们一家的所作所为，我根本配不上她。我不能保证我永远不会真的伤害她。

但我同样也很清楚，如果她离开了我，我就一无所有了。

距离圣诞节还有三个星期，我们又在尴尬的沉默中熬过了一个晚上。我差不多已经对装修这栋别墅没有了任何兴趣。干掉的涂料刷立在已经干硬的涂料桶里，一面墙上还挂着一片撕坏一半的墙纸。她什么话也没说，开始收拾她留在别墅里的仅有的几件物品，包括她的牙刷、几件 T恤，还有浴室里的一些化妆品。她把它们装进一个袋子里，把我送给她的礼物留下来没有带走。我早该预料到了。我们已经好几个星期没有做爱了，除了上班，我几乎没有走出过这栋房子。也许我妈妈的焦虑症是遗传性的。

"你这是要离开我了。"这更像是一句陈述而不是疑问。

她眼中闪烁着泪光，说道："我以为你是爱我的。"

"我的确很爱你，你根本不知道我有多爱你。"

"那究竟是什么东西改变了呢？"

"我……"我该从何说起呢？

"这么说吧，劳瑞。我不在乎你妈妈喜不喜欢我，对我来说你的想法才是最重要的。我并不需要见她，但你不一样。除非你去跟她讲和，否则我们之间就结束了。你的人生中可以同时拥有她也拥有我，这并不是个非此即彼的情况。去看看她吧。"

"你根本不明白你在提一个什么样的要求。这跟你没有关系。"

"这当然跟我有关，不要把我当成个傻子。去见她吧。告诉她我们在一起了，但你还是会每周去看她一次。告诉她她永远也不必见我，但不要跟她断绝联系。这样对你们两个都好。她不可能永远活在这世上。

她已经是孤身一人了。你自己也总是说她只有你可以依靠了。你的心里可以同时装下我们两个的，你不需要在我们之间做选择。"

卡伦是我见过的最善良的人。她知道我妈妈讨厌她，虽然她并不知道原因是什么，可她愿意跟我妈妈分享我，因为她不忍心看我受到折磨，也不忍心听到我妈妈如此痛苦。我无法回绝她给我的最后的机会，于是那天下午，我安排好准备去看看我妈妈。从我们上次说话到现在已经六个星期了，我一生中从未跟她分离过这么长的时间。

23. 莉迪亚

我就知道他最终一定会回来的。他必须回来。劳伦斯和我母子连心。我生下了他，所以他是我的。

他不在的这个星期，我吃得非常少，我知道海伦会事无巨细地向他汇报。我是真的心急如焚，尤其是我们疏远了这么长的时间，可我知道是他付钱请海伦来照看我的，所以他并不是不再关心我了。他是真的很爱我。

我咒骂着马尔科姆的愚蠢和轻率，希波克拉底誓言显然对他毫无意义。我绝不会把戴安娜的事告诉劳伦斯或是安德鲁。劳伦斯完全没有必要知道那件事，可我情急之下，一时失言提到了那个池塘。我儿子认为是安德鲁和我一起杀了那个女孩。他也许已经很接近真相，但他绝对不可能知道真正的原因，我知道，如果我能跟他谈谈，我一定能让他明白。

我躺在他的床上睡觉，以泪洗面，我努力想感受到他的存在。在我小时候，这里曾经是我的卧室。当我拉开写字桌时，在墙上发现了过去我藏匿东西的地方。从那里面，我找到了那个女孩的照片，我想这应该就是劳伦斯的新情人。我很吃惊，她居然这么漂亮。这些都是精心打磨过的专业相片，她已经够得上电影明星的水准。接着，我真切地感到有些担忧，因为这个女孩身上有种我无法与之一较高下的东西。美貌，没错，还有青春。我不想让她进入我们的生活。除此之外，我还找到了那条身份手链，以及有关安妮·道尔失踪案的剪报，还有那些劳伦斯手写的故事，那些令人不安的跟安妮·道尔约会和做爱的幻想故事。他是什么时候写的这些？他为什么要留着这些东西？他怎么就不能放下过去的事呢？

我试着打电话给他，可他上班时不肯接我的电话，我打到别墅去也会被他挂断。搬走一周之后，他带着一辆租来的货车来到家里，既不跟我说话也不看我，直接开始搬走家具。他在房子里进出了七八趟，对我的哭泣和乞求完全不予理睬。我盘算着再服药自杀一次，可海伦把我的药都没收了，然后定时少量地发给我，好像我是个孩子一样。那些苯丁胺也被她发现了。

"你为什么要服用这些？"她说。

我撒谎说是马尔科姆开给我的。

"蠢货。"说着，她把药片全冲下了厕所。

海伦一直非常具有洞察力。我手里还有马尔科姆的处方笺，任何想要的药物我都可以弄到，不过我决定耐心等待，我等得越久，对劳伦斯的怒气就越是强烈。

六个星期过去后，他打电话来说他要来阿瓦隆跟我谈谈，我长出了一口气，我儿子终于要回家了。我为他开好了药。

见到他的样子我非常震惊，我想他见到我也是一样。我的体重每减少一磅，他就相对增加了三倍的重量。他变得更像从前那个我能够掌控的胖男孩了，这让我很欣慰。因为这对那个她而言一定很没有魅力。

我把海伦打发回了家，还准备了他最喜欢的饭菜。我精心打扮自己，为他洗净了头发，还在餐厅精心布置了餐桌。我一边聊着天气，聊着电视节目，一边把他的盘子装得满满的。

一开始他不太情愿跟我说话，不过我很快就哄得他开了口。

"亲爱的，见到你真是太好了。你能回来我太高兴了。"

"我只是来看看。"

"这是当然了，你奶奶的别墅怎么样？我猜应该有点凉飕飕的吧，那些窗户那么大。"

"还好。"

"可你在那里不孤单吗？"

"不会。"

"有朋友去那里看你吗？如果你愿意，可以请你的朋友来这里。我会待在我的房间里……"

"只有一个朋友，我的女朋友。"

"啊，你有新女朋友了？真好啊。"我假装毫不知情的样子。我不想谈论她，于是转移了话题，说道："亲爱的，关于安妮……"

他用手捂住眼睛说："我不想说……"

"可我们必须谈谈这个，否则你一辈子都会认为你父亲和我都是魔鬼，可我们不是。那是个意外，就像戴安娜……"

"妈妈，求你了……"

"安妮·道尔被你父亲雇来做一样工作。"

他的好奇心占了上风，问道："什么工作？"

"你知道我有多么迫切地想要个孩子，想给你生个弟弟或者妹妹，对吧？你还记得吧？"

他没有说话，只是在我说话的时候看着我，看着我的嘴。

"你父亲，还有我……我们雇安妮……来怀孩子。"

"什么？"

"是我的主意。你父亲要让她怀上孩子，然后她把孩子给我们。"

"可是……这太荒唐了！爸爸会……"

"亲爱的，她只是提供一项服务而已。我并不知道她是个妓女，你父亲也不知情。我的安德鲁，他从来不是爱拈花惹草的人。他必须得非常谨慎。有一天她正在扒窃他的衣兜时被他抓了个正着，不过他很同情她。他本来可以找人把她抓起来的，可他反而帮助了她。后来，他提出要她帮助我们。她为她提供的服务获得了丰厚的报酬，在试了三四次之后，她跟你父亲说她怀孕了。"

"这简直是疯了！先不说这是违法的，而且……我的天哪，可怜的爸爸。"

"我知道，可怜的安德鲁并不想跟这事扯上任何关系，可是我太迫切了，我一直求他，虽然他想劝阻我，说这是个糟糕的主意，可最终我还是说服了他。我需要这个孩子。那时候你已经渐渐长大了。没有你我该如何是好？"

"妈妈，你知道你听起来有多么疯狂吗？"

我努力保持着冷静，说道："别这样，不许你这样说。我一直想让这房子里多些孩子，多些生气。想当母亲并不是什么疯狂的事。我从小就没有母亲，我需要一个属于我的人。我又没有姐妹，我的姐妹已经死了。"

"可是，妈妈……"

我不能容许任何的争辩，于是便说："我心中有那么多的爱要奉献出来。每一次流产都在啃噬我的灵魂。你永远无法知道我是什么感受，就那样一次又一次，生气从我身上被抽走。我需要家人。"

劳伦斯坐着一动不动，问道："那么安妮是怎么回事？"

"她骗了我们。她要的钱越来越多。她拒绝找医生开证明来证明她怀孕了，所以我开始怀疑她根本就没有怀孕。然后后来，在……在那天……最后一天晚上，我跟你父亲说我想见她。先前一直是他在负责……负责跟她交易，安排一切……并且还让她怀孕了，至少他是这么以为的。我一直保持距离没有插手，可我很担心。我们的钱已经所剩无几，而他还在一个月接着一个月地付钱给她。我需要证据证明她确实怀孕了，于是到了她本该怀孕五个月的时候，安德鲁跟她发生了争吵，因为她知道了他是谁，还承认了她并没有怀孕。她想要勒索安德鲁。她说要去找报社，然后他忍不住发火了。"

"然后呢？"

"他发火了。那不是他的错。他承受了太大的经济压力，而她一直在偷我们的钱。劳伦斯，她是个惯偷。她一直在利用我们、骗我们的钱，所以你爸爸……他发火了。"

劳伦斯推开面前的空盘子站了起来。我得让劳伦斯明白那个女孩完全是咎由自取。我不得不适当地歪曲一些事实。

"他杀了她。"

"是的，可是他并不是有意的。那是个意外，她拿了把刀对着他，她完全是个可恶的流氓。那完全是自我防卫。他把她给勒死了。他是气疯了，但他真的不是有意要杀死她的。"

"我的天哪。原来我一直是对的。他杀了她，可是你也一样难辞其咎。"

"我？"

"我不敢相信你竟然逼着爸爸去实施这样一个骇人听闻的计划。难怪他后来那么快就去世了，是巨大的压力杀死了他。"

泪水漫上我的眼眶。我需要让劳伦斯理解我。

"我每一天都很想他。那个女孩，她实在太邪恶了。她竟然想用刀捅他！是她把他逼到了忍耐的极限。"

"是你把他逼到了极限。你却能像什么也没发生过一样好好地活着，就像在戴安娜……在戴安娜溺死后一样。"

"亲爱的，生活总会给我们制造一些波折，我们必须克服。"

"安妮仅仅是个波折？戴安娜仅仅是个波折吗？"劳伦斯的声音已经嘶哑了。

"拜托你别小题大做。现在木已成舟，我们都脱不了干系。"

我能感觉到他的愤怒。"是你把我牵扯进来的。你知道发生了什么事，还把我牵扯进来。我还往她的坟墓上倒了水泥！"

"是的，不过现在我们只能忘记这一切，回归正常的生活。"

"你根本不知道什么叫作正常。"

"你要我做什么都可以，我可以改。"

"你改不了。"

"可是我会……"

"妈妈，我永远不会再回来跟你住了，永远不会。"

"我知道了。"

我非常冷静，脸上还摆出一副笑容。

"我不能住在一座坟墓里。"

我用上了唯一的撒手锏，说道："亲爱的，我可以让你再瘦下来，看看自从离开这里之后你胖了多少。"

我知道这句话击中了他。他重重地叹了口气，用拇指和食指揉捏着鼻梁根。

"你在说什么啊？"

"我给你服用了苯丁胺，这是一种专门治疗嗜睡症和抑郁症的药，但副作用是体重下降。"我解释了我是如何得到这种药的，还有我是怎么把药片碾碎掺进他的食物里的。我走进厨房，拿出了放在香草精后面的药瓶给他看："这里，你可以留着这些。它们效果非常好。我之所以没有告诉你是不想让你为这个感到不自在。我希望你觉得你是靠自己减掉体重的。"

劳伦斯哭了起来，我伸出双臂抱住他，把药瓶放进了他的口袋里，可他猛地用力甩开我，然后退到了对面的角落里。

"这简直太可怕了。我真不敢相信。"

"亲爱的，我所做的一切都是为了你。"

"求你了，别再说了。"

我闭上了嘴，因为好像我每多说一句都是在火上浇油。他推开窗户用力地深吸着气。十二月的寒风趁机钻进了屋子里。我们沉默了很久很久，屋里的气氛也随着温度降到了冰点。当他转过身来重新面对我时，他脸上的泪水已经干了，然后他伸出拇指顶在了下巴上，安德鲁从前有事情要宣布时也是这个动作。他面无表情地说道：

"眼下，只要我还有能力，我会一直给你经济上的支持。每个月一次，我会来吃饭。"

我的心情明朗了许多。总算是有点进展了，我可以想办法让他改成每周一次。

"但是有一个条件。我已经有了女朋友，你必须接受她，她也会跟我一起来。我现在之所以站在这里完全是她逼我来的。"

"可是，劳伦斯，不能就只是我们两个吗？你是我唯一的亲人。她会觉得自己是个外人的。"

"妈妈，我不会住在这里的，只要你不刻意排斥她，她就不会觉得自己像个外人。还有……关于她，有件事我要告诉你。"

他的额头上闪着汗珠，我在想究竟是什么事会让他如此紧张。

"她是安妮·道尔的妹妹，她叫卡伦。卡伦·道尔就是我的女朋友。"

我目瞪口呆。

"那个妓女的妹妹？"

"我觉得你应该称安妮为谋杀受害人。卡伦不是小偷，不是吸毒者也不是妓女。她温柔、善良又慷慨，而且非常漂亮。如果你能给她个机会，你一定会很喜欢她的。她目前从事的是模特工作，不过她将来会去学习艺术，而且她还有非常丰富的旅行经历，你甚至可能在杂志上看到过她……"

他喋喋不休地说着她的事，眼睛一直在放光，可我努力不去听他说话，因为我的脑袋里已经开始嗡嗡作响，然而，我还是听到他说出了那句"我爱她，妈妈"。

这个忘恩负义的浑蛋。

我想办法克制住了自己，没有表现出此时我脑中正电闪雷鸣波涛翻滚。劳伦斯问能不能带那个女孩来吃晚饭，我微笑着点了点头。

"你确定吗？"他说，"你需不需要再多点时间来消化这件事？当然，她对安妮的事毫不知情，我们连提都不要提安妮。我想如果她得知你知道她姐姐的事，会觉得很不自在的。你真的确定没问题吗？"

"我确定，亲爱的。"

他半信半疑地看着我，说道："我想我其实很高兴能了解到有关爸爸和安妮的真相。我想我能够理解他为什么会那样做，但这实在不值得原谅。还有，妈妈，我真的觉得你应该去寻求帮助，精神病治疗方面的帮助。你不能把安妮的事告诉马尔科姆，这显而易见，但你应该去找某个专业人士看看。我觉得你把你的人生倾注了太多在我身上，现在你得学着放手了。"

他说什么我都表示赞成，对他的建议也都报以亲切的微笑，然而此时，强烈的怒火在我的太阳穴之间横冲直撞随时可能喷发出来。

劳伦斯离开后，我来到楼上，拿出妈妈那支鲜红色的口红，小心翼翼地把剩下的最后一丁点涂在了嘴唇上。

24. 劳伦斯

得知真相后，我终于获得了一些……我也不知该用什么词汇来形容。是释然吗？反正不是内心的宁静，那完全是另一码事。我妈妈的精神状态和她在安妮的生死中所扮演的角色都让我感到深深的不安。我一直不停地想起我父亲所做的事。我后半生都必须对卡伦保守这个秘密，这让我深感厌恶，可妈妈已经同意要去看精神科医生，也终于接受了我已经搬出家里这个事实。我想说出真相对她起到了一定的帮助。不管怎么说，她毕竟是我妈妈。她一直爱我、养育我，从某种程度上我很感激她。我不会把她推入虎穴狼窝，也许真相的揭开能够带给她一些平静和稳定。她已经不再有秘密，不再需要隐藏了。

回想起来，站在比较客观的角度，我看得出从小到大她对我一直有着非常强烈的依恋，但不知道从什么时候开始，这种爱变得有些疯狂。我更愿意相信这都是在爸爸死后开始的，那时候她确定自己永远无法再有孩子了。海伦对妈妈的看法一直是对的。但我为她感到难过，为我们两个人感到难过，因为我始终无法满足她。我在想如果她还有一个孩子，情况会不会不同，又或许她只是一直在渴望一种关系，一种像她从前和戴安娜之间那样亲密的关系。

　　我妈妈至少对两个人的死负有间接责任，还不包括我父亲的死。这种认知让我背负了沉重的负担，可我又不能让她去经受谋杀审判。那无疑会杀了她，已经有太多人死去了。

　　圣诞节后，我准备去找一位专业人士解决我的体重问题。两年的时间里，我一直被下药。我想妈妈以为她是在帮我，也许我应该感激她，但我很生气她没有告诉我。她一心只想着要控制我。我又开始服用那些药片好尽快减下体重，而结果是，我又开始精力旺盛，很少睡觉。我只是短期性地服药，直到我可以看营养师为止。看到我的状态有所改善，而且每天早上上班前都会出去跑步，上下班也都是骑自行车，卡伦很高兴。她从来没指出过我的体形问题，但我那样子不可能有任何魅力可言，我也不想再给她任何理由去怀疑我们之间的关系。上周五在酒吧里，多米尼克推了推她然后指着我，说："真是美女与野兽啊，懂我意思吧？"

　　下个星期就要到我们第一次一起去妈妈家吃饭的日子了。我已经给妈妈打了好几次电话，想确认她没有改变主意，并确保她不会用奇怪的态度对待卡伦。我没敢告诉妈妈卡伦已经结婚了，还是慢慢来吧。不过妈妈的情绪也好了许多。她说她很期待这次晚餐，还说她为了确保饭菜的完美，一直在钻研菜谱。我努力不让卡伦知道我对这次见面有多紧张。她们可能相处得好，也可能相处不好，但说实话，如果妈妈非要逼我在她们之中做出选择，我会选卡伦。

25. 卡伦

　　当劳伦斯告诉我他妈妈邀请我去吃饭时，我知道这对他意义重大。对我而言这也同样意义非凡。我对这样一个素未谋面的女人充满了畏惧，可劳伦斯在看望过他妈妈之后似乎好了很多。我非常庆幸之前逼着他去了这一趟。他又开始健身了，还把那些垃圾食品全扔掉了，而且他突然变得更加精力充沛，把别墅都打扫干净，并制订了合理的计划来进行翻修。他很快跳出了抑郁的状态，我在想这会不会成为我们之间的常态。如果劳伦斯会间歇性地抑郁症发作，我想我愿意陪在他身边。没人比劳伦斯更了解我，他一向满心以我的利益为重。无论我做任何决定劳伦斯都非常支持，他既不会妒忌也不会小心眼。他让我变成了更好的我，我想让他快乐。去他妈妈家吃饭那天早上，我们躺在床上，我小心翼翼地问劳伦斯，如果我搬来跟他同居，他觉得怎么样。我说话结结巴巴的，因为我知道，传统上这个问题应该是男方开口来问，可我想表示我对他的承诺。

　　他听了对我咧嘴一笑。

　　"好啊！当然好啊。我正准备问你呢，可我担心会把你给吓跑了。这正是我想要的，我想正式跟你住在一起。如果离婚是合法的，我还要娶你呢……"他停住了,突然害羞起来,"当然,我是说,如果你答应我的话。"

"我会答应的。"我把头挪到他的枕头上,吻了吻他的嘴,他也用柔情轻轻地回应着我,接着,这样的亲吻变成了一次比以往任何时候都要温柔的性爱。

随后,我们开始准备去他妈妈家,我非常慎重地打扮了一番。现在是十二月初,天气很冷。这周我从伊冯娜那里收到了一张大额支票,上面还附了一张便条,通知我在韦斯特伯里酒店有个设计师的样品销售会。我计划跟她在那里碰面。她对我和劳伦斯的关系略微知道一点。她还没见过他,在得知他妈妈邀请我们去阿瓦隆吃饭的事以及他家的地址以后,她似乎很高兴,但还是给我提了个醒。

"亲爱的,要是我能给你点建议的话,我想提醒你,如果那地方跟你格格不入,你还是不去的好。很难有好结果的。"

我笑她说:"可你的结果就很好啊。"

"我的人生就是一种假象罢了。我不会把我的例子向任何人推荐,况且我很喜欢你。"她说着,点燃了一支长长的香烟。

说这话的时候,她的语气中透着一丝悲伤,我想起了她那个已经去世的可怜的儿子,自从那天我们讨论了安妮的谋杀案之后,她就再也没有提到过他。

在销售会上,她为我挑选了一条祖母绿色的丝毛混纺裙子。我指了指我的头发,她摆出一副夸张的生气表情,白眼都快翻到天上去了。由于"红配绿，冒傻气"这个说法，大多数时装店都会给我搭配白色、蓝色或是红褐色的服装，可伊冯娜对这个说法不买账。

"胡说八道。快试试看。"我试了试，上身效果非常完美。

劳伦斯给我开了门，说："哇哦。"

"你觉得她会喜欢吗？"

"她喜不喜欢不重要。"

但愿如此吧。按之前的安排，我们会一起去阿瓦隆。路上是劳伦斯开的车，一路上他非常安静。

"好吧，至少给我点提示，什么能做什么不能做。"我说。

"不用。我不想让你去假装什么，不过尽量不要说脏话。"他笑着说。

"像海伦那样？"我们笑了起来。

当我们的车开上那条通向房子的长长的车道时，我屏住了呼吸。从正面看，这宅子已经非常宏伟了，但等我们把车开到房子的侧面，到一座停车库旁边停车时，我才发现，房子的长度竟是宽度的两倍。

"我的天哪。"

"只是栋房子而已。"他捏了捏我的手。

"可是这……"

"只是一栋房子而已。"他低声说着，将一根手指竖在我的嘴唇边。我吻了吻他的手指。

透过窗户我能看到一个人影，我们沿着房子外围绕到前门时，那个身影也在跟着移动。她在我们之前到达了门口并敞开了大门。

"欢迎，欢迎！"

她的样子非常高贵优雅。我在工作时曾经遇到过一些跟劳伦斯妈妈年纪相仿的年长些的模特，可岁月对菲茨西蒙斯太太实在是非常温柔，只给她留下了鬓角的几缕花白和那双明亮的蓝眼睛眼角处的几道浅浅的皱纹。她身材高挑，非常苗条，有一点驼背。她穿了一件简单的黑色羊毛裙，戴着一串长长的珍珠项链。

她朝我露齿一笑，说道："真高兴终于见到你了，卡伦。你简直美得像幅画！"

虽然劳伦斯此时站在我身后，我仍能感觉到他松了口气。

"很高兴见到您，菲茨西蒙斯太太。"我递给她一盒 Milk Tray[①]巧克力。

"啊，谢谢你，亲爱的，不过啊，你还是叫我莉迪亚吧。劳伦斯，你只跟我说她很漂亮，可她简直是令人惊艳啊，我亲爱的，真是令人惊艳。"

"你好，妈妈。"

她先抱了抱劳伦斯，然后给了我一个热情的拥抱，不过她的四肢都瘦得皮包骨头似的，接着她连忙把我们领进了房子里。我这辈子从没进过这样一所房子。有一次工作的时候我曾经去过一栋样板豪宅，阿瓦隆跟那栋房子很像。一道中央大楼梯的旁边悬挂着一盏水晶吊灯，虽然这

---

① Milk Tray: 吉百利公司经营时间最长的巧克力品牌之一。

房子里还是能看出一些磨损的痕迹，但仍比我想象中要气派很多。我想了想如果爸妈在这里他们会说什么。我想他们在这样的环境里是绝对没法放轻松的。我不知道莉迪亚会怎么看待他们，不过她对我倒是非常和蔼，她一边给我倒杜松子酒，一边夸奖我的头发和裙子。我很感谢她这杯酒，因为虽然莉迪亚很友好地欢迎了我，但我仍然很清楚自己免不了要回答一些令人不舒服的有关我个人背景的问题。劳伦斯跟我说只要诚实回答就行，可他也承认他还没有跟她说我已婚的事。"这个问题留到下次吧，嗯？"

她和劳伦斯聊了聊他的工作，还有别墅的整修计划，她对此表示百分之百赞成。她跟劳伦斯说他看上去状态很棒，还对他重新开始健身表示祝贺。她朝我这边点点头："显然，卡伦对你的影响很大。"

当她起身去厨房时，我提出要去给她帮忙，可她举起双手说："完全不用，一切都在我的掌控之中，不用担心我。兴许劳伦斯可以带你参观一下房子？"

于是劳伦斯带着我走出客厅，穿过走廊依次进入了餐厅、早餐厅、游乐室、储藏间、衣帽间，还有书房，最后牵着我的手带我上了楼。

"有一天，这一切都会是我们的……"他低声说。

我用手肘推了推他，我们笑了起来。我看到了他睡了大半辈子的那间卧室，那是一个男人的房间，除了吊了阴角线的天花板和一个巨大的壁炉，房间里的东西很少，都以功能性为主。透过窗前那些光秃秃的树木，我欣赏着外面街道的景色，试着想象在这样的奢华之中长大是什么感觉。安妮还会变得那么野吗？我赶紧抛开这些思绪。

楼梯平台的角落里放着一只旧的摇摇马。"他们从来不让我玩那个，我也记不清是为什么了。可能因为它太小巧玲珑了吧。"他说。

出于对他妈妈个人隐私的尊重，我们没有进入她的房间，但我们看了看其他三间卧室和一间储藏室。"那是妈妈小时候女仆住的房间。"这些房间结构精美，不过房间里四处散落着破旧的家具、书籍和纸箱，上面都覆盖着厚厚的尘土。莉迪亚的卧室隔壁是一个巨大的空房间，里面装着一面镜墙和一条芭蕾把杆。我难以掩饰自己的惊讶。

"是的，妈妈年轻时候曾经练过芭蕾。她到现在仍然每天都会练习。"

难怪她的身材保持得那么好。

"你能带我看看花园吗？"说着，我试着从一扇窗户透过自己的影子往外看。

"兴许下次吧。现在外面又冷又黑。"

莉迪亚在楼下走廊里叫我们，说晚餐准备好了。在我们跑下楼前，劳伦斯抓住我吻了吻我的嘴唇。

餐厅里的餐桌布置吓到我了。所有的物品都摆放在一张长餐桌的一端，这样莉迪亚可以坐在餐桌的端头，而劳伦斯和我则坐在她的两侧。伊冯娜曾经让我上过礼仪课，可桌上的刀叉实在太多了，而我也不记得到底哪个面包盘是我的了。劳伦斯发现我一脸茫然，于是用口型告诉我："看我怎么做。"

莉迪亚和我坐了下来，她让劳伦斯切一下羊肘子。

"现在肯定不是吃这个的季节，所以这是从超市冰柜里买来的。卡伦，希望你喜欢羊肉啊？"

"哦，好的，我敢肯定一定很好吃。"

随着晚餐逐渐进行，我看得出劳伦斯慢慢放松了下来。我一点也没觉得莉迪亚有哪里表现得高人一等，也丝毫没看出她患有那臭名昭著的神经症。她自始至终都很温柔、和蔼而且健谈。也许我是赶上了她状态好的日子，又或许是劳伦斯最近跟她发生的争执让他过于紧张了。可能他对她的症状和态度完全夸大其词了，因为她对我非常友善。

"我听说你之所以跟劳伦斯认识，是因为你爸爸在劳伦斯他们救济处申领救济？不过，这倒还有点意思。根据我在电视上看的那些，我还以为如今大家都是在那些低俗的夜总会认识的呢。"

"卡伦并不太喜欢夜总会。"劳伦斯说。

"这是明智的。"她微笑着说。

"我爸爸已经没有领取救济了，几个月前他找到工作了。"

"这可真是太棒了。他是在哪里工作呢？"

"他是医院护工。"

我看得出劳伦斯紧绷了起来。

"是吗？他能做这种工作，一定非常善良又乐于助人吧？我认为这很令人敬佩，你不觉得吗，劳伦斯？"

"他是个非常好的人，妈妈。有一天你会见到他的。"劳伦斯朝他妈妈笑了笑，她把手放在了他的手上，我想应该是让他放心的意思。

她给我们的酒杯添满了酒，然后把盘子都收拾进了厨房，完全不肯让我们帮忙，我对劳伦斯说："我都不知道你之前在担心什么，她很亲切啊。"

"我知道，我也不敢相信。她绝对是拿出了她最好的表现。"

莉迪亚又回到了房间，说道："我可真傻，我忘了再买瓶酒了。我还把它记在购物清单上了，可刚刚才发现它还在单子上没有画掉呢。我很抱歉。"

"别担心，妈妈。我们已经喝得够多了。"

"啊，可我还想我们一起在客厅里放松一下，听听卡伦的旅行故事呢。我还想着买瓶意大利酒，好让你们回忆一下罗马呢。"

劳伦斯和我迅速交换了一下眼神。

"亲爱的，我又不傻。总之，我说不定还能受卡伦启发飞去哪里转转呢。"

我提出去跑一趟最近的酒品商店，可莉迪亚不同意。于是我提出让劳伦斯去，可他有些犹豫。"拜托了，劳伦斯，我很愿意跟你妈妈聊聊巴黎和米兰。我想她会尤其喜欢巴黎。"

他有些迟疑，但还是同意了，说道："我会尽快回来的。"

他妈妈看着他，笑容满面地说："亲爱的，你不用担心，我很喜欢她！尽量买瓶基安蒂① 好吗？"

劳伦斯出门后，莉迪亚同意我到厨房给她帮点忙。我一边擦干菜盘，一边跟她聊着天。

"你看外面那儿，能看见吗？我小时候那里曾经有个观赏池塘。"

我把脸贴近窗玻璃，只能看见草地上有一块隆起的石头平台，上面

---

① 基安蒂 Chianti，指一种产自意大利的红葡萄酒。——译者注

放着一个石质的物体。"那是什么？"我问道。

"那是之前池塘里的喂鸟池。五六年前，劳伦斯突然冒出个念头要在那上面铺上水泥建个平台。我也不知道他是怎么了。在那之前他从没对花园有过丝毫兴趣，可当时怎么都拦不住他……我记得，那时候也是冬天，大概就是现在这个时节。看上去是不是很奇怪？"

我笑了，表示同意，那的确看着很奇怪。"而且你知道吗，从建成那天起，他几乎再也没有踏足过后花园。"

我们来到客厅，靠着壁炉的亮光坐在高背扶手椅上，椅子的角上虽然有轻微的磨损，但仍然能看出布料非常昂贵。

"你想看看劳伦斯小时候的照片吗？"

我欣然同意，然后她走过来，拿着一些皮封相册坐在了我椅子的扶手上。她一页页地翻着，指给我看他婴儿时代有多可爱，他的确非常可爱，还从桌底下爬出来，拿着勺子朝着镜头挥舞。其中一张照片中的他大约五岁，戴着一顶对他来说大了很多的帽子。

"那是他祖父的软毡帽。你知道吗，劳伦斯从小就一直戴着它，他对那帽子有很深的依恋。我得问问他那帽子去哪儿了。我都有大概六年没见过它了。不过我猜现在应该也不流行了吧。"

莉迪亚又翻了几页，看到其中一张劳伦斯的照片，我倒抽了一口气，上面的他非常胖，挨着莉迪亚站在一辆深蓝色捷豹老爷车旁边。对那个年代的每种款式和型号的捷豹我都了如指掌。我努力让自己的声音保持平静道："这是在哪里拍的？这车是谁的？"

"是我丈夫的。是辆一九五七年的捷豹轿车。为了保养好这辆车让劳伦斯开上路，天知道他花了多少钱。"

"给劳伦斯？"

"是啊，劳伦斯十七岁的时候就求着安德鲁教他开车。劳伦斯对那车可完全是着了迷。他们还为这个狠狠地吵了几次架呢。当时劳伦斯甚至连驾驶执照都还没有。他没告诉过你吗？安德鲁死后，有一天，他就那样把那车给卖了，就好像它完全无足轻重一样。我得给你提个醒，劳伦斯的确很讨人喜欢，但他还是有不少怪癖的！"她朝我咧嘴一笑，"你是没看见，当时他戴着他祖父那顶帽子，开着那辆车四处转。太滑稽了！"

在那杯杜松子酒之后，我只喝了一杯红酒，可我感觉忽冷忽热，困惑而又恶心。莉迪亚也注意到了。

"你还好吗，亲爱的？你的脸色好苍白。要不要我去给你倒杯热水？"

这些事都再正常不过了，我这样告诉自己。劳伦斯当然不会告诉我他开过那辆车或戴过那样一顶帽子，他知道那会让我不安。我恢复了冷静。莉迪亚拿着一杯水和一个硬纸盒回来了。

"给你，赶紧喝了，可怜的小家伙。你确定没事吗？"

"我没事。只是一阵头疼而已，谢谢您。"

"对了，我在劳伦斯卧室一个从前藏东西的洞里找到了这些东西。可能只是些没用的垃圾，不过他可能会想带回别墅去。"她把纸盒放在我腿上，然后又离开房间去给煤筐添煤了。

里面有些朝下扣着的照片，我小心翼翼地把它们翻过来，发现全是我的照片。我感觉好多了。我知道这样不应该，可我还是继续在箱子里翻了翻，又找到一些从杂志上剪下来的我的照片，然后下面是一些发黄的剪报。我把它们拿出来然后翻开来，它们眼熟得让人有些发蒙。剪报的日期都在一九八〇年的十一月和十二月。所有的报道都与我姐姐的失踪案有关。看样子劳伦斯的调查工作做得相当认真。但这时候，我停了下来，心想他怎么会有这些？我是去年才认识他的呀。这解释不通啊。纸盒子里还有样东西，是一个用纸巾包起来的火柴盒。我颤抖着双手打开了它，这时候我已经完全把劳伦斯的隐私忘到了九霄云外。

我拿着这条身份手链把它翻过来，上面刻的字映入眼帘："玛妮。"手链的一头已经坏了，不过我看见扣环上有一处深红色的印迹，记得我把手链给安妮的那天，她拿起手链时，手上的指甲油还没干透，把手链的扣环蹭脏了。

我猛地从座位上跳起来，盒子里的东西全掉落在了地板上。我试着厘清在脑中嗡嗡作响的各种思绪，可是除了安妮，劳伦斯不可能从其他任何人那里拿到这条手链。这辆车是他的；那顶帽子、这条手链也在他手上；他还剪下了有关她的所有报纸新闻。我脑中的齿轮在飞速运转，这时候莉迪亚回来了，然而我根本听不见她在说什么，我完全无法相信这种种证据就摆在我的眼前。我试着回忆他是怎样进入我们的生活的，在我还不认识劳伦斯的时候，很早之前爸爸就跟我说起过在救济处有个男人对他格外关心。他以安妮的名义写那些信的目的根本不是要安慰我们，纯粹是为了干扰我们的调查。

杀害安妮的凶手根本没有死。是劳伦斯杀了她，是劳伦斯杀了我姐姐。我跑了出去，推开莉迪亚朝着前门跑去，跑下车道奔向大门。我到达门口时，劳伦斯刚好开车进来。我停下脚步，脑子里一片空白。

"你去哪里？发生什么事了？你还好吗？"

接着我又迈开脚步奔跑了起来，用我最快的速度。他跳下车，在身后喊我，接着他也跑了起来，但他仍然很胖，所以我跑得比他要快。我一直跑一直跑，直到看不见他为止，接着我钻进了离我最近的一个电话亭，拨通了报警电话。

26. 莉迪亚

　　劳伦斯一把把我扔到了屋子对面。我还不知道他脾气竟然这么大。不过我想他一定是从安德鲁那里遗传了这一点。

　　他怒火中烧地冲进家里，气喘吁吁满脸通红。我已经把纸盒里散落出来的东西清理干净，连同那本相册一起收起来了。

　　"你做了什么？你跟她说了什么？"

　　"我得提醒你，劳伦斯，你随时有可能被逮捕。"

　　"什么？你在说什么？卡伦都吓坏了！她从我身边逃走了。究竟发生了什么事？"

　　"你不应该背叛我的。我给了你无数次机会让你回家，可你还是为了那个婊子的妹妹抛弃了我。"

　　他气得说不出话来，咬牙切齿地对我吼道："你究竟跟她说了什么？"

　　"我并没有直接说什么，不过我把证据都给她看了。"

　　"什么证据？"

　　"就是你杀害了她姐姐的证据。"

　　"你……可那是爸爸……还有你干的啊。"他摇着头，"你不会那样做的。这根本解释不通啊。她绝对不会相信的。"

"是你杀了安妮·道尔。我一直想保护你，可我不能再继续包庇你了。"

"我的天哪，你比从前更加疯狂了。"

"证据都摆在这里。卡伦已经看到了所有的证据。"

"你为什么要这样？你究竟在玩什么变态的游戏？"

"这不是游戏，母性从来不是什么游戏。是你拒绝了我。即便你知道那对我是多么大的伤害，你还是拒绝了我。你选择了她，而不是我。我想怎么处置你都可以，现在我选择送你进监狱。"

"看在上帝的分上，妈妈，你别再打哑谜了。你到底对她说了什么？"

"我给她看了那张你站在爸爸那辆旧车旁边的照片。我跟她说你十七岁的时候开过那辆车。"

"可我没有啊。是很多年以后你教我开的车。"

"你太健忘了，亲爱的。是你父亲教你开的车，就用的那辆捷豹。是你坚持的。"

劳伦斯拽着他的衬衫衣领，靠在钢琴上好支撑住自己的身体。

"还有你小时候戴着祖父那顶帽子的照片。我跟她说你很依恋那顶帽子，直到……我看看啊……直到大约六年前，那帽子突然消失了。"

"说谎！我从没戴过它！"

"是你自己选的，你选择去忘记哪些东西是不适合你的。我给她看了你藏在书桌后面那个洞里的那些剪报，看了你写的那些恶心的文字，还有那条廉价的破手链。卡伦一眼就认出了那条手链。你不在的时候，我还给她看了后花园里那座你热心修建的坟墓。"

他发火了，唾沫横飞一脸通红地朝我扑过来。他把我推到了屋子对面。我撞到了咖啡桌才没有摔倒，但我立刻发现我的手腕受伤了。就在这时，我们听到了警笛声。我怒视着他，在这个忘恩负义的小浑蛋身上我倾注了自己的一生。

我压低自己的声音道："你本该服从我的安排。如今我可能会嫁给马尔科姆了。你让我别无选择。我们也许会互相折磨，可他永远不会离开我。他不是那种始乱终弃的人。"

紧接着，一切仿佛变成了慢动作，仿佛时光倒流了一般。劳伦斯脸色极其苍白，呼吸声尖厉刺耳，双眼圆睁看着四周。他紧抓住自己的胸口，然后倒在了地上，就像他父亲一样。窗外闪烁着蓝色的灯光，然后传来一阵捶门声。我打开门让警察进来，然后哭喊着让他们赶紧叫救护车。可劳伦斯的眼珠已经翻到了脑后，就像当初的安妮，他的四肢也无力地耷拉着，就像那时的戴安娜。我快要发疯了。我做得太过火了，就像当年对戴安娜一样。

救护车到达时，我乘车陪劳伦斯一起前往医院。我们家草坪上停放着许多辆警车，当我被人搀扶着踏上救护车的踏板时，我看到在其中一辆警车的后座上，坐着泪流满面的卡伦。

最后，我终于得偿所愿。我的儿子将永远陪我留在家里了。他再也不会跟我争辩，从此将对我言听计从。他这次心脏病发作切断了大脑的供氧，这意味着他的心智等同于一个孩子，身体上也略微受到了损伤。他的嘴巴一直闭不上，双脚也向内扭转着。康复中心的员工们知道他所犯下的罪行，也都对他很冷酷。是我在确保他完成每天的运动。他的一切都控制在我手中，而他丝毫不会质疑我。

他又变成了一个孩子，所以我不会再孤身一人，也就不再需要跟马尔科姆结婚了。劳伦斯从他父亲和奶奶那里遗传了脆弱的血管，不过医生后来说，他身体里的苯丁胺和他体重的快速增减也都是造成他心脏停搏的诱因。

警察闯进我的家里，对我进行了长达数小时的盘问。他们找到了能给劳伦斯定罪的所有证据，并像我预料的一样挖开了那座池塘，然后找到了安妮·道尔的遗体。在刑侦人员对房子里的一切进行调查期间，我不能进入自己的家，不过我白天都在医院，晚上则住在马尔科姆家，这时候，媒体风暴正席卷而来：

　　　妓女遭男学生谋杀

　　　谋杀嫌犯被逮捕时心脏病发

　　　超模卡伦·芬伦的男友即是众所周知的杀害她姐姐的嫌犯

她姓芬伦，那是她的夫姓。她根本没有资格跟我的劳伦斯在一起。她那粗野的口音，可怕的用餐礼仪，她竟然厚颜无耻地觉得她可以蛊惑我的儿子。报纸头条上刊登着她的各种杂志照片，全在说这是"被谋杀的妓女的妹妹"。

由于劳伦斯的身体状况，他根本不可能接受审讯。所以报纸上绝对不能直接公布他的姓名，然而都柏林是个弹丸之城，短短几天，劳伦斯就是那个杀人嫌犯的事已经街知巷闻。这段时间我必须小心行事。我憎恨这些媒体报道，可我知道，如果我到头来又被送去看病，如果我被送进精神病院，那费恩和罗茜就会得到我的代理权，然后卖掉阿瓦隆，所以我必须保持精神集中和头脑清醒。马尔科姆一直在支持着我。

所有人都很震惊。劳伦斯的同事们谁也没想过他会犯下这样的罪行。意外的是，海伦竟然悲痛欲绝。她来看过我好几次，想弄清楚他是怎么对她隐瞒了这些事，想要为他找一个合理的解释。我和她一起痛哭，但我声称劳伦斯有时候的确有暴力倾向。我们最后一次发生冲突的时候我的手腕受了伤，这个证据足以证明我的说法。海伦推算出安妮失踪的那个时间段她正在跟劳伦斯交往。她从没想过自己竟然为他提供了不在场证明，因为没人能确定安妮死亡的准确日期和时间。

据说，卡伦·芬伦放弃了她的模特事业，回到了她丈夫身边，那人竟然蠢到愿意重新接受她。

劳伦斯心脏病发三个月后，我获准回到了阿瓦隆。我花了很多天的时间来抹去警察在我家调查所留下的各种痕迹。马尔科姆来到家里，把池塘又填平了，并种上了玫瑰花丛。接着劳伦斯被释放回来，由我进行监护。他的语言能力还没有完全恢复，但极其温顺。他将再也不能读书或写字了，生活也无法自理。他吃饭需要人帮忙，不过基本上可以自己上厕所和穿衣服。他说话含混不清胡言乱语，但他知道"妈妈"这个词的意思，也会用手来指他需要的东西。

马尔科姆陪我待了好几个月，想要安慰我，所幸的是，虽然他每天都在处理精神不稳定的病患，但还是发现精神残疾更难以应付，所以最终他渐渐淡出了我们的生活，只有我需要他帮忙，让他来打理房子里一些男人干的活时他才会来。

　　由于劳伦斯在法律上已经不具备行为能力，我成功将别墅转移到了我的名下。我立刻卖掉了它。我们可以靠卖别墅的收益生活相当长的时间。我们不得不精打细算地过日子。政府为劳伦斯提供了一份残疾人救济金，再加上我的遗孀抚恤金，我们倒不至于饿死。一段时间过去后，除了一位社工偶尔会上门拜访，来看我们的人只剩下了海伦。不过大多数时候，家里都只有劳伦斯和我。我觉得他对周遭的一切并不太理解，不过我经常，而且是非常频繁地发现他站在厨房里望向窗外。我问他在看什么，可他不会回应，只是茫然地凝望着窗外。

Part Three
第三部分：二〇一六年

卡伦

那个时候，我心烦意乱，根本无法相信自己的判断。我从头到尾都错了。德西对我好得不可思议。他给了我一个结实的肩膀让我依靠，安慰我说一切都会好起来的。爸妈也都很震惊。劳伦斯也把他们给愚弄了，尤其是爸。妈认为劳伦斯兴许打算连我也杀了，可事到如今又有谁知道呢。

每当想起跟他共度的那一个个夜晚，我甚至都想把头发给拔掉。我有时候真的会拔自己的头发。劳伦斯出院后，警察警告我们要远离阿瓦隆。我根本不想靠近那里，可爸非常想去把他揍个半死。我依然很生气，他竟然能这样轻而易举地逃脱法律的制裁逍遥法外。劳伦斯杀死了我的姐姐，可我甚至没机会知道他是怎样杀死她的，而原因又是什么，虽然他的大脑受到了损伤，但我觉得他还没有受到应有的惩罚，因为他不用像我这样面对这样残酷的事实苟活于世。

由于当时我已经有了一些公众知名度，伊冯娜无法保护我免受媒体的打扰。爸妈的家被包围了，而且那些媒体不知从哪里查到了我的公寓地址。他们不能公布劳伦斯的名字，却可以肆无忌惮地提到我和安妮，还把我的照片跟骇人的头条放在一起。德西给了我一个容身之处，我跟着他回了家。头几个星期，我终日用酒精麻痹自己，整个人一团糟。警方的审讯无休无止。穆尼警探关于谋杀犯已死的推断是错误的，虽然莉迪亚坚称劳伦斯的父亲绝不会做那种事，但警方并没有排除他曾经协助劳伦斯这个可能性。可怜的莉迪亚。这一次，警方终于认真对待这个案子了，毕竟其中牵扯了一位衣冠楚楚的中产阶级男人。

在我从电话亭打电话报警三天后，我才意识到劳伦斯修建的那座花园纪念碑意味着什么。我的怀疑变成了真的。警方封锁了那所房子，对里面的一切进行了彻底搜查。他们在一些用劳伦斯的笔迹写下的文章中找到了关于和安妮约会以及做爱的内容。想到这个，我到现在都还觉得恶心。

我并没想过要跟德西重归于好，至少当时还没有，可他那么坚定，那么宽容。我想要是我们和好，我可以弥补错误，将时间倒回到从前幸福的时光。伊冯娜认为，过上一阵子，这件事情的恶劣影响就会平息下去，我可以东山再起，毕竟我在欧洲仍然很有市场，可是做模特这件事对我来说愚蠢至极而且微不足道。德西说做模特挣的钱派得上用场，但他把决定权交给我。最后，我在阿诺特商店的鞋靴部找到了一份工作。德西还是跟从前一样保护欲很强，可那正是我当时最需要的。起初，他也尽力不对我喝酒的事多做评价。

我们在卢肯有一栋房子，还有两个孩子，琳达和史蒂维。我本应该很快乐，我本应该放下过去，可我根本不该重回德西身边。一段时间过去后，他的过度保护变成了彻底的威胁和欺压。他再也没有对我动过手，

可他完全不需要再动手，因为他知道我害怕得根本不敢离开他。我们的
女儿让他非常恼火。她跟青少年时代的安妮一样野性难驯，德西把这都
怪到我头上。我喝酒喝得更厉害了，想用酒精麻痹自己。史蒂维是个好
孩子。他是个卡车司机，今年就要结婚了。我跟他之间并没有多深的感情。
德西和史蒂维总是形影不离，琳达和史蒂维也很亲密，就是没有人愿意
跟着我。

到了二十世纪九十年代，关于那所母婴之家的丑闻曝光之后，我想
过要去寻找玛妮，可当我提起此事，德西勃然大怒：

"我的天哪，卡伦。你还记得你上次去调查最后是什么结果吗？你
是蠢还是怎么的？"

我的确很蠢。我是个傻瓜。

我唯一一个还会偶尔见面的人是海伦。我也不确定为什么，但我们
仍然会碰面。每隔六个月或是一年左右，我们会约在一间酒吧，一起回
顾过去的故事，就好像两个老兵在回忆在前线并肩战斗的岁月似的。海
伦现在是医药销售代表，她的现任也是第二任丈夫是个实验室技术人员。
她一直没有小孩。我们仍然不太喜欢对方，却因为从前跟劳伦斯·菲茨
西蒙斯的关系被联系在了一起。

她还是会去拜访阿瓦隆。我不明白她为什么要白操那个心，可她说
起初是莉迪亚付钱请她帮忙购物和打扫卫生，并帮忙照顾劳伦斯。海伦
说，当她帮劳伦斯洗澡并用勺子给他喂食的时候，很难把他看作一个杀
人凶手。而在我眼中，他就是一名杀人凶手，其他什么也不是。最近的
几年，劳伦斯和他妈妈一直只住在楼下的三个房间里。莉迪亚已经没钱

了，家里但凡值钱的东西都已经卖掉了，所以她也没法再付钱给海伦了。

"那你为什么还在帮他们？"最近我问她。

"为了那房子！"她得意扬扬地说。

她坦白说，她早已经拟好了文件。大概十年前，她就已经跟莉迪亚达成了协议。她让莉迪亚立下一份遗嘱，只要海伦每星期去一次，带去采买的日用品和任何他们所需要的食物，就把房子留给她。协议约定了莉迪亚在去世前可以一直住在那里。莉迪亚和劳伦斯都从未再离开过那栋房子。海伦说阿瓦隆虽然已经年久失修，但现在仍然价值数百万，这一点我毫不怀疑。

我时常自怜自艾，我真的需要尽快戒酒了，可我最为之感到惋惜的人是莉迪亚。作为一个杀人凶手的母亲并且全天候地照顾他，该是种什么样的感受呢？她应该早已年过八旬了。海伦说她现在患了痴呆症。我想这未尝不是件好事。

莉迪亚

　　我记不清今天有没有给劳伦斯喂饭了。他一天到晚都在哭，我们真的很冷。

　　那些男孩跑到家里来，朝我们的窗户扔石头，把玻璃给砸碎了，那是什么时候的事来着？我去给那个男人打了电话，就是那个很喜欢我的男人，不过我觉得电话好像是坏了。等爸爸回家发现到处都是碎玻璃，一定会非常生气的。

　　我盖着一条毯子躺在沙发上，可是坏掉的弹簧硌得我肋骨直疼。

　　那个女孩……海伦……她就叫这个名字，我想起来了！她已经不是个年轻女孩了，不过她一直会来家里。她开车带着采购的东西到家里来时，有时候会带上些煤炭。可今天我们非常冷，我又一直找不到火柴。戴安娜把它们从我手里拿走了。她说我们不可以玩火柴。

　　安德鲁说我必须阻止劳伦斯再继续哭下去。可能他正在长牙吧。我把他推到了外面的花园里，还把他绑在了排水管上，防止他乱跑。

　　妈妈在叫我进去吃饭了。我很爱她的香水味，循着那香味我进了屋里。

　　外面很黑。我依然能听到他在哭。